魅丽文化 花火工作室

同学别将就 3

Students don't do

萱草妖花 著

江苏凤凰文艺出版社
JIANGSU PHOENIX LITERATURE AND ART PUBLISHING, LTD

图书在版编目（CIP）数据

同学别将就．3 / 萱草妖花著．— 南京 ：江苏凤凰文艺出版社，2017.10

ISBN 978-7-5594-1120-4

Ⅰ．①同… Ⅱ．①萱… Ⅲ．①长篇小说－中国－现代 Ⅳ．①I247.5

中国版本图书馆 CIP 数据核字（2017）第 225585 号

书　　名	同学别将就．3
作　　者	萱草妖花
出版统筹	黄小初 邹立勋
选题策划	黄　欢
责任编辑	胡小河 姚　丽
文字编辑	胡　蓉
责任监制	刘　巍 江伟明
出版发行	江苏凤凰文艺出版社
出版社地址	南京市中央路 165 号，邮编：210009
出版社网址	http://www.jswenyi.com
印　　刷	湖南新华精品印务有限公司
开　　本	880mm×1230mm　1/32
字　　数	160 千字
印　　张	9.5
版　　次	2017 年 10 月第 1 版，2017 年 10 月第 1 次印刷
标准书号	ISBN 978-7-5594-1120-4
定　　价	32.00 元

目录 CONTENTS

目录 CONTENTS

楔子

海亚岛，万里晴空，一片湛蓝。

唐乔海亚酒店开业，请来时肖和鹿哲剪彩。他们一个是著名演员，一个是著名歌手，无论是谁都人气不俗，直接导致了海岛人流量飙升，交通堵塞。

海亚岛不大，海滩上密密麻麻的人头，人挤着人，摩肩接踵，几乎看不见一抹沙黄。

剪彩仪式结束，两位人气男星的保姆车被人潮堵得寸步难行。

车内。

时肖坐姿笔直，攥着手机，目不转睛地盯着屏幕，神色微沉。

鹿哲仰靠着椅背，见他神色不太对，摘掉耳罩，侧头问他："怎么这副脸色？"

"乔乔。"他吐出一个女孩的名字，便陷入沉默。

每当他提起乔乔，淡漠的眉眼便不由自主地浮上一层浅浅的柔和。

他修长的手指滑动手机屏，轻敲着虚拟键盘，打出一行字。

鹿哲往他手机屏幕上一扫，了然，也打开手机，去看乔乔的朋友圈动态。

乔乔小姑娘："男人都坏透了！以后不想再谈恋爱！"

下面一群人回复——

唐糖："闺女，失恋了？"

庄先生："宝贝，爸爸在。"

萧帅："哎哟，我去！我这暴脾气！谁敢欺负我妹子？我去削他！是那个姓沈的浑蛋吗？"

时肖思虑半晌，留言："不想谈恋爱，就跟我结婚吧。"

"……咯。"鹿哲看见这条留言，用手挡住嘴唇，发出无语的干咳声。等他抬眼再看时肖，时肖已经摁灭手机屏幕，戴上眼罩，靠在椅背上休息。

鹿哲知道他没睡着，提醒道：“你这样追女孩，是不对的。”

“鹿哥，听你这话怎么感觉你已经身经百战了？那你什么时候考虑追个嫂子回来？”坐在后排的经纪人老林插嘴道。

鹿哲瞥他一眼，薄唇微勾出一丝邪魅的弧度：“老林，您最近是过得太顺遂了吗？”

他说话时分明是笑着的，却莫名透出一股子冷劲儿。

老林噤若寒蝉，顿时灭了调侃的气焰，心头却忍不住犯嘀咕：一个娱乐圈老处男说得自己好像身经百战的样子，他追女孩的功夫，可能还比不上时肖吧？

“……”车窗将一切嘈杂声隔绝在外，时肖沉默不言。

他在装睡。

鹿哲索性也戴上耳罩，低头翻开时尚杂志。

保姆车还停靠在路边，被人群堵得不能前行。

司机听见鹿哲与时肖的对话，纳闷，回过头来打量他们。

时肖在追谁？

他是站在娱乐圈巅峰的演员，什么样的女孩会被他追？

说起来，时肖和鹿哲也算是娱乐圈的一股清流，两人从无绯闻。

尤其是时肖，吻戏、激情戏从来都由替身完成，而高难度武打戏却坚持亲自拍摄。

八卦营销号不止一次地猜测这两人关系不正常。

时肖仰面靠在椅背上休息，露出一段修长的脖颈，他长腿曲着，一动不动，像是睡着了。深色的眼罩将他的肌肤衬得很白，由于他的五官偏硬，嘴角抿着，看上去微微透着一丝傲慢的凉意。

相反，鹿哲的五官偏阴柔，唇周干净利落的胡楂为他平添几分男性的稳重，眉眼风光内敛，走的是型男路线。细碎的胡楂将他的肌肤衬得肤如凝脂，遮不住精致的五官带给人的惊艳感。

鹿哲年轻时走治愈少年路线，现在外形稍微成熟一些，索性走起稳重歌王的路线。对比他少年时期的颜值，现在的他多了几分男人的稳重，气质更迷人，更魅惑人心。他在圈子里有“冻龄美男”的称号，也不是浪得虚名的。

这两人的颜值也算是娱乐圈的视觉巅峰了，如今两人合体出现，也就怪不得海亚岛被粉丝堵得水泄不通了。

时肖的手机屏幕震动着亮了一下。

他几乎条件反射地突然醒来，摘掉眼罩，顺手抓过手机。

是乔乔发来的短信。

——“时肖，你在家吗？我想喝你那瓶压箱底的红酒。”

为了能常常看见乔乔小姑娘，时肖定居在她家隔壁。

休假时，他经常去小姑娘家里蹭饭。

说是蹭饭，不过也是借小姑娘家里的厨房，他做饭给她吃。

两人青梅竹马，他看着小姑娘出生、长大。他对她的感情，甚至比一般的爱情更深厚。

时肖回复道：“周三回来，等我。”

乔乔与沈先生分手，时肖彻夜未眠的疲惫一消而散。

沈先生与前女友藕断丝连，这事儿时肖一直都知道，只是不知该如何告诉小姑娘。

如今两人分手，他倒也松了口气。

时肖看了眼车窗外，对经纪人说：“周三我要到家，你安排。”

后座上的经纪人孟棠正在做日程安排，闻言一愣：“我订的是周五的飞机票。如果周三到家，今天下午就必须坐船回厦城赶飞机。”

“那就坐船。”

孟棠：“你不是晕船吗？”

鹿哲摘了耳罩，左眉一挑，侧头调侃道：“回家见乔姑娘，就算骑鲨鱼，他也无所畏惧啊。老林，你也安排一下，我跟时肖一起回。”

“好的，鹿哥。”后座上的老林打了个手势，表示OK。

下午四点，时肖和鹿哲坐上回厦城的游艇。

海天一片阴沉，乌云层层堆积，压得低而密集。

海风逐渐变得迅猛，将甲板上的遮阳伞掀翻，游艇的工作人员忙碌地收拾着桌椅。肆意翻腾的海水将整艘游艇荡得不断起伏，令人难以稳住身体。

时肖晕船，站在甲板上透气，此刻船身起伏，他胃里一片翻江倒海。

工作人员提醒他：“时先生，台风要来了，甲板上很危险，请您进船舱休息。”

时肖站在甲板上，抓着栏杆，勉强稳住身体。

他眉心拧着，冷峻的面孔与这海水一样阴沉。

“时肖，赶紧进来，台风要来了！”鹿哲从舱内出来，扫了一眼天气，十分纳闷。

天气预报也没说近期有台风，这天说变就变，有点诡异。

话音刚落，附近的海域被黑雾笼罩，电闪雷鸣间，暴雨顷刻落下。

乌云翻滚，黑浪卷起数丈高，如山一样挡住游艇的去路，似坚固的城墙，渐渐地朝他们压过来。

这样壮观的自然景象让游艇上的所有人震惊了。

时肖站在甲板上，预感有不祥即将降临。

鹿哲盯着逐渐席卷靠近的黑浪，大骂一声：“什么鬼东西！”

黑浪越来越近，时肖下意识地往后退，然后转身，大步往船舱跑：“回——”

刚吐出一个字，一股巨浪猛地拍上他的脊背，他被卷入海中。

海水冰凉刺骨。

他的身体砸进海中，缓慢地下沉，他的眼睛无法睁开，却能感受到光线离他愈来愈远，没有缺氧的不适感，恍如婴孩在母亲子宫的羊水中沉浮，无比舒适。

耳旁是嗡嗡的声响。

模糊间，他看见庄乔乔。

她漆黑的双眼，总是那样温柔动人。

黑暗中似乎有两道声音在萦绕着。

——时肖问她："我要做什么，你才肯接纳我？"

——她随手抓过一只北极熊玩偶，敷衍道："除非你变成北极熊啊。"

小姑娘喜欢《We Bare Bears》这部动画片，对北极熊有着疯狂的热爱和执着，她的房间里总是堆满白熊玩偶。

如果可以，他真想变成一只北极熊，变成她喜欢的玩偶。

清晨，可以看着她从梦中苏醒，睡眼惺忪。

夜晚，可以守着她安然入睡，满脸恬静。

……

沈先生劈腿，庄乔乔心情不太好，翻箱倒柜将家里能喝的酒全翻了出来。

喝得微醺，她靠坐在沙发上，拿着遥控器调控电视，不断地更换频道。

这几天她联系不上时肖，对方的手机一直处于关机状态。

晚间新闻正在播报前几天海亚岛壮观的自然景象。电视里的黑浪掀得数丈高，渐渐朝沙滩逼近，游客的尖叫声此起彼伏，不少人拿出手机拍摄奇观。

她起身去卧室拿手机，错过了正在播的新闻：

“十二号下午四点十五分，海亚岛忽遭台风侵袭，导致近万名游客被困。一艘回城的游艇遇难，十人受伤，一人失踪。据前线记者了解，著名歌手鹿哲重伤昏迷，已确定著名演员时肖失踪。”

乔乔取了手机出来，新闻已经播报结束，她没有看到这段关于时肖的新闻。

她给时肖发微信，对方已经几天没回复她了。

她巴望着时肖家里那瓶红酒，索性打电话给他的经纪人，想请她把时肖家的门卡寄回来。

孟棠接到电话，语气明显有异常，反问她：“庄小姐，您没看新闻？”

“新闻？怎么了？海亚岛奇观？”

“时先生他……”孟棠一顿，告诉她，“他已经失踪四十八个小时了。”

乔乔将手机搁在肩上，用耳朵夹着，腾出手来削水果。她反过来安慰孟棠：“孟姐，您不用担心，他素来喜欢不打招呼就离开，应该是去哪玩了，您耐心地等他给你回电话。”

时肖坠海，救援人员正在海面搜寻，还没有消息。

这次不是普通失踪。

孟棠想告诉她关于时肖的状况，踌躇片刻，还是将到嘴边的话给吞了回去。

“哦……好。那我再等等。”

乔乔挂断电话，拿出手机上网，发现时肖的粉丝已经变得疯狂。

不过是失联，用得着聚众祈福？

她觉得太夸张了。

她试着给时肖打了一通电话。电话通了，她仿佛……还听见了电话铃声？

她竖着耳朵仔细听，时肖的电话铃声好像是从她家的厨房里传出来的？

偌大的厨房空荡荡的，她循着声音靠近大冰箱，耳朵紧贴在冰箱门上。

铃声清晰，确实是从里面传出来的。

她小心翼翼地拉开冰箱门，看见里面坐着一只浑身长满白色绒毛的北……极……熊？北极熊柔软的胸脯随着呼吸起伏，还是……活的？

北极熊攥着手机，正用宽厚巨大的爪子，笨拙地戳着屏幕。

它试图挂断电话，手机却毫无反应——手机只支持指纹与五官识别结合解锁。

乔乔盯着冰箱里这只正使劲用肥胖的萌爪戳着屏幕的北极熊，目瞪口呆。

她从侧门取出一瓶啤酒，砰的一声拉开，猛地往嘴里灌。

沁骨的冰凉让她清醒。

——我的妈，不是在做梦！！

北极熊关不掉手机，鼓起腮帮，绒毛仿佛竖了起来。他抬起下颌，眼巴巴地望着她。

漆黑的眸子里盛着一汪水，眼神有些可怜。熊的眼珠滴溜溜地转着，浑身的白毛一尘不染，冰凉而柔软。

她吓得差点晕过去。

她没来得及叫出声，北极熊那只毛茸茸、胖萌胖萌的爪子便搭了上来，声音低润："乔乔，别怕，是我。"

乔乔心里仿佛有一万头北极熊奔腾呼啸而过，抬起手给了北极熊一巴掌，尖叫一声跑进卧室，甩给北极熊一个冰冷的门板。

冰箱里有一头成年北极熊啊！

她怎么可能不怕！

时肖侧脸贴着小姑娘的房门，仔细听着里面的动静。

小姑娘的声音慌乱，颤抖着口齿不清——

“喂！ 110，我们家冰箱里住了一只北极熊！”

“真的！警察叔叔，你要相信我！”

“喂！动物园吗？你们的北极熊跑出来了，现在在我家冰箱里！”

“……”

时肖低头看着白色的熊掌，尝试着动了动熊指，掌间肥厚，覆盖着一层白色的绒毛。

是的。

不是幻觉，他的确变成了北极熊，变成了小姑娘喜欢的白熊。

他素日清冷桀骜的眼神在此刻变得柔软，漆黑的双眸泛着水光。

他……这也算是得偿所愿了？

第一章 她的匿名先生

1.

初到里昂，是冬天。

那年，乔乔十八岁。

时肖作为著名演员，在她生日那天，毫无顾忌地高调向她告白，导致她在中国一夜爆红。

时肖是中国影坛最具影响力的演员，演技好、颜值高，拥有无数脑残粉。而乔乔只是一个普通的大学生，被他高调告白后，她经常收到恐吓信，每天打开社交软件，都会收到恶毒的诅咒，她的生活受到了很大的影响。

乔乔气极之下，与时肖绝交。

考虑到爆红之后的生活阻碍，她不得已离开中国，来到里昂，开始新的学习生涯。她开始留长发、烫鬈发，开始学化妆，努力改变形象，担心远在里昂也被时肖的粉丝认出来。

里昂是世界美食之都，整座城市偏复古色调，落雪之后，美轮美奂。

里昂商学院集聚了世界各地的尖子生，多数学生以后会成为商业精英。在这种精英气场的强压下，乔乔在学习上不敢懈怠，大多时间都奉献给了课业。

到里昂的第二个月，乔乔已经原谅时肖，但始终拉不下脸来先联系他。

在里昂，乔乔很快结识了一群新的朋友。

她跟朋友一起听歌剧、看画展、看时装秀、逛街，眼界和心胸渐渐开阔，很快忘记了在国内的那些不太愉快的日子。

时肖再见到乔乔，是那年圣诞节。

那天，她和一群朋友在酒吧玩得很尽兴。她和同学觥筹交错间，完全没注意到阴暗的角落里站着一个黑色修长的身影。

那人穿黑色卫衣，身高一米九五。

他的后腰抵着石柱，身材出挑，一双长腿随意地曲着，格外引人注目。

他戴着兜帽，让人看不清表情，就这样静静地站着。

半夜两点，时肖过于困顿，取出一支烟抿进嘴里，点燃打火机，对着小簇火焰轻轻一吸，将香烟点燃。

火焰将他的面庞照亮。他的双眼总是清冷，又总透着一丝魅惑。

他吸着烟，靠在石柱上，不言不语，身上的寒气逼得人不敢搭讪。

他的目光一直落在乔乔的身上。

乔乔一头栗棕色及腰小鬈发，随意地散在身后，发质护理得不错，具有良好的质感。在灯光的映照下，她的肌肤白胜雪，脸颊又恰到好处地浮着一抹红晕，将五官衬得明媚又张扬。她的鼻梁上架了一副黑色边框眼镜，此刻却无论如何也挡不住从她那双乌黑的眼睛里透出来的诱人光泽。

一位男同学去拍乔乔的肩膀。时肖目光一沉，手指的力道瞬间加大，将香烟掐断。

他就这样在角落盯着她，不敢去认，也不敢上前与她说话。

也是，这样可爱又具有诱惑力的小姑娘，怎么可能会没有男人惦记呢？

到凌晨三点。

乔乔的舍友苏利斯从洗手间回到酒桌前，指着阴暗角落里的石柱说："那边站着一个男人，好帅啊，你们有人想过去搭讪吗？"

乔乔和女同学们一起望过去，那边黑漆漆的，只看见一道深色人形和忽明忽暗的烟头。

那人仿佛感觉到有人在看他，丢了烟头，转身离开。

“人都走了，搭讪什么呀？苏利斯，是你刚过去搭讪，把人给吓走了？”

苏利斯一缩肩，表示无辜：“你们不知道，从他身边过，都能感觉到他身上那股‘生人勿近’的气息，我哪里敢一个人过去？那气息跟亡命徒似的。”她眉眼一弯，笑着调侃，“不过，就算是亡命徒，也是最帅的亡命徒。”

女同学笑她：“苏利斯，你这颜控的毛病什么时候能好？”

“不能啊。作为颜控狗，我对男朋友没别的要求，长得帅就行。”苏利斯拿胳膊肘撞了撞发呆的乔乔，“喂，庄乔乔，你是颜控吗？”

“……我吗？”因为喝了点酒，乔乔脸颊绯红，昏暗的灯光照着她湿漉漉的眼睛，“我对另一半的颜值倒没那么高的要求，长得不丑，性格跟我相合，就够了。”

她从小见惯了高颜值的男人。

她爸爸，竹马时肖、萧帅，还有鹿哲叔叔，颜值都挺高。她更喜欢气质温和的男人，比如，她的学长……沈祯。

好可惜，沈祯学长有女友，她没戏了。

乔乔和同学的聚会到凌晨才散，回到宿舍，她一闭上眼，脑海里便浮现出在酒吧里看见的那道身影。

那道挺拔的身形，像时肖。

乔乔十九岁生日那天，乔妈打来电话，祝她生日快乐。

母女俩聊了很久。

乔乔总觉得妈妈旁边还坐着其他人，她问：“糖姐，老庄在你旁边吗？”

“你爸爸出差了，家里就我一个人。”她顿了一下，又说，“时肖倒是很想你呢，前阵子他来问我要你的电话。”

“你给了吗？”

“没，你放过狠话，我哪儿敢给啊？”

乔乔心头有点失落，她还是希望时肖联系她的，毕竟两人从小就认识，她对时肖的感情也不浅，真要绝交，她做不到。

可她也放不下架子主动联系他。

挂断电话，糖姐侧过脸，望着坐在自己身旁沉默的时肖，问他：“怎么？你俩还没和解呢？”

时肖摇头。

如果和解了，他不会逢年过节就来这里，坐在她身边，静静地听她们母女俩聊天，也不会通过这种方式来听乔乔的声音。

糖姐无奈，拍着他的肩安慰：“不如你去法国找她，跟她好好道个歉。乔乔是我的闺女，我了解她，她嘴硬心软。”

时肖摇头。

他不是没想过亲口跟她道歉，可他更怕……小姑娘从此以后再也不与他往来。

在里昂的生活很平淡，乔乔生活很规律，休息日会去图书馆，也会跟同学一起去逛街。

在图书馆看书和逛街时，她总觉得有一双眼睛在盯着她。

目光的主人应该是个很温柔的男人，可她从来都捕捉不到他。

每年春季，乔乔都会有特定的几天复发一场奇怪的病症，这是她从娘胎里带出来的毛病，无法医治。

演讲比赛前，她开始上吐下泻，到了比赛当天资料还没备齐，就随意带了点资料浑浑噩噩地抵达会场。

到会场后，她收到一沓匿名的演讲资料，足够让她不在现场丢人。

演讲资料非常齐全，PPT 做得非常详细，她用这套资料赢得了全场的掌声，并且拿到了名次。她不知道匿名送来资料的人是谁，下意识地觉得对方是一个很熟悉的人，是那双温柔眼睛的主人。

比赛结束后，乔乔在会场外与沈祯重逢。

那时候沈祯已经恢复单身。

乔乔惊讶于会在异国偶遇自己十八岁那年的告白对象，心脏开始狂跳。

她甚至怀疑那位送资料的匿名先生是沈祯。

不然，怎么会这么巧？

当天晚上，两人共进晚餐，聊了很多，从学业到比赛，再到法国人文。

她突然发现，原来沈祯的学识远比他的气质迷人，不然，怎么会诱得十八岁的她神魂颠倒呢？

那之后，乔乔总能收到匿名先生的帮助。

她没有吃早餐的习惯，匿名先生每天会让人送来早餐。她和同学出行去西班牙，遭遇抢劫，露宿街头，匿名先生及时出现替她和同学安排了住宿，并且安排她们回法国。

匿名先生从不出现，也从未透露身份，却融进了她的生活。

乔乔怀疑匿名先生是老庄和糖姐安排的，但转念一想又觉得不可能。老庄和糖姐是她最亲的人，在生活上给予她帮助没必要采用匿名的方式。

匿名先生到底是谁呢？是沈祯吗？为什么他做了这么多，却从不对她表白？

乔乔继承了母亲的智慧，智商不低，从初中开始就是别人眼中的天才。

她是语言方面的天才，从小拿过不少国内外大奖。在里昂读书的第二年，乔乔已经收到知名奢侈品公司的 offer。

……

里昂对于时肖来说，是一个很特殊的城市。

这里不似巴黎繁华，雨后的街道格外恬静；这座城市很小，现代建筑不够惊艳，却住着他喜欢的姑娘。因为她的存在，这座宁静的小城变得格外美好、自由而又充满魅力。

在乔乔回国的前一晚，早已在国内的沈祯主动提出去机场接她。

乔乔回国当天，时肖奉乔乔的父母之命去接“小公主”。

他忍了三年不敢见她，终于有机会名正言顺地来接她。

时肖的车停在机场外，他不能下车，只能让经纪人孟棠去出口接她。没想到，小姑娘绕过他的经纪人，上了沈祯的车。

巧的是，沈祯的车就停在他们的正前方。

时肖让孟棠开车，跟上他们，到餐厅才停下。

他看见小姑娘挽着沈祯的胳膊，笑意盈盈，走进餐厅。

时肖在车里坐不住，想下车，孟棠拉住他：“冷静点，这里可不是国外，有多少双眼睛盯着你？你是还想让庄小姐上热门话题吗？”

三年时间，乔乔的外形发生了很大的变化，已经没有人能认得出她就是几年前被著名演员时肖高调表白的那位小姑娘。

时肖沉着一张脸，车内的气压极低。

孟棠说：“他们如果真的是情侣关系，你能怎么办？你作为一个公众人物，还想去挖墙脚不成？时肖，我们合作这么多年，我真不想看着你栽下去，该放手的时候，就放了吧。”

时肖沉默片刻后，开口：“担心她被骗。你帮我查一下，这个沈祯的底细。”

“你跟她是什么关系？你也不是她的亲哥哥，插手这些事情有意思吗？”

“我的姑娘，我会尽我所能保护她。”他清冷的声音透着嘶哑的质感，“即使她不属于我，我也不想看她受到伤害。”

孟棠妥协："我真拿你没办法。你这么痴情，真不该进娱乐圈。"

"她想我做明星，我便做了。没有该不该，为了她，一切都是应该。"

"……"孟棠低声怒骂，"你个疯子，迟早会被这份感情给害死。"

从小到大，小姑娘说的每句话他都刻在心里。

小姑娘八岁时，抓着他的衣角，仰着小脑袋眼巴巴地望着他："时肖哥哥，等乔乔成年礼时，你让全世界都知道你喜欢我，好不好？"

他说，好啊。

于是便有了三年前，他高调地向她表白的事。

她却因此跟他绝交三年。

小姑娘九岁时，盯着电视，捧着脸感慨："时肖哥哥，你长得这么好看，为什么不去当明星？"

他说，演员不是想当便能当的。

他问她："乔乔，你想我当明星吗？"

小姑娘雀跃道："想啊！王时美的哥哥是明星，她总是在班里炫耀她的哥哥，可神气了！如果时肖哥哥当了明星，我就可以去跟王时美炫耀，告诉她，我也有一个超级厉害的大哥哥！"

他说，好啊，他一定努力。

这么多年，他努力做到最好、最优秀，为的就是满足小姑娘的虚荣心。

他如今都做到了，小姑娘却离他越来越远。

2.

餐厅内。

乔乔揉着脚踝，笑着对沈祯说："谢谢你啊，早知道会崴脚，我应该穿平底鞋。"

她下车时不慎崴脚，挽着沈祯的胳膊才勉强稳住身体走进餐厅。

“不客气。”沈祯眉眼温和，笑着问她，“乔乔，前天晚上我跟你提的事，你考虑好了吗？”

她耳背发红，将头发别至耳后，抬眼看着他：“嗯……学长，你们公司能在两年内崛起，确实不错。我会再考虑一下。”

沈祯看中了乔乔的语言能力和交际能力，想邀请她加入他们的公司，入职一年后分股，工资开得不低。

而以乔乔的身价，绝对高于沈祯开的这个价格。

听出乔乔话里有拒绝的意思，沈祯干脆换一种方式。

“嗯。”沈祯的嗓音与他的气质一样温润，“乔乔，你十八岁那年给我的情书，还算数吗？撇开工作不谈，你愿意尝试跟我在一起吗？”

乔乔眨了眨眼睛，以为自己耳背听错了：“你是真的喜欢我，还是想拿我当备胎？”

“我们学的是一样的专业，有相同的爱好，你感兴趣的东西，我也一样喜欢。既然我们这么合拍，为什么不尝试着在一起呢？”沈祯望着她，温柔的双眼几乎让她陷了进去。

她盯着他那双眼睛，觉得似曾相识。她想起在里昂时的那位匿名先生，反问沈祯：“我们重逢时的那场演讲比赛，你放弃了演讲，是因为把演讲的资料……让给了我，对吗？沈祯，我想听一句实话，你是匿名先生吗？”

这个问题乔乔一直想问个明白。没有哪个女生能扛得住被一个男人默默守护多年而不感动，她也如此。

沈祯是个商人，狡猾的头脑促使他发出反问：“乔乔小姐，你认为呢？”

这个反问，让乔乔误会了。

十八岁那年的悸动，她已经忘记是什么滋味，但沈祯依然是她心头的白月光。

乔乔觉得自己能遇到这样的男人很难得。

沈祯的绅士风度，以及从眼睛里透出的那股子温润，还有他这些年来暗中对她的帮助……合在一起，全是她的理想类型。

那个时候的告白，现在再回头来看，并不是爱情层面的喜欢，仅仅是青春期对优秀异性萌生的欣赏与崇拜。

因为他是匿名先生，所以，乔乔不想错过这样的好男人，便点头答应，尝试与他交往。

说不定，沈先生就是她命中注定的另一半？

乔乔回国，接风洗尘宴办得很低调，只来了一些熟人。

两位竹马哥哥——时肖、萧帅，还有一位青梅姐姐谭美美，以及她最爱的“叔叔”——鹿哲。

乔乔替大家切好蛋糕，嬉皮笑脸地给鹿哲递过去：“鹿哲叔叔，我想请你帮个忙。”

鹿哲接过蛋糕，浓眉一挑，调侃的语气：“又替同学求签名？”

被看穿，乔乔红着耳朵点头：“嗯，我在里昂的舍友是你的歌迷，不久后是她的生日，我想要一张你的签名专辑，当作礼物送给她。”

“没问题，但我有个要求。”

“帮你打扫院子这种事，OK 啦。”

“我有那么肤浅吗？”鹿哲轻咳一声，“凭什么你管你爸叫老庄，管你妈叫糖姐，却管我叫叔叔？”

“呃……”她抓抓后脑勺，从小到大养成的习惯，一时难以改口。

“我长得很老吗？”

“不、不……”她连忙摆手。

就他现在的颜值，剃掉胡楂就能演小鲜肉。

这屋里的老男人仿佛都不会老似的，二十年如一日。

两年前在里昂，老庄来学校看她，苏利斯指着老庄问她："庄乔乔，这是你男朋友？长得很帅嘛。"

乔乔缩着肩尴尬地解释："是我老爹啊……"

"……"苏利斯表示不信，"后爹吧？"

……

时肖站在落地窗前，远远地打量着乔乔小姑娘。

她今天摘掉了厚重的黑色边框眼镜，穿着抹胸小礼服，发间别着一个镶钻的小皇冠。

她今天很迷人，是个十足优雅的小公主。

萧帅端着酒杯过去，压低声音对他说："乔乔好歹回来了，你得过去跟她说句话吧？你就甘心把媳妇儿拱手送给别人？"

时肖心里苦。

小姑娘长大了，有自己的心思，他能有什么办法？

乔乔看见时肖，端着酒杯过来，在他肩头推了一把，也不知跟谁学的用调侃的语气说道："喂，时肖，我原谅你了！你以后不用再躲着我。"

时肖勾唇，笑得苦涩："我有躲着你吗？"

乔乔特讨厌时肖这种高傲清冷的姿态。她翻了个白眼："没有吗？没有，你站那么远干什么？"

时肖捏着酒杯摇晃："三年前，你走的时候，不是说，跟我绝交吗？"

乔乔涨红着脸："我那都是气话！你还当真了？你为什么不主动给我打电话？你真是比女人还小气！"

时肖眉心拧着，周遭的气压变得低沉："你提出跟我绝交，我还死皮赖脸不成？那多没趣啊。"

他心口不一。

如果他知道她早就消了气，这么多年，也不会一次又一次偷偷地去看她。

那三年他也不用总坐在糖姐的身边，沉默地听她和糖姐聊天。

乔乔被他的话堵得胸闷：“时肖，你故意气我是不是？”

他阴沉着脸：“没有，我对自己要求不高，在你面前，能有点存在感就好了。”

乔乔没听出他话里的意思，怒意涨满脑仁。

说到存在感，谁比得上他时肖呢？

他是中国娱乐圈里最具影响力的演员。他这种人，绝不敢一个人逛街，也绝不敢独自出门逛商场。

乔乔觉得时肖这种人活得真累，跟他在一起生活，只会更累，根本不会轻松。

乔乔排斥时肖过的那种生活，她排斥时肖对她的感情，她希望能和男友正常地牵手逛街，能时刻感受到男友的温柔。

像沈祯那种男人，于她来说就很完美了。

乔乔在一家翻译所实习，为了方便，她在靠近市中心的楼盘租了一间房。进了沈祯先生的翻译公司后，乔乔也一直没有搬家，没多久，时肖也搬到了她家隔壁。

竹马先生通告太多，即使是他的邻居，她也很少看见他。

时肖休假时，会经常来乔乔家里蹭饭，其实也是打着蹭饭的名义，来给小姑娘做饭罢了。

周末，乔乔在家做完工作，打电话约沈祯一起去看电影。

对方又以工作忙为由，婉拒了约会。

乔乔和沈祯确定关系已经两个月，却从没一起看过电影，只偶尔去餐厅吃点东西，权当是约会了。

这天，做饭阿姨请了病假，乔乔不会做饭，又嫌外卖难吃，索性窝在沙发上仰面看着天花板，百般无聊地发了条怨气满满的朋友圈：“啊——人生的意义在于躺尸吗？好饿……求好心人赏口饭吃！”

沈祯先生点了个赞，留言：“帮你点了份外卖，很快就到。”

萧帅：“妹子，你这有男朋友跟没男朋友有什么区别？分了吧，我看时肖就挺好，再不济，我也比那浑蛋强啊。”

和沈祯谈恋爱的意义是什么呢？她也不清楚。

……

二十分钟后，门铃响了。

沈祯先生点的外卖到了？

她懒洋洋地起身，去开门，看见外面身穿黑色卫衣、戴黑色口罩的男人，有一瞬间以为他是抢劫的。

时肖一只手插在兜里，另一只手拎着蔬菜和水果。

他从兜里抽出手，伸过来，揉了揉她的头顶，从她身边擦过走进厨房。

乔乔站在门口，捋顺被他揉乱的头发，追进厨房，盯着他的后脑勺问：“你怎么来了？”

“蹭饭。”

他嗓音有点淡，将菜取出，放进洗菜池。

乔乔倚靠在厨房的门框上，哼一声：“又来我家蹭饭？”

“怎么？不欢迎？”他将衣袖挽至胳膊肘，洗干净手，甩着手回身看她。

乔乔摸着空空如也的胃，轻咳一声：“那倒没有。蹭饭而已，我是那么小气的人吗？”

时肖神情寡淡地看着她：“出去坐会，饭马上就好。”

乔乔转身回了客厅，窝回沙发，一面调换频道，一面问厨房里的时肖：“喂，我现在可是有男朋友的人了，你不会还对我存有什么心思吧？”

时肖正在切洋葱，闻言，眉头一皱，锋利的刀锋差点切到手指。

他轻呵一声："照顾你是糖姐的吩咐，我哪敢不听？"

她扭过身，下巴抵在沙发靠背上，盯着他的背影问："你就这么听糖姐的话？你又不是她的亲儿子。"

时肖背对着她，她看不清他的表情。

他将洋葱和西红柿放进平底锅爆炒。良久，男人清淡的声音再次传进她的耳朵："糖姐拿我当亲儿子，谁对我好，我都记着。"他停顿一下，声音低了几分，"不像你，没心没肺。"

后一句话很轻，尾音发颤，仿佛在刻意压制某种情绪。

是……幻觉吗？乔乔盯着他俊挺的背影发呆。

时肖担心小姑娘饿坏，简单做了两份意大利面。

乔乔挑食，但对这种洋葱、番茄、黑胡椒混合的味道毫无抵抗力。她埋头吃了几口，抬眼看向对面安静的男人，问："你怎么回来了？没通告吗？"

"嗯，休假期。"时肖知道她爱吃洋葱，于是将自己盘中的洋葱挑出来，全部给了她，"最近工作……还顺利吗？"

"嗯，还好，压力有点大，有点累。"乔乔毫不客气地收下，将洋葱与意大利面拌匀。

"压力太大可以适当放松，工作别那么拼命。"

"我的顶头上司是沈先生。"乔乔吞了一口食物，神秘兮兮地说，"他下达的任务，我哪里敢耽搁呀？你不知道，他生气的样子多可怕。"

"……你们是同事？"时肖问。

"是啊。"乔乔吃得八分饱，喝了口橙汁，靠在椅背上，舒适地打了个饱嗝。

时肖的目光沉了下来："他舍得让你辛苦？"

乔乔伸了个懒腰："他是我的顶头上司，在公司，我是他的下属，他在工作上是一个公私分明的人，这点我很欣赏。”

“是吗？”时肖眼里藏着情绪，怕被她看出端倪，刻意低下头看手机。

乔乔看见他带来一沓信封，很厚实，在他手边搁着。

她的目光落在那沓厚实的信封上，问道：“那是什么？”

“没什么。”时肖抓起信封，塞回宽大的卫衣兜里。

乔乔似乎看见信封上写了“沈祯”两个字，字迹过于潦草，她不确定自己是否看清楚了。

“哦，对了。”乔乔灵光一闪，想起什么，起身往卧室走，从柜子里翻出一只礼盒。

时肖随意地靠在门框上，打量她。

礼盒是正方形的，外面裹了一层很薄的包装纸。她将礼盒递给时肖，说：“这是我从法国给你带回来的礼物，一直没机会给你。喏，收着。”

他接过礼物盒，撕开包装纸打开，里面是一把剃须刀。

是他喜欢用的牌子，还不错。

他收起礼盒，打量着小姑娘的房间。

粉色系床单，书架、床上摆满白熊玩偶。她从小就喜欢《We Bare Bears》的动画片，别的姑娘喜欢国宝熊猫，而她唯独爱着北极熊。

小姑娘从小到大没喜欢过明星，却对北极熊爱得死去活来。

这些白熊玩偶，都是小姑娘的心头肉，即使出国，她也都带在身边。

晚上。

时肖在阳台健身，听见隔壁有动静。

他推开窗户，夜风呼啦啦灌入，传来细碎的争吵声。

“从确定关系到现在，你从没陪我认真地吃过一顿饭。”小姑娘声音一顿，“沈祯，你压根不喜欢我，对吗？”

沈祯手指扣住领结，往下一扯，松了松，语气充满不耐烦：“我工作很忙，拿不出更多的时间来陪你，但你想要什么，我都会满足你。钱？礼物？”

“在你眼中，我就这么幼稚庸俗吗？”乔乔有点难过，仰着头看他。

“你以为呢？”男人因为工作已经很烦，实在没什么精力哄她。

他寡淡的目光扫过她房间的北极熊玩偶，淡淡道：“毕竟，你还保持着一颗童心。”

“……”她从他的嘴里听出了嘲讽的意味，自尊心仿佛被他踩在了脚底。

即便心里很难过，可一旦想到他当初放弃演讲比赛，将资料给她，以及那几年对她的默默守护，所有委屈就都散了。

也许，他真的……因为工作很烦？乔乔深吸一口气，攥紧的拳头再次松开，将小情绪压了下去。

因为他一句话，她放弃了年薪七位数的工作，去了他的公司。她幼稚？她庸俗？

这是乔乔和沈祯第一次闹矛盾，她最终把错都归在自己身上。

约会、逛街、看电影，沈祯从不会牵她的手，她主动地挽住他的胳膊，没一会儿，他便不动声色地将胳膊抽出。

乔乔少女时期的幻想从未实现。被喜欢的人拉小手，路灯下浪漫接吻，于她来说似乎越来越遥远。她甚至开始怀疑沈祯不是匿名先生，既然是，为什么成了情侣，他却对她不冷不热？

远在法国的苏利斯听了她的倾诉，大骂一声：“庄乔乔，他该不会是 gay 吧？”

“啊？”

“他要么gay，要么瞎！你是他的女朋友，他却从不吻你？一定有问题！庄乔乔，依我说，你直接把他踹了！咱们系那个汤姆，你还记得吗？他暗恋你挺久了，你考虑考虑他呗。”

“得，我对黑人无感。”乔乔扶额。

苏利斯猜测：“庄乔乔，你对这个男人未免也太上心了。你放弃了年薪七位数的工作，去他那个破公司，你的脑子是不是坏掉了？”

是吧，她的脑子是坏掉了吧。

“可是，苏利斯，你知道吗？当年那位默默帮助我的匿名先生，就是他。”

“哦——”苏利斯语气平稳地说道，“那他就更有病了。默默为你做了那么多，追到手，却又不珍惜，他会不会有什么心理障碍？”

“心理障碍？”

乔乔觉得有可能。

为了发现沈祯先生的心理障碍，她开始留意他的生活。

在公司为了能常常见到沈祯先生，她甚至将整个部门的活儿都揽了过来。

部门同事的八卦之心开始蠢蠢欲动。

刘玲敲打键盘的动作停下来，扶了扶黑框眼镜，说：“欸，那个新来的主管庄乔乔，毕业的学校和工作能力都挺牛的，却来我们这里上班，你们猜是为了什么？”

白玉跷起手指涂指甲，脑袋一歪，冷笑：“哎哟喂，还用得着猜吗？她工作起来不要命似的，连我们这些下属的活儿都做了，可不就是为了吸引沈先生的注意？”

平日不太爱说话的贝蕊也插嘴道：“你们有没有觉得……庄

乔乔长得特别像三年前时肖表白的那个大学生？”

闻言，白玉指甲都涂歪了：“哪里像了？我时宝宝瞎了？给这种女人表白？不要侮辱我们家宝宝的审美，好不好？”

刘玲说：“不过……我觉得庄乔乔没戏啊。沈先生有女朋友，昨天我还看见他和女友从电影院出来……”

3.

乔乔给沈祯送完资料，回到办公室，刚坐下，下班时间点到。紧接着，办公室外面传来一阵喧闹声。

白玉取出一沓明星见面会门票，说：“我宝宝的电影发布会，我替大家都买了票，都得去啊！”

白小姐如此慷慨，办公室里一阵欢呼雀跃。

白玉是实打实的白富美追星族，她搞到手的门票，一定是头排黄金位置。

同事们开始哄抢门票，最后还剩一张。

白玉敲响乔乔办公室的门，探进来一个脑袋：“主管。”

“什么事？”

乔乔虽然是部门主管，独坐一间办公室，但在这个部门年龄最小，无论怎么打扮得成熟，工作能力如何强，到底是个小姑娘模样，没什么威慑力，大家也都没拿她当主管看待。

白玉扬了扬手中的门票：“时肖的见面会，头排位置，我替你也买了一张票，一起去呗？”

“我不追星，在国外这么多年，也不太关注国内的明星。”她声音一顿，笑着说，“这么好的机会，给其他同事吧。”

“庄主管，沈总还让我们照顾你来着，你看，我连票都给你买了，你不去，我怎么跟沈总交代？平时聚会你从没去过，这次怎么都得跟我们一起去吧？你别这么不合群啊？”

话说到这种程度了，乔乔再拒绝，恐怕会真的落下一个不合群的名头。

那就勉为其难地去吧！

时肖的见面会在唐乔电影城举行，外面的广场上挤满粉丝，人山人海。

她们一行六个女孩，被挤在队伍中间。

时肖的保姆车开来时，人群自发地分开一条道，没有拥挤，各个粉丝群的代表自发地维持秩序。

片刻后，西装革履的时肖从车上下来，对粉丝挥手。

乔乔挤在人群里，一块牌子忽然被塞进她的怀里。

旁边的白玉抓住她的手腕摇晃，催促她：“主管大人，您别愣着啊，晃动手中的牌子！”

她愣了一下，也没看清牌子上写的什么字，就跟着一群疯狂的粉丝开始晃动。

她扫了一眼人群，发现自己好像真的不太合群……

她不是这个圈子里的人，无法融入她们的生活。

她也能理解这些姑娘对时肖的疯狂，如果有一天，她的偶像也能从动画片里来到现实世界，她也会这么疯狂。

旁边的白玉拿胳膊肘撞了她一下：“主管，你喜欢哪个明星啊？看你对我家时宝宝这么不上心，你该不会喜欢鹿哲那款吧？”

“我……喜欢 Ice Bear。”

“Ice Bear?”白玉笑道：“主管，你居然喜欢动画片里的北极熊？你喜欢的人……哦不，熊，和你的身高、外表一样，都有一颗童心嘛。”

也不是第一次被人嘲讽有一颗童心和幼稚了，她抿了抿嘴唇，微笑了一下。

时肖下车，目光被人群中那抹熟悉的身影所吸引。

女孩身高一米六，白衬衣搭配包臀裙，踩着一双六厘米高的细高跟鞋，胳膊上搭着小西装外套，挎着公文包，一副小白领打扮。

她举着名牌，木讷地站在人群里。及腰的栗棕色小鬈发被她随意地拨到肩后，鼻梁上架了一副厚重的黑色边框眼镜，那双清凌凌的眼睛藏在镜片后，散发出一丝独独吸引他的诱惑。

他总是能从千万人中一眼便认出她。

无论她穿着公主裙，还是最普通的白领装，那头栗棕色及腰小鬈发和那双眼睛，在他眼中永远是最明亮的星。

“啊——”

乔乔身边的女粉丝尖叫着：“时肖过来了！过来了！天哪，太帅了，我要晕了！”

即便她有身高优势，依然被疯狂的女粉丝们挤到了后面。

时肖走过来，给她前面的女粉丝们签名，他目光灼灼，朝她这边看过来。

乔乔担心被人注意，随手将名牌塞给旁边一个初中生，转身往电影城里面走。

见面会还没开始，影城还未开放。

乔乔走 VIP 通道率先入场。

白玉一行人进来时，看见乔乔已经坐在位子上，纳闷道：“主管，你什么时候进来的？”

乔乔扶了扶眼镜框，眉眼一弯笑得很温和：“刚进来，外面人太多，所以，我先入场了。”

白玉坐下，反问她：“刚才给你的名牌呢？”

“被……人抢走了。”乔乔双肩一缩，有点内疚。

白玉睨她一眼，真是被她弄得没脾气，将一条横幅塞进她的手里："喏，这个拿好，待会我宝宝进来，就举起来摇，不能让我宝宝觉得他不受欢迎，要让他感受到我们女粉丝的热情。帮这种小忙，主管，您一定不会拒绝的吧？"

厅内灯光偏暗，横幅上的字是夜光的，上面写着：老公，我爱你！

乔乔："……"

大概是厅内的空气太闷，她半截脖子连着耳朵都红起来了。

她还没整理好推辞的话，现场突然响起一阵尖叫声，差点刺穿她的耳膜。

时肖穿着西装，往台上一站，个高腿长。台上灯光很暗，只一个侧面清晰地呈现，挺拔的鼻梁、分明的唇线，喉结下是扎得一丝不苟的领带。

他从主持人手里接过话筒，灯光笼在他身上，英俊的五官立刻从暗处显现，仿佛被罩了一层白色的圣光。

他嘴角一勾，对台下的粉丝挥挥手，声音从音响里传出来："大家好，我是时肖，感谢大家来参加今天的见面会。"

他的嗓音带着一抹酥人耳膜的磁性，台下的尖叫声此起彼伏。

女粉丝们纷纷起身，疯狂地晃动手中的名牌。大概是为了吸引偶像的注意，名牌与夜光横幅上的语句，一个比一个夸张、大胆。

乔乔第一次看见这样的时肖。

灯光将他的笑容揉碎，变成了一点点五彩斑斓的影子。

她看得有点呆，心脏被融化成甜腻的小奶油，不由自主地开始摇晃手中的横幅。

她貌似……有点理解女粉丝们的心情了。

现场太热情，乔乔的耳膜被那些尖锐的嗓音震得发疼。

她包里的手机开始震动，来电显示是沈祯先生。她收起横幅，接通电话，用手稍微挡住话筒，“喂”了一声。

“你在哪儿？”

听语气，乔乔能想象到此刻沈祯先生的眉头皱得有多狠。

她没来得及回答，沈祯便反问她：“时肖的见面会现场？你想让所有粉丝都知道，你就是三年前被他表白的姑娘？”

本来只是一句提醒的话，乔乔却从中听出了嘲讽的意味。

她抓着手机，如鲠在喉。

“晚上八点十五分，我在你家门口等你，跟你谈点事，希望你别迟到。”对方语气强硬，她甚至没来得及问什么事，电话就已经挂断。

她看了眼时间，已经七点五十分了。

她现在就得走了。

恰好时肖也要退场，离开的粉丝应该不止她一个。她戳戳白玉的胳膊肘，低声说：“我还有点事，先走了。”

“走吧，走吧。”白玉不耐烦地挥挥手，又扭过头来问她，“喂，庄乔乔，你觉得我的男神怎么样？不能白看啊，必须给句评价再离开。”

“呃……”她咳嗽一声，清了清嗓子，“帅，很帅。”

白玉笑得眉眼一弯：“算你有眼光。”

她赶时间，从VIP通道下楼。

在电梯口，遇见时肖和他的经纪人，她怕有记者跟拍，远远地站在一旁，不与他搭讪。

时肖长腿一迈，主动靠近她：“这里没外人，不用避讳。你一个人？”

“跟同事一起，她们都是你的粉丝。”跟他靠得太近，乔乔有点心理压力，不动声色地往旁边挪了挪。

叮的一声电梯门打开，乔乔先进，时肖紧跟其后。

经纪人和助理识趣地等下一趟电梯。

电梯门合上，时肖侧头问她：“今天怎么这么大胆，敢举着名牌招摇过市？”

“……喀。”她被唾沫呛住，咳嗽一阵，低下头，散在后背的长发垂下来，挡住涨红的脸，“你都看见了？”

“全场恐怕只有你穿成这样，太扎眼了。”她的长发有点毛糙，时肖不由自主地伸手过来，替她捋直，声音低下来，“回家吗？我的车在下面，一起？”

她可不想上热搜榜，连忙摇头拒绝。

时肖从兜里掏出钥匙，塞进她的手里：“今天外面人多，不好打车，你开我的车回去。”

“那你呢？”乔乔攥紧钥匙，仰头问他。

“等孟棠安排。”

4.

VIP 通道只允许公司高层和被邀请的明星通行。

唐乔影城和唐乔影视均为庄氏集团下的产业，乔乔作为庄先生的小心肝，也持有一点股份，算是个小股东。

从电梯出来，时肖拽住乔乔的手腕，望着她，眉皱着，欲言又止。

“怎么了？”她看出他有情绪，疑惑道。

时肖沉默一阵，问她：“你了解沈祯吗？”

这个问题让她哑口无言。她对沈祯先生好像真的……一无所知。

男人的手心覆了一层细汗。他在紧张吗？

他的唇线抿得很紧，手上的力度又稍微大了一些，导致她手腕血流不畅，出现了一圈手印。“乔乔，他不爱你，一点也不爱。”此刻的时肖与台上那位意气风发的演员判若两人，在她面前几乎低到尘埃里。

他压制着胸腔里那阵揪心的痛感，语气尽量平和：“他不配，也不值得。”

这一番没头没脑的话，让乔乔顿生怒意。

她将手腕抽出来，怒目圆睁：“时肖，你这话过分了啊！”

“如果他出轨，你还会喜欢他吗？我这里有点东西，你要看吗？”时肖问她。

“我相信他。”乔乔一脸坚定。她知道时肖手里的东西一定会让她误解沈祯，但她相信他，有些东西不能断章取义，得自己去感受。

“……好。”他恢复一贯的冷静，嘱咐她，“路上小心，慢点开车。”

每一次发生小争执，他总是先软下来。

乔乔也深吸一口气，沉下心，点头：“那我先走了。”

上了车，乔乔发现手心出了一层薄汗，心脏跳动的速度也快了很多。

她往椅背上一靠，脑子里不断闪过时肖紧皱眉头的模样。

她揉了一下眉心，深吸一口气，让心情尽快平复。

时肖的手里的确有点东西。上次去乔乔家，被他封装在信封里的东西，就是沈祯与前女友藕断丝连的证据。

沈祯成长经历坎坷，大学时跟女老师叶心谈恋爱，最终叶心嫌弃他是个穷学生，与他分手，做了富二代的小三，沈祯大受打击，并不再相信感情。

时隔一年，这位女老师患上癌症，又回头来找他。到底是爱过，沈祯放不下，对她心软，并答应陪她度过生命最后的旅程。

沈祯完全不拿与乔乔的感情当回事，跟她在一起，只是站在利益的角度，认为小姑娘心思单纯，两人成为情侣后，她一定会来自己的公司。

乔乔没有辜负他的期望，工作能力非常出色，相继给公司带来几个大客户，其中包括其他公司很难拿到的《听风》剧组的项目。这部电视剧的男一号是著名演员时肖，是一部大投资的戏，他们所得的利润非常可观。

沈祯没有告诉乔乔他与叶心的藕断丝连，毕竟叶心所剩的时间不多，他觉得，完全没必要。

大概是被叶心伤害太深，沈祯与乔乔相处时总是小心翼翼，不敢与她有亲密接触，担心再次陷入感情的旋涡，难以抽身。

如今的沈祯，一心只有事业，乔乔于他来说，只有商业价值。

一旦乔乔的商业价值被他榨取干净，也就是他们分手的时候了。在有过叶心的教训后，沈祯希望结婚的对象是一个顾家、听话又不那么扎眼的小女人，最重要的是，还要以他为中心。

而不是像乔乔这样，美丽、优秀，耀眼得过分，时刻被其他男人惦记着，他没有安全感。

乔乔回到小区，停好车，顺便从快递柜取了两个快递箱。箱子里都是苏利斯从法国给她寄来的礼物，她双手抱着都吃力。

由于电梯卡在五楼，迟迟不下来，又离八点十五分还差四分钟，她咬咬牙，抱着两个沉甸甸的箱子一口气冲上十一楼。

沈祯已经在门口等着她。

沈祯身材高挑，白衬衣、黑西裤搭配棕色皮鞋，显得职业而干练。他一只手提着公文包，另一只小臂挽着西装。

听见身后的动静，沈祯回过身来看她，眉头拧得很紧，连楼道里都透着他身上散发出来的压抑感。

她后背的汗毛都竖了起来，抱着两箱东西，缩着肩，小心翼翼地走过去。

没注意脚下有台阶，她栽了下去，抱着箱子单膝跪地，冲着他行了个大礼。

沈祯微微吐出一口气，脸上透出一丝无奈，弯下腰，朝她伸出手。

乔乔抓住他的手，借着男人的力道起身。等稳住身体，她弯腰去揉膝盖，疼得眼眶里泪水直打转。

沈祯低头看她，低声喝道："不许哭。"

他和在公司里一样，语气里透着领导的威严，吓得她一愣。她吞了口唾沫，将眼泪压回去。

她推开门，将快递搁在玄关柜上，侧身让开一条道，让沈祯进屋说话。

沈祯跟她进屋，从公文包里取出一沓文件，递给她："《听风》剧组需要一名法语翻译，这部剧的男主是时肖，制片人也是他。他的经纪人说，他的性格捉摸不定，所以，我打算让你去跟组。"

"我？"乔乔接过文件，抬眼看他，"你知道我和时肖的关系，你……不会吃醋吗？"

"这是工作。"时肖沉声说道，"时肖是唐乔影视的大股东，如果这笔生意做成功，说不定能带动公司与唐乔影视的合作。唐乔影视身后是整个庄氏集团，这对公司发展很有帮助，所以，我希望你能认真对待。对了，昨天给你的文件翻译好了吗？"

"庄氏集团？他们有自己的翻译团队，不需要外包公司。"乔乔顿了一下，提醒他，"所以，你可以放弃这个念头。"

"你在质疑我的能力？"

"没……你等一下，我去取文件给你。"乔乔转身回到卧室，从枕头下取出彻夜加班翻译好的文件。她从床上坐起身时揉了揉膝盖，疼得眼泪飙了出来。

她怎么觉得，自己谈个恋爱怎么这么卑微？

沈祯拿着文件离开，乔乔开始查看膝盖，发现伤处磕破了皮，血肉模糊。

她用药水清理伤口，皮肉如被撕扯，疼得她龇牙咧嘴。

她的卧室里已经没有一只白熊玩偶。因为沈祯的一句话，她把白熊玩偶全部扔进了楼下的垃圾桶。

乔乔忽然觉得自己有点像小傻帽，胸腔涨满酸痛，开始思考为他做这一切是否值得。

乔乔再见到沈祯是周六下午。

她见完《听风》剧组的负责人，打算去商场买套应季的衣服，近期忙着完成沈祯给她的任务，她几乎没有时间逛街。

在从三楼下二楼的电梯上，她看见沈祯搂着一个女孩从D&M门店走出来。

在门口，沈祯取过女人手中的包装袋，替女孩将刘海撩到耳朵后面。

女孩仰起头，对他说了什么。他犹豫了一下，嘴角一勾，俯身在女孩的鼻尖上落下一吻。

女孩很眼熟，如果乔乔没记错，她应该就是A大艺术系的老师？她大一时见过，美女老师让人印象深刻。

此刻，乔乔说不上心里是什么滋味，被隐瞒欺骗的感觉，并不好受。

沈祯先生显然没注意到她。

乔乔尽量压抑住情绪，转身离开。回到小区情绪便不受控制了，她在楼下的小酒吧坐了一会儿，喝了点酒。

酒的后劲很足，快到凌晨，乔乔被保安搀扶着进了电梯，最后自己从电梯爬了出来，艰难地爬到了家门口。

一波未平，一波又起，开门时乔乔才发现门卡落在公司了。命运波折的无力感让她彻底崩溃，她头重脚轻，胃里一片翻江倒海，难受地在门口坐下，将脸埋进膝盖里，昏昏欲睡。

时肖说得对。

沈祯不配，真的不配。

这层楼只有她和时肖两个住户，她就这样坐到半夜两点也没人来打扰。

她目光呆滞地望着楼道的尽头，掏出手机，打电话给《听风》剧组的负责人。

虽然头疼欲裂，稳不住身体，但她吐字非常清晰，从电话里听不出她此刻喝醉了。

之后，她又辗转着跟其他几位客户通了电话。

又过了四十分钟，沈祯一通电话打进来，质问她："庄乔乔，你干了什么？为什么你负责对接的客户都要求解约？！"

"我让他们解约的。"乔乔的声音里没有情绪起伏。

沈祯怒吼："你疯了？！"

声音有点刺耳，她将手机拿远了一段距离。

乔乔的声音有点冷，与往常不同。

她的嗓音淡淡的，语气有点像时肖的："沈祯，你搂着女孩逛商场，我很难过。我一难过，就不可抑制地闹脾气，做些让人无法理解的事。另外，辞职的违约金我会一分不少地付给你。你真以为我是看上你那点工资，才留下来的吗？你真以为凭你们公司现在的资质，够资格和唐乔影视打交道？白日做梦！"

姑娘的情绪显然陷入极端的状态，小白兔霎时间变身为张牙舞爪的小狐狸。

沈祯的太阳穴跳个不停，他揉了揉眉心，沉声道："乔乔，你冷静点。"

"你敢摸着良心说，你跟叶老师没有关系？"

"庄乔乔，你真要跟我鱼死网破？"

乔乔嘶哑的嗓音一顿："沈祯先生，从头至尾，你都在利用我，是吗？"

一段谈话因为电话被挂断而终止。

乔乔突然离职，并且带走了手上所有客户。

沈祯这才知道，那个总在他跟前将头埋得很低的小姑娘并非小白兔，而是潜藏许久蓄势待发的小狐狸。

……

时肖回到家已经是半夜两点半。

前脚刚跨出电梯，一股浓烈的酒精味便扑面而来。小姑娘坐在门口，将头埋在膝盖里，栗棕色的长鬈发垂下，罩住半截身子。

时肖走过去，蹲下身将她扶起来。

小姑娘摘掉了黑框眼镜，醉眼迷离，一双眼睛蓄满泪水，看得他心脏一软。

乔乔仰头望着他，嘴角噙着一丝得逞的坏笑。

这个表情他很熟悉，但凡小姑娘做了什么坏事，总会露出这样的笑容。

总有人被她温良无害的外表欺骗，可她从来不是小白兔，而是一只不折不扣的小狐狸。

她懂得隐忍，不喜欢斤斤计较，但这不代表她不会报复。

她的眼中带着一丝不甘："你以为你很厉害吗？劈腿？呵呵……"

他大概明白了。

小姑娘知道了真相，实施了报复。

他大概能猜到，小狐狸的报复手段对那个男人来说，是一次重击。但这只小狐狸，酒醒之后一定会心软。

时肖将她捞起来，贴着她的耳朵喊她的名字："乔乔？"

小狐狸不应声，软瘫在他的怀里。

"你喝醉了。"时肖没有从她包里找到钥匙，索性带她回了自己家。

小姑娘的下巴搁在他的肩头，嘴里发出呜呜的声音，满腹不甘。

“我哪里不好，我哪里不好……”她嘴里喃喃念着，“我从来没有这么卑微地面对过一个人，从来没有……糖姐的话都是骗人的。什么女追男隔层纱，倒追才有真爱，都是骗人的！骗人的……”

“乔乔。”时肖沉声打断她，“你没有不好，哪里都好。他不值得，也不配。”

“……呕……”

乔乔的脸颊泛着红晕，原本白皙的小耳垂也泛着红。

她打了个酒嗝，呆呆地望着他，想要努力看清眼前的这个人是谁。

小狐狸的一双眼睛映着夜间的灯光，美得令人惊心。时肖的心都软成了水，心脏仿佛被某只手大力地拧紧，疼痛不已却难以挣扎。

乔乔扶着他的肩，吐了他一身污秽物。

时肖脱掉外套，将她抱去床上，扯过被子给她盖严实。

女孩的刘海被汗水浸湿，一根根头发黏在脸上。

时肖伸手过去，替她拨开额前的刘海，收回手，俯下身，贴着她的耳郭轻叹：“乔乔，我该怎么做，你才肯接纳我？”

他的小狐狸，他心疼都来不及，却被别人伤害得如此彻底。

他实在不明白，世界上为什么会有沈祯这样的男人。

他拿脸颊紧贴在小狐狸的额头，温热在他的感官末梢慢慢荡开。

他的声音很低，也很轻：“我没有能力让全世界的男人都像我一样爱你，但我会努力保护你，这个承诺，会一直到我生命结束。”

第二章

她的Ice Bear

1.

第二天一早，乔乔睁开眼，陌生的天花板导致她浑身绷得紧紧的，腾地一下坐起身。

床单、窗帘是她爱的粉色系，书架和钢琴上摆了不少白熊玩偶。陌生的房间让乔乔感到一丝危险，她下意识地摸胸。

内衣还在！没有一丝不挂！她胡乱地揉了一下头发，松了一口气。宿醉之后，她头痛欲裂，胃里反酸严重。

她起身走到书架前，去看那些白熊玩偶。

这不是……被她扔下楼的白熊吗？她弯下腰，凑过去仔细闻，有淡淡的洗衣液的清香。

卧室门被敲响。

乔乔愣了一下，下意识地问："谁？"

"我。"门外的时肖嗓音很淡，微一顿后说，"出来，吃早餐。"

乔乔眼神一亮，这是时肖的房间？她回身看粉色床单和窗帘，笑得双肩发颤。原来，演员时肖也有一颗少女心啊。

早餐是吐司培根小比萨和一杯酸奶。

昨晚乔乔把胃里能吐的东西都吐了个干净，这会胃里空空的，饿得要死。

在时肖面前，她从不客气，抓起小比萨送进嘴里。

食物将胃填充得满满的，在饥饿时吃到的食物永远最美味。她深吸一口气，一脸享受地感慨："时肖，你不去当厨师可惜了。"

"我没有替别人做饭的爱好。"时肖取过一只苹果，开始削皮。

"所以，你的爱好是当演员？"乔乔斜眼看他，觉得这人一点也不会聊天。

果皮一圈圈脱落，看他削苹果，仿佛是在看他雕琢一个渐渐成型的艺术品。

时肖将削好皮的一整个苹果搁在她的餐盘里，声音低得很有底气："把精力花费在你身上，就是我唯一的爱好。"

乔乔尴尬地轻咳一声，低下头不再出声，闷头继续吃。

手机震动，她打开扫了一眼，发现公司的微信群炸了。

白玉："我去，你们知道吗？庄乔乔告白未遂，不打招呼就辞职了，还带走了手上所有的客户！部门现在乱成一锅粥！"

刘玲："这么凶残？她手上的可都是重要客户啊！沈先生这么信任她，她居然……做出这种事情？真是蛇蝎女人啊。"

贝蕊："为沈先生点蜡……等等……庄乔乔还在群里！你们慢点讨论！"

白玉："在群里怎么了？一个人到底能无耻到什么地步，才可以做出这种龌龊的事来？"

"……"乔乔无语地看着群里的讨论，这时候进来一条短信。

她打开未读短信，居然是她预约的律师发来的？可是，她什么时候预约了律师，她怎么不记得？

乔乔揉着发痛的脑袋，努力回想着昨晚的事。

她看完律师的留言，不得不接受了一个事实。

她昨晚居然真的抢走了沈祯的重要客户，还委托律师帮自己打违约离职的官司，并争取一分钱也不赔偿。

我的天！她太过分了！她太无耻了！她简直太不要脸了！可是，这种感觉好爽啊！

她在微信群里发言："哦，男友劈腿还不允许女友采取手段打击报复一把了？谁告诉你们我表白未遂？去问问你们沈先生都干了什么龌龊事！（微笑）"

说完，她还不忘 @ 一下沈祯。

微信群里一片沉默，隔了十分钟，没见沈祯发言，乔乔退了微信群。

接下来流言怎么传，她都无所谓了，她问心无愧。

报复后，乔乔心情愉悦，多吃了两盘水果。

时肖问她："我九点的飞机，你要跟我一起去海亚岛吗？出去散散心。"

"我有那么脆弱吗？一个渣男不至于影响到我庄乔乔的心情。"她拍着胸脯如是说。可到底被欺骗了感情，心里的不爽也不会那么快散去。

可她又不能在时肖面前哭，那样就太打脸了！

乔乔瞪圆眼睛，气鼓鼓地看着他："倒是你，干什么要把我扔掉的白熊捡回来？还说没有对我存着那种心思，你说这话的时候，良心不会痛吗？"

时肖神色凝重，目光有点冷："是啊，所以，每次对你说'我对你毫无欲望'之类的违心话，我的良心都会特别痛。"

乔乔感觉自己撞到了枪口上。

好像……这家伙无时无刻不在抓着机会跟她"表白"。

沉默一阵，她抬眼望他，为了岔开话题，把昨晚做的那些荒唐事都跟他讲了一遍。她问："时肖，你说实话，我这个人是不是特别不可理喻？昨晚那些事，我是不是做得太过分了？"

时肖用餐巾纸擦擦嘴角，直视她："对那样的人，你留什么情面？他欺骗你在先，他都心安理得，你内疚什么？"

"嗯……"时肖说得对。

对于这件事，她本身的难过点不在于沈祯先生劈腿，而是在于沈祯先生对她的欺骗。之前她怀疑沈祯有心理障碍，可是现在她明白……

心理障碍个鬼啊！分明就是脚踩两条船心虚好吧！

她又开始怀疑那位匿名先生根本不是沈祯，而是另有其人。

乔乔跟时肖絮叨起这件事："时肖，你聪明，你帮我分析，匿名先生到底是不是沈祯？还是……他从一开始就下套骗我，其实匿名先生，真如苏利斯所说的，是暗恋我很多年的黑人小伙子？”

“……”时肖咬了一口三明治，轻咳一声，正色道，“他大概是想冒充这位匿名先生，博得你的好感。”

乔乔智商不低，却在私人问题上笨拙、迟钝，沈祯这件事就是个例子。

“哦。”乔乔喝了一口牛奶，皱着眉头开始若有所思。

时肖问她：“在想什么？”

“我在想，如果我嫁给黑人，老庄会不会把我扫地出门？”

“噗——”时肖眉头紧蹙，被呛住，一口水喷了出去。

乔乔开始想象自己跟黑人结婚，生下黑人宝宝的情景，黑宝宝长得跟巧克力似的，简直不忍直视！

她抱着脑袋猛摇一阵：“算了算了，那太可怕了……”

就算匿名先生是暗恋她多年的黑人，她也不能降低审美以身相许啊。

时肖正色看她，眼神锐利得仿佛要将她这个人凿穿。

乔乔缩着肩膀打了个冷战：“你……这是什么眼神？”

他冷哼一声：“所以，庄乔乔小姐，你宁愿考虑黑人，也不考虑我？嗯？”

他的尾音上扬，有一种冰冻三尺的森森寒气。

乔乔埋下头啃一口苹果，拿出一贯“沉默、装死”的伎俩，将这个问题给敷衍了过去。

早餐过后，乔乔回房间取包，看着书架和钢琴上的白熊玩偶，开始蠢蠢欲动。

她后悔因为沈祯的一句话，把这些玩偶全扔掉。

真是冲动啊……现在理智还来得及吗？

她回过身眼巴巴地望着站在身后替她叠外套的时肖，话到嘴边又吞了回去。

“后悔了吗？后悔了，就带回去吧。”时肖看出她的心思，替她将叠好的衣服装进袋子收好，递给她，“不用说什么感谢的话，谁让我是你的后悔药呢，是吧，乔乔小姐？”

“喀……”乔乔伸手从他手里接过衣服，抿紧嘴，还是低低地说了一声“谢谢”。

时肖突然反手握住她的手腕，吓得她肩一缩。

她瞪大眼睛看他。

男人的眼神越来越……深情？温柔？

他要干什么？表白？不合适吧？她可是昨天才被劈腿啊！好歹有点同情心，不要在这种时候火上浇油啊！时肖，你快把表白的冲动给我憋回去！

“乔乔。”果不其然，他直截了当地问道，“我要做什么，你才肯接纳我？”

乔乔尴尬得耳朵都红了。她最担心的事还是来了。

她从小爱跟在时肖的身后跑，是他的小尾巴。她小时候虽然也想过要嫁给他，可长大后明白，嫁给时肖并不是一件容易的事。

要做他的太太，得放弃很多东西，比如，她热爱的自由。

乔乔自问做不到这么伟大，可为什么时肖总是不肯放过她？

做兄妹不好吗？干什么非要三番五次地将她推上那种特别尴尬的位置。

……好烦躁。

她想避开这个问题，可一抬头，就对上时肖那双亮晶晶的眼睛。

她有点慌张，将手腕抽出，转过身顺手拿过一只北极熊玩偶，敷衍道：“除非……你变成北极熊！”

时肖看着她，沉默半晌，并没有继续为难小姑娘。

他和往常一样，伸手揉揉她的头发，转身离开房间。

乔乔摸着被他揉过的头顶，望着他离去的背影发呆。

唉……每次被他这么一揉脑袋，所有的郁闷和生气都好像一消而散了。

良久，房间外传来时肖的声音："离开时记得锁门。"

他的尾音随着关门的声音落下。

她从卧室出来，外面已经空无一人，心里莫名地一松，呼出一口气。

乔乔去物业办公室补了门卡，回到家往沙发上一瘫，这段时间因为工作绷紧的神经，在这一刻全部松懈下来。

她仔细回想着这段时间的种种，越想越觉得沈祯那孙子浑蛋。

从一开始，他就在利用自己帮他卖命工作？

被利用、被欺骗，乔乔心情郁闷，控制不住小情绪，于是发了条朋友圈："男人都坏透了！以后不想再谈恋爱！"

下面一群人回复——

糖姐："闺女，失恋了？"

老庄："宝贝，爸爸在。"

萧帅："哎哟，我去！我这暴脾气！谁敢欺负我妹子？我去削了他！是那个姓沈的浑蛋吗？"

大约过了半个小时，时肖也留言："不想谈恋爱，就跟我结婚吧。"

"……"乔乔一口酒喷出去。

朋友圈这么多长辈在，这货到底是怎么有勇气说出这样的话？！

没过一会儿，老庄给时肖回复了一个"微笑"的表情，似笑非笑，有点深不可测。

萧帅回复时肖："开窍了？有生之年，我终于看见你开窍了，哈哈。"

……

当天下午，时肖和鹿哲参加完海亚岛的活动，一起坐游艇回厦城。

天色突然暗沉下来，乌云压得低而密集。迅猛的海风将甲板上的遮阳伞骨架掀折，肆意翻腾的海水将整艘游艇荡得不断起伏，令人难以稳住身体。

没多久，附近的海域黑雾弥漫，电闪雷鸣间，暴雨倾盆。天空乌云翻滚，黑浪卷起数丈高，巍峨壮观，像城墙一样挡住游艇的去路，渐渐地朝他们压过来。

鹿哲看着这突变的鬼天气，站在船舱口，大骂一声“什么鬼东西”，旋即想伸手将时肖那小子拉回，没想到，手刚伸出去，一股黑浪就将整艘游艇掀翻。

顷刻间，游艇上的所有人都被卷入海浪中。

鹿哲随浪沉浮，头部撞击在一块坚硬的物体上，旋即昏迷。

两个小时后，时肖在沙滩上醒来，身下是一片湿润的黄沙。

睁开眼，满天繁星，半截身子还在海水里泡着。他动了动身体，撑着地面坐起来，抬手揉了揉眼睛，手上的白毛扎得眼睛疼。

他继续揉了揉眼睛。

等等……他的手背上为什么会有……白毛！

时肖顿时吓得清醒过来，借着月光看见一双手……不，这是一双肥胖的白爪子？

光线太暗，他看不太清楚。

再低头，隐约发现腹部隆起，偏白色，他用“爪子”去感受腹部，结实的腹肌消失得无影无踪，变得柔软而肥厚。

他尝试着抬了抬双腿，为什么双腿变得如此沉重？

夜里冷空气阵阵，时肖却觉得很热，非常热。明明还没到夏天，为什么夜里会这么热？

他往有路灯的地方走，身后留下一串北极熊爪印。他才行几步，身体却变得沉重不堪，恍如在高温的沙漠里，浑身热汗、口干舌燥。

虽然夜里的光线不够亮，但他明显能察觉到身材走形，衣服被撑破，难道是……喝了海水的缘故？

他现在应该是半裸着身体，行走时却没有赤裸的羞耻感，他的身上……好像被裹了一层白毛？是在海水里沾惹的什么藻类植物？

越想越觉得诡异，时肖迫切地想找一面镜子看清身上到底都是些什么玩意。

他身上的衣服不剩几寸，上身还剩了一缕残布挂在脖子上，恰好是衣兜，里面装着手机。

时肖摸了摸，手机还在，然后用肥胖的爪子极其不灵活地拉开衣兜的拉链，取出手机。

这是今年上市的一款高科技新型手机，曾经做过实验，海水浸泡一周也不会损坏。

屏幕上覆了一层水珠，他用掌心一抹，屏幕顿时一片清亮。

手机解锁得指纹和面部同时识别。他的手指摁在屏幕上，通过屏幕的微光，他惊恐地发现……一根手指居然占据了三分之一的屏幕？指甲锋利，手背还有白毛，竟然是货真价实的动物的白毛！

手机解锁失败，只能用简单的便捷功能。他打开相机功能，利用前置摄像头看现在的自己。

前置摄像头灯光开着，屏幕上出现一只硕大的北极熊熊头！

他惊恐地瞪大眼睛，镜头里的熊眼也瞪得十足大。他皱皱鼻子，镜头里的北极熊也跟着皱鼻。

他又用手机灯光照自己的爪子、粗壮的双腿，以及滚圆柔软的大肚子……

如此折腾四十分钟，他终于承认一个事实：他变成了……一头北极熊！

那他现在要怎么回A市见乔乔？

时肖在沙滩上一直坐到半夜两点钟，用Siri语音功能打了一个电话，叫了一艘游艇。

凌晨三点，游艇抵达他所在的珍珠海滩。

他声明只许驾驶员开游艇来，上面不许有任何工作人员，也不许驾驶员来见他。

游艇驾驶员坐在操控室，通过摄像头偷看时肖上游艇。

驾驶员抓着后脑勺感慨：“这年头演员真不容易啊……上私人游艇还穿戏服？”

别说，这北极熊的皮毛做得还真像那么一回事，跟真的似的。

时肖爬回舱内打算休息，可舱内的温度偏高，他的身体难以承受。他躺在床上翻来覆去睡不着，干脆钻进游艇上最大的冰柜里……就这样，在里面睡了一夜。

……

四十八小时后，粉丝开始替失踪的时肖祈福。

乔乔试着给时肖打了一通电话，却一直无人接听。

可是……她好像听见了电话铃声？

她竖着耳朵仔细听，电话铃声好像是从她家的厨房里传出来的？厨房空空荡荡的，她循着声音靠近大冰箱，耳朵紧贴在冰箱的门上。

铃声清晰，确实是从里面传出来的。

她小心翼翼地拉开冰箱门，看见里面坐着一只白色绒毛的北……极……熊？北极熊柔软的胸脯随着呼吸起伏，还是……活的？

北极熊攥着手机，正用宽厚巨大的爪子笨拙地戳着屏幕。

乔乔吓得目瞪口呆，还没来得及叫出声，北极熊那只毛茸茸、胖萌胖萌的爪子便搭了上来，声音温润：“乔乔，别怕，是我。”

时肖在海边醒来时已经变成了白熊，他想尽办法才回到A市。

乔乔心里仿佛有一万头北极熊奔腾呼啸而过，抬起手给了北极熊一巴掌，尖叫一声跑进卧室，将门反锁。

冰箱里有一头成年北极熊啊！

她怎么可能不怕！

时肖侧脸贴着小姑娘的房门，仔细听着里面的动静。

小姑娘声音慌乱，颤抖着口齿不清——

“喂！110，我们家冰箱里住了一只北极熊！”

“真的！警察叔叔，你要相信我！”

“喂！动物园吗？你们的北极熊跑出来了，现在在我家冰箱里！”

“……”

时肖低头看着白色的熊掌，尝试着动了动熊指，掌间肥厚，覆盖着一层白色的绒毛。

是的。

不是幻觉，他的确变成了北极熊，变成了小姑娘喜欢的白熊。

他素日清冷桀骜的眼神在此刻变得柔软，双眸漆黑泛着水光。

他……这也算是得偿所愿了？

2.

时肖在外面等了很久，肥厚的熊爪在门板上一敲：“乔乔，我是时肖。”

“……”乔乔吓得说话都不利索了，“骗鬼呢！你哪点像时肖？！”

北极熊皱了皱并不存在的眉，深吸一口气，面孔更加冰冷——

“你四岁时，尿裤子，不敢告诉糖姐，就穿了我的裤子回家，你还记得吗？”

“你五岁时，从学校阶梯上摔下去，门牙磕掉一半，我背着你往学校医务室走，你哭了一路，你还记得吗？

“你八岁时，抓着我的衣角，说想要一个不一样的成人礼，让我当着全世界人的面给你一个人唱歌，要让全世界都知道我喜欢你。你成年那天，我如你的愿，你却因此跟我绝交三年，这个你总记得吧？

“你二十一岁时，喜欢上了别的男人，如今你们分手，我最高兴。”他语气一顿，撒了个小谎，“结果幸灾乐祸过了头，从郊外回城的路上开车撞上了树，等我再醒来已经变成了北极熊。”

车祸是子虚乌有，貌似这样说……更接地气，更容易被接受？

如果他说自己掉进了海里不仅没被淹死，还被冲到了几十公里之外的海滩，然后变成了北极熊……她一定不会相信这么荒谬的事。

所以，相比之下，还是车祸这种意外更容易让人接受吧？

显然……无论是车祸后变成北极熊，还是坠海后变成北极熊，都一样荒诞！

他还在胡思乱想着。

咔嚓一声，门从里面被打开。

乔乔看着比她高出一个头的北极熊，沉默良久后，伸出手指，小心翼翼地戳了戳他鼓起来的肚子。

软乎乎的、温热的，还带着反弹的手感，给她一种很微妙的感觉。戳玩偶熊的肚皮，不会有这样的温度，也不会有这样真实的手感。

她新奇地摸了摸时肖，柔顺的毛让她放下戒备。

“你真是时肖？”她抬头看着他。

“我的声音，你听不出来吗？”时肖目光温柔，声音也很轻。

乔乔仰头看着他，恍如做梦。

声音和这双眼睛的确是时肖的……

怎么会有人真的变成北极熊？做梦，一定是做梦！

她伸出手，去抓时肖身上的毛发。毛发很软、很白，暖暖的，这种手感怎么会是幻觉？怎么可能是幻觉？

她小心翼翼地抬眸，问道：“那个……时肖，我能抱抱你吗？”

她简直不敢相信，有朝一日会真的有机会拥抱北极熊，这是她从小到大的梦想。

即使已经成年，即使已经工作，即使在公司被称作“工作狂”“女强人”，但她到底也才二十一岁，少女心未泯，心里还揣着儿时那个浪漫的梦。

她喜欢《We Bare Bears》里的北极熊，她想嫁一个像白熊那样的老公——温柔、多才，厨艺精湛，精通多国语言……对陌生人冷漠，对爱的人展现温柔。有柔软的皮毛，有柔软的肚子，有可爱的耳朵，有冰冷的眼神，也有一颗温暖的心。

时肖展开一双粗壮的手臂，还没准备好，小姑娘的头就像石块一样重重地砸进他的怀里，并在他的怀里蹭了蹭……

他还是低估了乔乔喜欢北极熊的程度。

小姑娘也太大胆了，就这样轻易地接受了他这个……满口利牙、爪子锋利的怪物了？

他以为，要费好多口舌。

乔乔抱住北极熊时肖柔软的腰，脸颊贴着他宽阔的胸脯，让乔乔有一种从未有过的安全感。

这是在沈祯身上体会不到的，这种舒适感让她无法自拔。

她喜欢熊，他真的就变成了熊，他用宽阔的北极熊怀抱容纳她。

大概是这几天太累，小姑娘就这样抱着他，在他的怀里睡了过去。

他将她抱起来，用最标准的公主抱。

镜子里映出他的轮廓，现在，他是一只体格强壮的北极熊，小姑娘缩在他的怀里，及腰的栗棕色小鬈发垂下来，缠在他粗壮的纯白熊臂上，两者的颜色形成鲜明对比。

有点像……真人版美女与野兽。

他低下头，用湿润的熊鼻在她额头微微触碰，声音很低：“晚安，我的公主。”

……

当天晚上，乔乔做了一个非常绝望的梦，所有的朋友都像沈祯一样离自己而去。

能算得上她朋友的人，非常少了。萧帅和谭美美出国发展，她与他们见面的次数非常少；她在国内与时肖见面的机会也不多，时肖也不太可能跟她一起逛街、吃饭。大学时代交好的朋友苏利斯留在法国，也没什么见面的机会。

回国后，她也就经常和沈祯象征性地吃餐饭，其余时候都是独来独往。

在梦里，孤独的感觉在心底膨胀，被放大数百倍，开始不可抑制地喷发。

小姑娘的睡眠似乎不是很好，梦话说了半句，眼泪便不受控制地流了下来。

时肖将胳膊伸过去，给她当枕头。

望着小姑娘漂亮的五官，他低头吻下去，身子顷刻发生变化，终于，他又变回了那个英俊帅气、身材精瘦的时肖。

这……还真是美女与野兽？只亲了一下，他就变回了人身？

他的身上一丝不挂，腹肌、胸肌的线条清晰立体。

他低头看了眼身体，又抬眼看乔乔。

变成北极熊的经历，好像是一场梦？

两个小时后，时肖再次变回北极熊。

他看着熊爪和圆滚滚的腹部，大胆地猜测：他变回人身的方法，是亲乔乔小姑娘？

翌日。

乔乔睁开眼，北极熊依然在。

北极熊秉承了时肖身为人时的习惯，喜欢握着水果刀一圈圈地削果皮。

熊爪用水果刀削了一会水果，大概觉得不顺手，于是，换了一把菜刀。宽大的菜刀和肥厚的熊掌很匹配，白熊先生用起来更顺手。

白熊先生拿菜刀削水果的画面不要太美。

乔乔揉了揉一头栗棕色鬈发，打了个哈欠问他："时肖，我是做梦吗？我昨晚看见你……一丝不挂地坐在我床边耍流氓来着。"

昨晚睡得迷迷糊糊，她不知是不是做梦。

时肖握菜刀的手一顿，犹豫着要不要告诉她真相。昨晚他偷吻她，的确是变回了人身，但人身也只维持了两个小时。

犹豫几分钟，时肖决定放弃。

他搁下削水果的菜刀，将苹果递给她，等她接过水果，伸出肥厚的熊爪揉她的脑袋："是做梦。"

乔乔接过苹果咬一口，"嗯"了一声。

看在某人变成北极熊这么惨的分上，她就不计较他在她梦里不穿衣服耍流氓的事了吧。

等乔乔洗漱好从卫生间出来，看见北极熊时肖系着一条超大号荷叶边的围裙站在厨房里做饭，一只熊爪握着平底锅，一只熊爪握着锅铲，小心翼翼地煎蛋。

平底锅里的油滋滋响。

白熊先生一抖锅，心形煎蛋腾空翻身，蛋白被煎得焦黄。

时肖版北极熊做早餐，还原了她钟爱的那部动画片的情景。对这种会做饭的白熊，乔乔毫无抵抗力，那是一种女粉丝得以窥见偶像的心情，难以表述。

小姑娘蹭到他的身后，脸颊轻轻地贴着他后背的白毛蹭了蹭。

动物毛发在她肌肤上扫过的那种顺滑的舒适感，让她的心软成水。

白熊时肖转过身，用熊爪拍她的脑袋："乔乔小姐，你要是喜欢，我可以免费当你的靠枕、床枕，以及人肉垫。"他语气稍顿，"但我有一个条件。"

“什么条件？”

“你的冰箱要足够大，让我在你家的冰箱里住下来。”

这样的条件已经算不上条件了。

乔乔最抵抗不了北极熊萌物的诱惑，想象着每天都能看见白熊拿菜刀削水果、在厨房做饭的情景，让她买下一座冰库，她都毫无怨言。

“怎么会受伤？”孟棠接到乔乔的电话，先是松口气，再是勃然大怒，气得胸口强烈起伏，“他脱离危险居然自己坐游艇回了A市，却没有第一时间联系我，真是太过分了。他在哪个医院？我要去见他。”

乔乔攥着电话，安慰孟棠：“孟姐，你先别生气，你也知道，他家里人特别特别在意他。你放心，时肖已经度过了危险期，有专业的医生陪护，这里也有先进的医疗设备。”

孟棠皱着眉头问她：“我什么时候能见到他？”

乔乔抬眼，望着坐在对面沙发上的白熊，只见白熊先生艰难地……弯曲熊指，比画出一个“V”字形。

她了然，对着电话里的孟棠说：“两个月。”

“这么久？”孟棠掐了一把眉心，抱怨道，“公司现在都疯了！鹿哲脑震荡，醒来后变得跟神经病似的。时肖更棒，干脆玩消失？”

“鹿哲叔叔怎么了？”乔乔心头一紧，“他受伤很严重吗？”

“是，脑震荡，失忆。”鹿哲现在的记忆停留在十四岁，性格叛逆得让人头疼，孟棠的语气有点无奈，“一个快四十岁的大男人，疯得跟十几岁的叛逆少年似的，你能想象到那种疯狂吗？”

鹿哲是圈子里出了名的笑面虎，他是艺人，也是商人，圈内圈外都得罪过不少人，如今变成不知掩藏情绪的“失忆少年”，实在让人着急。

孟棠至今都记得，以前有个唱歌不错的新人，在后台讽刺鹿哲年龄大，没几年就会退休，这话恰巧被老狐狸鹿哲听见。

当时的鹿哲没有回避，正面与之交锋，笑着拍拍对方的肩头，说道："年轻人，你要学的还有很多，以后，我慢慢教你做人。"

没多久，这个势头不错的新人就被爆染指有夫之妇，破坏他人家庭的风波还没过去，又被"群众"举报在皇庭 KTV 吸毒，此后便没了动静。

就是这样一个雷厉风行的人，如今在病房里咋咋呼呼，叛逆得宛如中二少年。

反差感太大，以至于她和老林都以为鹿哲疯了。

乔乔想了一下，的确……有点疯狂。她难以想象，鹿哲叔叔叛逆起来是什么样。

孟棠大概描述了一番："他醒来后，剃掉了胡楂，把头发染成了五彩鸡毛色，成天背着一把电吉他在床上跳着唱摇滚，造型堪比二十世纪的杀马特，搁那儿一站，葬爱家族老大哥的气息扑面而来。你说叛逆不叛逆、疯狂不疯狂？"

"葬爱家族……"乔乔目瞪口呆，"太叛逆、太疯狂了！"

一旁的时肖也听得心惊胆战。

杀马特？唱摇滚？剃胡楂？鹿哲五官偏阴柔，这些年为了维持稳重的男人形象留着胡楂，这已经成为他性感的招牌。

他剃掉了粉丝们热爱的一个性感点，这无疑是在损害自己的形象。

……太叛逆！太疯狂！鹿哲，似乎比他伤得还严重。

大陆很多年前就不再流行摇滚音乐，这十几年，鹿哲一直走的是稳重熟男路线，歌曲风格沧桑中带着深情。

他每一首歌的歌词都感人肺腑，每一段音乐都令人落泪。

时肖难以想象……一个树立了十几年深情熟男形象的著名歌手，把头发染成五颜六色，将自己塑造成摇滚非主流，是个什么样的情景。

画面……只需要一想，就不忍直视。

“时肖，我们要去看望鹿哲叔叔吗？他……似乎伤得很严重。”乔乔挂断电话，询问他的意见。

时肖皱着并不存在的眉，想了片刻。

在娱乐圈，他和鹿哲的关系有目共睹。他算是童星，小时候跟鹿哲一起参加过节目，在娱乐圈摸爬滚打这些年，唯一能交心的也只有鹿哲。

鹿哲不仅是他父亲的朋友，也是他的挚友。

时肖与鹿哲喝酒时，曾听他说过，他也曾在一瞬间遭遇过类似的奇幻经历，变成六岁的小孩。这段变身经历持续了很久，也是那段变成小孩的经历让他喜欢上了一个不该喜欢的人。之后出了一场大事故，他才得以恢复。

对于这种天马行空的变身故事，时肖从没当真过。可直到今天，他才体会到这种变身的奇妙，才开始认真考虑鹿哲那段话的真实性。他此刻认为，鹿哲变成小孩的事是真的，不是编的故事。

鹿哲变成小孩好歹还是个人，可他现在……直接跨物种变成了北极熊。这比起鹿哲变成小孩，似乎更严重。

他低头沉默，提议说：“你先过去，想办法留到十二点，支开那边的工作人员，我有点事想和鹿哥商量。”

“你这样……不怕把他吓死啊？”乔乔瞪大眼睛望着他，觉得他的提议太疯狂，“并不是每个人都和我一样喜欢北极熊，你这一出去，得吓晕一群人吧？白熊大爷，您三思而后行，您现在也算是我的宠物，吓死了人，我得赔多少钱？”

时肖冷冷地望着她。

大概是因为变成北极熊的缘故，心情稍有不爽，他便龇着牙，吓得乔乔往沙发后一缩，抓起一只咸鱼玩偶，直指他的熊鼻，发出警告："不许露牙！想吓死人吗！"

北极熊抿嘴，意识到此刻自己可能有点吓人……眼神立刻变得温和，努力想把黑嘴唇缩进去，奈何熊唇不如人唇灵活，眼睛和鼻子几乎皱到了一起。

他努力半晌，泄气："抱歉，我控制不了表情。"

"没……没关系。"白熊先生神情越窘迫，乔乔的眼睛越是水灵灵闪着花痴之光。

他努力想改变神情的样子，真的……太萌了。

乔乔用手揉了揉胸口，深吸一口气，想让花痴的情绪平复下来。

奈何……白熊先生过于萌，乔乔根本控制不住浑身活跃的花痴的细胞，一挪身子坐过去，头抵着他柔软的胸脯，抱着他的脖颈，一边搓着他颈部的白毛，享受着舒适的手感，一边感慨："时肖，你放心，我一定对你不离不弃。"

她终于体会到时肖那一众女粉丝的花痴心情。

"……"乔乔前后三百六十度大转弯的态度让时肖受宠若惊。他坐得笔直，一双熊爪放在熊膝盖上，坐姿像个老干部。

他低头说道："后天晚上，想点办法，带我去见鹿哥。"

"好、好、好，你最萌，我听你的。"乔乔抱住他的胳膊，脑袋搁在他厚实的熊肩上，掏出手机自拍，"来，看镜头。"

时肖看镜头，眼神有点冷，表情略凶。

"头低一点，低一点，你太高了，镜头装不下。"乔乔盯着镜头指挥着。

于是，镜头里的北极熊缩了缩脖子，脖子上的肉自然而然地叠了三层，眼神变得无奈，表情与刚才的"凶残"成反比，略呆萌。

"就这样，别动！"

乔乔摁下拍摄键。

小姑娘一自拍根本停不下来。他就这样缩着又肥又短的熊脖子，陪着她自拍了四十分钟。

他是有多无聊，才会陪她做这些事？

3.

为了给熊宝宝一个更舒适的卧室，当天下午，乔乔叫来搬家公司，搬到了郊外一处别墅。

这是老庄和糖姐送给她的成人礼，她嫌弃离城太远，一直没进来住过。

别墅第一层有个冰库，乔乔十八岁那年，为了满足自己的少女梦，把冰库改建成了一个用冰铸就的卧室，本来已经荒废多年，为了时肖又重新找人装修了一遍。

乔乔带着时肖走进特地为他打造的卧室，裹着羽绒服，双颊冻得通红，搓搓小手问："怎么样？这个房间还喜欢吗？模拟了北极的温度。"

时肖打量一圈卧室，果然是……小姑娘喜欢的风格。

房间如水晶铸就，淡蓝色的灯光一照，一片晶莹剔透，过于梦幻，仿佛置身于动漫，不太有真实感。

冰雕床上挂着淡蓝色的床帐，冰质摆件在灯光下透着蓝光。

乔乔攥紧羽绒服的领口，指着桌面上冰雕的物件说："冰雕水杯、冰雕牙刷、冰雕餐碗。"抬手又一指冰雕餐盘，鲜活的海鱼掀了掀尾巴，"我特地让人送来的海鱼。你饿吗？早上跟我一起吃煎蛋喝牛奶，胃会难受吗？"

乔乔满眼关切。这种关切，如果是对着正常的他，该有多好！

时肖眼神冷淡。

乔乔被他的眼神误导，以为他不知道怎么吃，于是解释道："抓起来，直接送进嘴里，动物世界里，北极熊都这么吃。"

“……”时肖如鲠在喉。

所以，小姑娘这是让他……生吃海鱼？连带内脏、血液、鱼鳞一起吃？

乔乔见他那张白色熊脸都快变成黑色，放下鱼，拍着他的肩头安慰：“时肖，你不要有心理压力。我虽然没有养宠物的经验，但我还算了解北极熊，我会好好照顾你，像养狗一样。”

“是谁告诉你，北极熊得睡冰床、用冰雕洗具和餐具的？”

“动画片里都这么演的啊……”

“乔乔。”

“嗯？”

“下次你让人送鱼，记得让他们把鱼处理干净。茹毛饮血，我还做不到。”时肖心情略郁闷，动了动熊指，问她，“有烟吗？”

“冰雕的烟？”

冰雕个……屁啊！他无奈地叹道：“正常的烟。抽的。”

“时肖，你居然抽烟？你什么时候学会抽烟的？”乔乔一脸震惊。

他望着她，不说话，干净的熊眼饱含温情。

——在你离开的那三年。

每当深夜想起她，他都会莫名烦躁，身体和灵魂不允许他从其他女人身上寻找她的影子，这世上也没有人能够取代小姑娘在他心里的位置。

他不能去找别的女人分散内心的渴望，只能靠烟缓解内心的枯燥。

乔乔望着时肖这双湿润的熊眼，踮起脚，伸手捧住他的熊脸，揉了揉：“白熊肖，你别哭啊……”她竖起两根手指发誓，语气充满宠溺，“我发誓，一定好好养你，不让你受任何委屈。”

鹿哲住在郊区别墅，房间被隔离。乔乔到时，经纪人老林坐在一楼的客厅里打盹，准备随时监管。

乔乔走进客厅，老林抬起一张憔悴的脸，凄凄惨惨地望着她：“庄小姐。”

老林是个几乎秃顶的胖子，穿着背心，脊背和胳膊上有大片的刺青，相当扎眼。

老林以前是个老奸巨猾的商人，生意失败欠了一屁股债，鹿哲替他还清债务，之后他便跟了鹿哲做事。

老林人糙，做事却仔细，道上朋友多，狗仔拍下的八卦绯闻，不出二十四个小时，他一定会处理得干干净净。

“嗯。”乔乔抬眼看楼上，问他，“鹿哲叔叔怎么样了？”

老林用一双大手捂住脸，低下头，难受得双肩颤抖：“疯了。”

楼上传来一阵电吉他音，不着调，像指甲刮在玻璃上发出的声音，异常刺耳。

尴尬的唱腔和歌词变成狂乱刺耳的噪音。乔乔下意识地捂住耳朵，皱着眉头对老林表示同情：“叔，您辛苦了。今晚我在这里守夜，您去房间休息吧。”

“这……不好吧？”

“没关系的。鹿哲叔叔平时待我不薄，对我有求必应，这种时候我应该做些力所能及的事。”乔乔一脸坚定，“林叔，您先回房好好休息。您放心，就算我这儿守不住，门口还有保镖呢。”

老林抹了一把辛酸泪，抱住乔乔，沉痛道：“好女孩，叔爱你！”

“吼——”

从窗外飘来一阵低沉的兽吟。

老林松开乔乔，一怔：“什……什么声音？”

乔乔故作镇定：“什么声音？狗吠吗？”

“宅子里没养狗啊？”老林一脸狐疑。

“叔，一定是您这几天太累，产生幻觉了吧？”乔乔拽着他的胳膊，将他往卧室推，“您去好好休息，这里的一切交给我！”

鹿哲“疯了”的事不能传出去，交给外人看守他不放心，但乔乔不是外人，值得信任。

乔乔将老林推进房间，关上门，片刻后，里面便传出了老林打呼噜的声音。

她松了一口气，转身去阳台推开一扇落地窗，半截身子探出去，对蹲在草丛的那团白招呼：“白熊肖，进来。”

话音刚落，白熊哗啦一声站起来，身高顿时与她平齐。他用冰冷的目光丈量了窗户的宽度后，问她：“怎么进？”

乔乔侧身给他做示范：“把身子侧一侧，挤进来应该没问题。动静得小一点，外面的保镖很机警，我好不容易才支开。”

“嗯。”时肖踩上窗台，一条大肥腿跨进来，身子果不其然被……卡住了。

他低头，拿一双漆黑的眼睛看乔乔。

接收到某熊的幽怨眼神，乔乔低头轻咳一声掩饰尴尬。她捏着下巴开始假装研究窗户宽度和白熊肖的身材，转了一圈，还是不知道怎么办。

时肖有点气馁，低叹一声。

这叫……什么事。

唉。

一只小白手忽然落在他的腹部，将他鼓起来的肚皮重重往下一压：“白熊肖，你深吸一口气把肚子吸回去，我用手给你摁着做辅助。”

时肖深呼吸。

他肚皮上的肉过于肥厚，即使用力吸气，滚圆的白肚皮依旧稳如泰山，体积丝毫未变。

这圆滚滚的肚皮未免太坚挺了！

乔乔改用两只手去推他的肚子。

时肖低头，看着被她一双手摁出来的两个手印，熊爪握住女孩纤细的手腕，说：“没用的。”

乔乔因为过于用力，小脸憋得发红。她抬眼问时肖：“那怎么办？这要是让保镖看见，你会被抓进科学院做研究的。”

他低头想了一会，提议：“你去厨房，拿桶油。”

“庄小姐，您干什么呢？”保镖听见动静过来查看情况，手电筒的光打在时肖的身上，惊得叫出声，“这是什么？北……北极熊！”

时肖立刻屏住呼吸，抬起的熊爪僵在半空，一动不动，连眼珠子都不再转动。

乔乔脸色煞白，见时肖一动不动，心一沉，讪讪地笑道：“不……不是。这是我给鹿哲叔叔带来的玩偶。”

“这么逼真？”

保镖跨过花丛靠近，伸手抚摸熊身。时肖实在憋不住气，大口一吸空气，胸腔剧烈起伏。保镖吓得往后一缩：“他有呼吸！会动的！”

乔乔轻咳一声，开始一本正经地胡说八道：“逼真吗？庄氏集团的科技公司新研发的玩具熊，第一只，还没公开上世，我先带来给鹿哲叔叔瞧瞧。”她捏起时肖脖颈上的一块皮毛，“这毛和肌肤均为人工合成，手感逼真，而且保质期长，正如你所见，他还有仿真呼吸。”

“……”这就是真的吧！保镖满脸狐疑。

乔乔眉眼一弯，神色轻松：“这玩意除了不会动，其他都很逼真、很智能，还会唱歌。”

保镖一脸质疑：“唱歌？”

乔乔点头：“对。”她指着时肖的熊鼻，“这个是开关，摁下后对着他耳朵说任何一首歌，他都能唱。”

她话音刚落，保镖伸手在时肖的鼻子上摁了一下，问乔乔：“怎么没有开关键的手感呢？太逼真了。”

“……嗯。这也是这款玩偶的特点所在。”

保镖摁下“开关”，对熊耳大声一吼：“唱——《甩葱歌》！”

这一声差点刺穿时肖的耳膜。他凭借记忆搜索这首歌，停顿约数十秒，喉咙里便发出仿机械的歌声：

“A rattsuatsua ra ribirabirin
Rabarirranru ran renranro
Wapa rippappapa parippari
Pariri ripiripi risuten renrandon
Yaparinran tenrande aro
……”

欢快的节奏和乱七八糟、不知所谓的歌词，让乔乔彻底绷不住，扑哧一声笑出来。

保镖捏捏时肖的肚皮，竖起大拇指：“牛，太牛了，鹿先生一定喜欢！您这儿还需要帮忙吗？如果不需要，我继续巡逻。”

“我自己可以搞定。”乔乔笑着说，“您先忙。”

保镖看着卡在窗框上的“白熊玩具”，说：“庄小姐，不是我说您，搞什么特立独行？放着门不走，非得走窗户。”

乔乔一耸肩，道：“刚才不是老林在吗？他不太喜欢这些玩意，反对我给鹿哲叔叔带玩具。”

保镖：“懂了。那您慢慢倒腾，我忙去了。”

送走保镖，乔乔进厨房拿了一桶食用油，往时肖坚挺的肚皮上一泼，抱着他的胳膊用力往里一拽，被卡住的白熊忽然从窗框上脱落，她连带着熊身一起往后摔。

熊的身体如泰山一样朝她压过来，千钧一发之际，北极熊单手撑住地面，让她躲过了“泰山压顶”，同时宽厚的熊掌托住她的后脑勺，让她免受后脑勺着地的痛苦。

……

上了二楼，电吉他的噪音再次破门而出。乔乔用余光看见身后的白熊一颤，一只肥脚踩滑，差点从楼梯上滚下去。

乔乔敲响门。

里面传来男人不可一世的声音："谁啊？小爷练吉他没听见啊？！"

她清了清嗓音，隔着门叫道："鹿哲叔叔，是我，乔乔。"

"叫谁叔呢？有病吧？"门从里面被打开，一头五彩鸡毛忽然出现在她的视野，吓得她往后一缩。

剃掉胡楂，鹿哲的面庞变得干净，肌肤透白，五官更显阴柔。烟熏妆搭配破洞牛仔衣裤，腰带上吊着一根手指粗的铁链，杀马特气息扑面而来。

这是……葬爱家族？

乔乔的腿一软。

昔日那位鹿哲叔叔虽然有点不正经，但好在是熟男形象，不会对她大声言语。眼前这位五彩鸡毛、一身戾气，除了五官，没有哪点像鹿哲。

鹿哲嘴里嚼着口香糖，扫她一眼，勾着魅惑的紫唇："哟，小妹妹，大晚上的找哥哥聊天啊？"

"鹿哲叔叔……"乔乔踮起脚，伸手要去探鹿哲的额头。

她的手被鹿哲一巴掌拍开："叫谁叔叔？小爷十四岁，还年轻，你管谁叫叔？"

男人下手没轻重，在乔乔的手背上留下一个巴掌印。

几乎同时，白熊气息一沉，周遭的冷空气瞬间凝固。鹿哲很快注意到乔乔身后的白熊，那只熊龇着牙，冷冷地看着他。

鹿哲吓得往后一缩，将身子藏在门后，探出脑袋看着他们："我的天，什么情况？北极熊？小妹妹，现在这个年代，养北极熊都合法化了？”

时肖脸色阴沉，声音冰冷：“你不是鹿哲？”

被这么一激，鹿哲从门后窜出，胸脯一挺：“货真价实的鹿哲，好吗？”说完又缩回门后，“这个时代这么可怕？北极熊都会说话了？机器人？”

时肖本来想向他请教意外“变身”的事，可现在……鹿哲的脑子出了点问题？

他的熊掌抵着门板，将门用力推开，带着乔乔进了屋。

鹿哲缩回床上抱住吉他，瑟瑟发抖，望着一熊一姑娘：“你……你们想干什么？虽然小哥哥我英俊倜傥、貌美如花……但也是有底气的，劫财可以，劫色，我宁死不屈！”

乔乔：“……”这真的是鹿哲叔叔？

时肖随手将门反锁，在鹿哲对面的沙发上坐下，熊背挺得笔直，坐姿端正得像个三好学生。

他刚坐下，鹿哲立刻弹跳起身，站在床上，居高临下地指着他：“喂喂！那头熊！坐坏了我的沙发，你赔得起吗！给我坐地上！”

这可是他刚从网上抢回来的沙发，限量款啊。

乔乔看着鹿哲，目瞪口呆。

就这么几天时间，鹿哲叔叔疯了，时肖变成了北极熊……偏偏这两位，随便有一点风吹草动都能在娱乐圈掀起一阵惊涛骇浪。

时肖纹丝不动地坐在沙发上，直视他：“长话短说。我们遭遇黑浪落海，再醒来，我从人变成了北极熊。我相信，在你身上一定也发生了不可思议的事，所以，我有理由怀疑，你不是鹿哲。”

闻言，鹿哲攥拳怒道：“喂，那位白熊先生，你能对你说的话负责吗！瞪大你的眼睛看清楚，小爷是货真价实的鹿哲，是十四岁的鹿哲。”

“十四岁？”乔乔想起孟棠的话，追问道，“所以，你是真的失忆了？你的记忆停留在十四岁？”

“是……”鹿哲盘腿坐下，“在我的世界观里，我才十四岁。昨天我还是个想着怎么逃课的初中生，一觉醒来却变成了著名歌手。著名歌手是什么概念？在我的时代，那是一个神话！我从穷学生变成了有钱花不完的歌手，可以肆意上淘宝购物，可以买心仪的设备组乐队，简直太爽了！唯一不爽的一点就是，那个老林不让我出门！”

乔乔在时肖身边坐下，用手指戳戳他腰部的肥肉，凑到他肩后，小声说：“鹿哲叔叔失忆了，你觉得还有跟他商量事情的必要吗？”

“没有了。”

时肖垂下眼睑，唯一的希望破灭了。

鹿哲摸着脸颊，看向屋内唯一的女性问道：“没想到二十几年后的我，依然这么帅，我这算冻龄美少男吗？”

看着“少年”那双充满求知欲的眼神，乔乔点了点头：“……算……”

鹿哲又开始感慨了：“二十几年后的我审美真差劲，还黑头发、留胡楂，这不是糟蹋我这张能撩翻万千妹子的脸吗！”

“……是啊。”乔乔保持微笑点头，表情略僵硬。

鹿哲的目光落在白熊的身上，咂嘴感慨：“二十几年后的世界真是奥妙无穷，人居然可以变成北极熊？该不会是海水被严重污染……基因变异了吧？”

时肖吐出一口气，抱着一丝希望问他：“十四岁之后的记忆，你真的……没有一点印象？”

鹿哲又换了个“美人躺”的姿势，单手撑着脑袋，看着时肖说：“没有印象。”

时肖提议再一起出海，寻找恢复的办法。

鹿哲拒绝："小爷困了，你们赶紧走吧。恢复的事情，顺其自然吧，我得好好享受这种不用读书、不用考试、衣来伸手、饭来张口的宝贵日子。"

乔乔和时肖面面相觑。

乔乔对鹿哲表示同情，低叹一声说："那，鹿哲叔叔，您好好休息。"

"大姐，您叫我叔叔不嫌委屈吗！"鹿哲少年一翻白眼，"我看起来很老吗！"

乔乔随时肖改口："那……鹿哥，我们就先走了。"

"走、走、走。"少年一脸不耐烦地挥手。

一人一熊行至门口，又被少年鹿哲叫住："等等，既然你们如此信任我，那，留个QQ，有事好随时联系。"

乔乔愣了一下，才道："我们……没有QQ。"

"……是地球人吗？居然没有QQ？"

乔乔以前是有，但出国后渐渐将其摒弃，早就删了这款软件。她问："微信……可以吗？"

"微信？什么玩意？"十四岁的鹿哲没用过。

乔乔向他解释："是一种和QQ类似的聊天软件。"

"哦……"鹿哲捏着下巴若有所思，片刻后一脸郑重地抬眸问她，"能互踩空间吗？"

"……"

乔乔虽然不用QQ，但也知道"互踩空间"是什么意思。这是她六岁就摒弃了的功能！

"不能。"

鹿哲直嘀咕："怎么时代越先进，软件功能越落后了呢？"

乔乔打开手机，教他使用微信。

鹿哲打了个OK的手势："好，有事，我就call你们。"

乔乔嘱咐他："……对了，时肖变成北极熊的事，你知我知，不要告诉其他人，包括老林，不然……"

"不然，他们得怀疑我真的得了神经病！"鹿哲接话，一脸不耐烦地挥手，"好了，好了，你们快走。这个时代的女人都跟你一样啰唆？"

乔乔抿了抿嘴，想起一件事，又道："鹿哲叔叔，我上次问你要的签名专辑，你没给我。你失忆……承诺得作数吧？"

"哦，无论我鹿哲几岁，都是重信义的人。那玩意儿，你要多少，我给你签多少！"鹿哲抬手一指房间的书架，"喏，那上面有专辑，你取一张过来，我给你签！"

乔乔取过一张专辑，递给他。

鹿哲大手一挥，一笔一画地写下两个歪歪扭扭的字：鹿哲。

"……"糖糖看了鹿哲的签名，太阳穴跳得厉害。

她如果把这个签名专辑送给苏利斯，会被人家摁着打成脑残吧？

这真的是鹿哲的签名，而不是小学生的"狗爬字体"吗？

这是她见过的最丑的专辑签名……没有之一。

时肖扫了一眼签名，用熊爪扶额，低声对乔乔说："看来他失忆症挺严重，连最本能的签字……也回到了十四岁时的水平。"

乔乔叹息："你也好不到哪去啊，白熊先生。"

第三章

美女与野兽

1.

“沈先生，林东那边的季总说……要与我们停止合作。”助理一通电话打进来，让沈祯眉头紧蹙。

乔乔带走的几个客户资源，于他的公司来说也算不得什么大损失。但奇怪的是，在乔乔离开后，连续六个集团公司都跟他停止了合作。

电话里，助理一阵结巴，提出质疑：“沈先生，会不会是庄乔乔……”

沈祯否定。他很清楚乔乔的实力，她的工作能力的确不错，但要做到在短时间内抢走他六个大客户，显然不太可能。

与林东集团的合作是他亲自谈下来的，林东的季总不常见人，心高气傲，他也是大费周章，才见到季总本人。

他不信乔乔有这个本事。

可……如果不是乔乔，又会是谁大费周章地阻断他公司的资源？

辞职之后，工作还是得做。

之后，乔乔花了半个月的时间，将手上的客户一一解决妥当。

从沈祯手上带走的客户，属《听风》剧组的工作量最大。工作组要求她将剧本里的一部分台词翻译成法语，里面涉及的诗歌难度系数较高。

时肖做好晚饭，叫她下楼。

在餐桌上，她右手握筷，左手写字，这是时肖第一次见识到乔乔工作的样子，也怪不得她会有个“工作狂”的外号。

时肖用不太利落的熊爪给她剥鸡蛋。经过几天锻炼，他的熊爪已经能灵活地剥出一颗完整的鸡蛋。

他将成品递过去，乔乔摊手接过，看见蛋白上黏着几根熊毛，顿时什么胃口都没了。

她搅动汤汁，发现汤碗里也有……白毛！

“……”乔乔侧过头想呕，丢掉手中的汤勺，侧头忧郁地看着时肖，“我们开个家庭会议吧。”

时肖也看见汤里浮着的毛发，自责道：“抱歉。戴手套双爪不能灵活动作，我已经尽可能小心了。”

最近时肖的毛发掉得有点不同寻常，应该是跟天气渐热有关系。考虑到这一因素，乔乔对他说：“时肖，你最近尽可能地待在冰库里，吃饭的问题，我会叫外卖解决。”

时肖点头“嗯”了一声，看见她 iPad 屏幕上显示的工作资料，问她：“《听风》的剧本？”

“嗯。”乔乔将餐具推至一旁，双手敲击屏幕上的虚拟键盘，“剧组开机日期顺延，但这些工作得提前做好。”

《听风》官宣时就在网络引起一阵轰动，男一号时肖是制片人，加上鹿哲友情出演，粉丝们表示对此剧抱有很大的期待。

翻译完最后一句，乔乔将诗整理成文档，发给苏利斯。

苏利斯有个法国朋友是诗人，诗歌翻译乔乔拿不太准，她毕竟没有法语文学功底，得找专业人士再帮忙把关才能放心。

在等苏利斯回邮件的间隙，乔乔窝在沙发上休息，看了几部喜剧电影。

她靠在时肖软绵绵的身体上看片，被剧情逗得乐不可支。时肖身体坐得笔直，用熊爪替她拿着薯片包装袋，利用较长的熊指甲夹起薯片，送到她的嘴边。

乔乔张嘴含住，尤其享受“白熊仆人”的伺候。

养只白熊当宠物，太爽了……

她都快忘记这只熊的本体是时肖了。

门铃响得很急促。乔乔几乎条件反射地坐直身体，望着时肖：“谁？”

“我去看看。”时肖通过监控看外面。

门外站了一个身高腿长的男人，穿着黑色休闲卫衣，连衣帽戴在头上，看不清五官。男人将连衣帽拿下来，一头“五彩鸡毛”乍然入镜，仰起令人惊艳的面孔，吼道：“是小爷，快开门！”

时肖摁下开门键。

鹿哲从外面匆匆进来，一进玄关，冷得打了个哆嗦：“你们这里是人住的吗！空调的温度开这么低？”

乔乔起身看着他：“你怎么来了？”

鹿哲往沙发上一坐，过于用力，柔软的沙发向下陷进一大块。他揉了一下“五彩鸡毛”，甩出一沓剧本，烦躁道：“逃出来的，因为这个。”

乔乔看了眼茶几上《听风》的剧本，疑惑道：“剧本有问题？”

“问题大了去了！”他气呼呼地说，“剧组打算先开机拍配角的戏，主角的戏先预留。可我只会唱歌、弹吉他，哪里会演戏啊？”他随手翻开一页，修长的手指在台词部分一点一戳，“你们看这个，什么鸟语？这台词让我怎么背？让我怎么背！”

“……鹿哲叔叔，这是法语，您法语……很好的啊。”乔乔看着他，发出疑问，“您不会连最基本的语言都忘记了吧？”

鹿哲一脸愤然：“我只认识二十八个英文字母！”

时肖用菜刀削了一只苹果递给他，提醒：“二十六个。”

“我说二十八就二十八！”鹿哲从他手里取过苹果，甚至没看，就直接送进嘴里，“呸——那头熊，你成心的吧？削了皮的苹果能洗一洗吗？吃我一嘴毛。”

“没心情。”时肖放下菜刀，熊屁股往沙发上一撅，端正地坐下。

沙发本来就窄，鹿哲被挤到边上，他用手去推时肖的熊身，然而他低估了熊的重量，无论他如何用力，这头熊依然是……纹丝不动！

鹿哲泄气，从兜里掏出烟，抿进嘴里，摸出打火机准备点燃。

打火机还没打出火，一只熊爪啪地拍在他的手背上，声音冷冷的：“屋内禁止抽烟。”

小姑娘不喜欢。

被这么一拍，鹿哲半条手臂一麻，大骂道：“就不能文明点好好说话吗？胳膊差点被你拍骨折了！”

时肖睨他一眼，拿话怼回去：“在女孩的屋内抽烟，你很文明吗？”

“……浑蛋。”

“文明，少爆粗口。”时肖提醒他。

鹿哲瞪着跟前这头熊：“我……信不信我一拳揍扁你？”

鹿哥年少时就这么一副德行？

时肖六七岁时认识鹿哲，那会儿鹿哲嫩得就像只刚剥了壳的煮鸡蛋，是被粉丝力捧的小太阳，性格温和阳光，哪里有这么暴躁？

可眼下十四岁的他……怎么叛逆成这样，和二十岁的小太阳鹿哲完全不搭边儿。

大概是受到鹿哲暴躁情绪的感染，时肖心跳加速，不可抑制地龇牙，仰头发出一阵兽吼。

这阵熊吼威力十足，屋内的摆件都跟着颤了三颤。

鹿哲吓得从沙发上滑下去，迅速爬起来躲到乔乔的身后，控诉：“你家熊怎么回事？这是对客人不礼貌！”

“……”乔乔也吞了口唾沫，吓得小脸发白，浑身抖如筛糠。

我的妈……好可怕。

她突然有点担心，在某个漆黑的夜晚，这头熊会摸进她的房间，咬断她的脖颈。

时肖吐出一口气："抱歉，不受控制。"

"……"乔乔一边替鹿哲顺胸口安抚他的情绪，一边大口喘着气道，"白熊肖，请您务必控制好情绪，你要包容现在的鹿哲叔叔，他现在，还是个宝宝。"

鹿哲脊背一挺，怒视乔乔："大姐，您能改个口吗？宝宝还是个孩子！您叫叔叔不觉得憋屈吗？"

望着这位长着青年的面孔、语气却十分嚣张的男人，乔乔双肩往下一垮，眼睑一垂，表示心累，无奈道："好……的，鹿哲叔……哥。"

有一只时不时暴躁兽吼的熊宝宝她已经很心累，现在居然还要照顾一个十四岁的叛逆"少年"？

心好累……

时肖用熊爪取过《听风》的剧本，翻至有鹿哲台词那一页，一脸冷漠："这么简单的台词，不会？"

鹿哲下意识地抱住乔乔的手臂，一副求保护的样子："呵呵……宝宝十四岁，怎么能跟大叔您比呢，是吧？"

时肖脸色一沉，瞪他一眼以示警告："我允许你口无遮拦，但不代表我会一直容忍。"他的目光落在鹿哲抱住乔乔胳膊的双手上，发出警告，"如果你不想被野兽攻击，最好把你那双手从她胳膊上拿开。"

冰冷凶狠的目光促使鹿哲抱得更紧。

"我不太能控制自己的兽欲，凶起来，连自己都怕。"时肖龇牙，喉咙里发出低吟。

鹿哲立刻松手，挺直脊背，身子朝沙发的另一端挪了挪，离乔乔稍微远了些。

白熊发出一阵冷笑，凉透骨髓。

乔乔也跟着咽了口唾沫。鹿哲怕这个白熊，她……更怕啊！

大概也是被白熊的威严震慑住，乔乔脊背也挺得笔直，与鹿哲排排坐。

两人并排而坐，一动不敢动，乖得像两个脖子上系着红领巾的三好学生。

时肖盯着鹿哲那头“五彩鸡毛”，声音低沉：“不会念的台词跟乔乔学，病情不要告诉任何人，如果被媒体大肆宣扬……恐怕会影响公司的股票行情。”

这些年唐乔影视不断壮大，时肖和鹿哲也相继入股，为了公司，时肖不建议鹿哲公布病情。

以前他和鹿哲在一起时，大事全由鹿哲决断。可现在，风水轮流转，素来拿主意的鹿哥变成了毫无主见的小孩。

鹿哲竖着一双耳朵，眨着一双清澈的眼睛，认认真真地听他讲话。

末了，鹿哲“小少年”抓抓后脑勺，似懂非懂地说道：“股票行情是什么意思？跟我有关系？”

“……你是公司的大股东之一。”时肖无奈地反问，“你说呢？”

“哦……我这么厉害啊？”鹿哲张张嘴，笑得一脸璀璨。

他的皮肤不及二十岁时有质感，但肌肤状态还停留在二十七八岁的青年时期。

他身高腿长，骨架和脸型偏小，一笑便有两个酒窝，五官非常精致。剃掉性感的胡楂后，即使是一副非主流的打扮，也遮掩不住其骨髓里散发出来的那股男性的阴柔美。

可以说，帅得惊心动魄。

在娱乐圈，也只有时肖跟他站在一起，颜值和气势上不会被压下去。

怪不得总有人说鹿哲是妖孽，他的确是个摄人心魄的妖孽。

此刻没了时肖的对比，鹿哲那张脸……就更加蛊惑人心了。

乔乔盯着鹿哲的脸，耳朵有点发烫，小声说：“鹿哲叔叔，你一副非主流打扮特显年轻，但是如果正常打扮……应该更显年轻？”

“得了吧。”鹿哲蔑视她一眼，“我还能不知道你们的心思啊？想诓我改回以前的造型呗？哈哈，我就不！”

时肖睨他，淡淡地反问：“你真觉得，一头‘五彩鸡毛’很有美感？”

“这叫时尚！时尚，你懂吗！”自己的头发被形容成“五彩鸡毛”，鹿哲气得差点喷出一口血，“时尚永远在轮回，你们等着看，我的‘五彩鸡毛’——啊，呸——我的五彩头，迟早有一天会重回时尚巅峰。” “哼。”时肖冷哼，“那我就提前恭喜你了。”

鹿哲靠在沙发上，跷着二郎腿，斜眼打量着北极熊时肖，语气里有点幸灾乐祸：“如果我没记错，《听风》的男一号可是你啊，你这个样子，能拍电视剧吗？”

“……”乔乔扯了扯鹿哲的袖子，示意他别往火坑里跳，小心被北极熊吃掉啊！

时肖沉声回复：“做好你自己的事。”

这部剧斥资上亿，大投资，对公司、对时肖，以及对各位股东来说，都非常重要。

时肖心里已经有了想法，打算开机后让乔乔以剧本翻译以及自己的私人翻译身份跟组，在剧组工作的同时还能教鹿哲念台词。

2.

郊区一到夜晚，万籁俱寂，乔乔犯困，上楼去休息。

时肖留在客厅开始跟鹿哲讲述以前的事，以免他去了剧组被人察觉到失忆。

乔乔回房刚躺下，就接到一通陌生电话。

听筒里的女音轻而细，柔软似水："请问，是庄乔乔小姐吗？"

她翻了个身，半眯着眼睛，打了个哈欠问："……你是？"

电话里的女人有点紧张，咽了口唾沫，小声说："我是沈祯的表姐，刘雯，你应该……听说过我吧？"

沈祯有表姐？这是她头一次听说。

沈祯从不提及自己的家庭，同样，乔乔也没提过她的家庭。

"您现在……能来一趟医院吗？沈祯待会要进手术室，我怕他有个好歹……你是他喜欢的女孩，我希望你能过来，跟他说几句话。"

"手术？"乔乔心里一沉，手指颤了一下，想起沈祯的欺骗，又刻意将声音压低，"我和他不熟。"

刘雯在电话里一愣："庄小姐，你们……是有什么误会？"

距她和沈祯先生分道扬镳，已经快一个月。

时间过得可真快。

这段时间，她忙着打理白熊时肖的事，加上跟沈祯闹掰，单十后工作量巨大，几乎没有时间去想与沈祯的那点事。

这会儿沈祯再次被人提及，曾经被欺骗和利用的愤怒顿时涌了上来。

她的情绪不可抑制地陷入低谷，语气很冷："您可以尝试打电话给叶老师，或许，她会第一时间过去探望沈祯先生的。"

电话里传来一阵惊讶声。女人敏锐地察觉到她话里的意思，道："这……庄小姐，您别拿死者开玩笑。如果你是因为他和叶小姐的事生气，大可不必，毕竟，叶小姐已经去世半个月……"

"死者？"乔乔又是一怔，以难以置信的口吻道，"是您别开玩笑才对。一个月前叶老师还跟沈祯先生暧昧地逛着商场，如果不是亲眼所见，我也不信沈祯先生活得这么道貌岸然，脚踏两条船，挺有个性哦。”

她也很佩服沈祯这一点。

即使脚踏两条船，他也从未对她做过情侣间亲密的事。大概，他是把所有的宠爱和精力都给了叶老师？

大概在这个世界上，也只有时肖会义无反顾、十年如一日地对她好吧？在沈祯的世界里，叶老师是女主角，而她，只是一个打酱油的配角。

想到此，乔乔的心情又沉沉一坠，虽然生气，但此刻又不禁开始担心起沈祯的病情来。

什么病要做手术这么严重？

“这……”刘雯表姐急忙解释，“庄小姐……沈祯和叶小姐两年前就已经分手，也一直与叶小姐保持距离。一年前，叶小姐被查出患有乳腺癌，碍于从前的情谊，沈祯才伸以援手，对她有些照拂。叶小姐去世前，沈祯陪着她，是为了让她不带遗憾地离开，他瞒着你，可能是怕你对他有所误会。”

乔乔一愣，叶老师……离世了？

她的身体有点僵，指尖冰凉。

刘雯又说：“他的公司出了点问题。也不知得罪了谁，有人故意打压他。沈祯白手起家，创立公司并不容易，如今……唉……他最近忙着跑东跑西，也顾不上好好吃饭，太累，以致旧病复发，在回家的路上就晕了。”

故意打压？乔乔惊骇。沈祯得罪了谁？

电话听筒里一阵沉默，刘雯再次轻声问她：“庄小姐，您待会如果有空，可以来看看他吗？”

乔乔握着手机坐起身，呼出一口气，问：“他在哪个医院？”

刘雯把医院名字以及病房号报给了她。

北极熊时肖和鹿哲还坐在客厅。

鹿哲正津津有味地听着时肖讲述他曾经的事，自己如何睿智，如何有主见，又是如何意气风发……听得入神，他还专门取了笔和本子，做了笔记。

“厉害，真厉害。”鹿哲对自己的商业头脑佩服得五体投地，敢情他还算是一个潜伏在娱乐圈的奸商呢，他低头一面写笔记，一面感慨，“我怎么那么厉害呢！”

时肖：“……”

乔乔换掉居家服，从二楼下来。

两人齐齐看着她，她这一身打扮，是要出门？时肖问：“这么晚了，去哪？”

乔乔站在玄关处，一边换鞋，一边说：“时肖，我和沈祯有点误会，他没我想得那么不堪。”她一脸焦灼，急得双眼发红，“他马上要做手术，我去看看他。”

时肖用庞大的身躯挡住门，低头，正色望着她：“很晚了，不要去。”

“时肖，你让让……”乔乔从玄关柜上取下黑框眼镜，架在鼻梁上，简单地解释了一下，“沈祯劈腿那件事，虽然我不能原谅他的隐瞒，但也可以理解了，所以……我得去看看他。”

“你现在这样算什么？你倒是挺大度，劈腿这种事你都能理解？”时肖的声音低下来，熊掌搁在她单薄的肩头上，请求道，“不要去。”

他吞咽一口唾沫，微顿后，说：“算……我求你。”

乔乔看着他：“你这是逼我翻窗吗？”

白熊时肖眼睑一垂，妥协了。

他熊身一侧，让开一条路，等她拉开门，盯着她的背影嘱咐：“路上小心，早……”点回来。

话只说了一半，乔乔就已经跑出院子，单薄的背影消失在夜色中。

时肖的心脏一阵绞痛，站在原地好半晌。

他倒希望自己也做个什么手术，希望小姑娘也能这样，急急忙忙地赶往医院看他。

鹿哲见他杵在玄关处发愣，戳戳他的熊肩："喂？"

他垂着熊头，转身往楼上走。

鹿哲盯着这头熊落寞略凄惨的背影："喂，你作为一头宠物熊，该不会对主人情根深种了吧？你们跨越了物种，想修成正果，很难啊。"

"我是人。"

"好、好，你是人……"鹿哲脖子一缩，面对如此猛兽，只能认㞞。

时肖顿住脚步，回身，眼光清冷，问他："会开车吗？"

"会……"

时肖走过来，拎着他的衣领往外走："送我去医院。"

"可我没考驾照……半吊子水准！喂，熊哥你松开我，我自己会走路！"

"……"

沈祯住的普通病房，毫不夸张地说，乔乔长这么大，是头一次前往普通病房探病。

她按照刘雯发来的病房号，找到501号房。

乔乔通过门上的玻璃窗，往里瞧了一眼，整理好衣服后，曲起指关节，叩响了门。

很快，门从里面被打开，探出女人半截身。女人一米六的身高，打扮朴实，嘴角噙着微笑，伸手拉她进来："庄小姐吧？"

乔乔走进病房，将手腕从她粗糙的手里抽出。

她打量着刘雯，发现她与自己想象中的沈祯表姐相差太多。

沈祯从大学起，便喜欢白衬衣、黑皮鞋的职业打扮，干干净净。她以为，他的表姐会是一个打扮得体的知性女人。

没想到，刘雯表姐皮肤又糙又黑，眼角满是皱纹，乔乔猜不出她的年纪。她身上的碎花衬衣不知被洗了多少次，有些发皱，脚上是一双带盘扣的绣花布鞋，绣工不算粗糙，但也不是什么品牌货，像手工的。

“我就是个农村妇女，庄小姐，您别嫌弃。”

刘雯给她倒了杯水，她接过来，低声说了句“谢谢”。

病房里有三张病床，只住了沈祯一人。

他昏睡着，手背上打着点滴，在排队等待手术。

沈祯脸色苍白，没有血色。她皱眉问表姐：“他……得了什么病？”

“胃部的毛病，前阵子就一直不舒服，近期因为公司乱成一团，他也抽不开身，病就一直拖着。”刘雯叹息一声，“这孩子，从小要强，这次公司遭遇重创，太过操心，身体终于挺不住了。”

“……重创？”

刘雯再次解释：“他也不知道得罪了谁，听他助理小秦说……公司被什么人打压，几个大集团要求停止合作，公司摇摇欲坠。他们公司的事我不懂，从沈祯最近的情况来看，他压力很大，情况不容乐观。”

乔乔当初报复的快感荡然无存。

她是带走了几个客户，但也不至于让公司摇摇欲坠。那么，就只有一个可能了……

时肖在帮她进行报复。

她问刘雯：“他的父母呢？做手术这么大的事，他父母不来吗？”

刘雯耐心跟她解释。

沈祯的母亲是单身妈妈，他四岁时，他的妈妈得了癌症离世，他被小姨领养。小姨是地道的农民，有个闺女刘雯。他们拿沈祯当亲儿子对待，为了供沈祯读书，刘雯选择了辍学。

沈祯很争气，以高考状元的身份考进 A 大。他从大二开始接外单赚钱，毕业后成立了自己的公司。

白手起家，公司能发展得如此迅速，可见他的实力不容小觑。

乔乔没想到沈祯有这样的身世，深感同情。

她一边听刘雯讲话，一边低头摆弄手机，编辑了五分钟的信息，反复修改措辞后，发了出去。

她向时肖询问关于沈祯公司被施压的事情，是否跟他有关。

时肖回复得很快，几乎没有犹豫："是。"

鹿哲和时肖是娱乐圈顶尖的明星，也是在商界摸爬滚打的狐狸。时肖跟着鹿哲，学会不少商场上的狡猾手段。他聪明、睿智，心思深沉，沈祯这样在常规的环境中成长起来的创业者，不可能斗得过时肖这只粗手腕。

她望着病床上昏睡着等待手术的男人，深深吸了一口气，胸口有点发胀。

对此时的沈祯，她深感同情。大概是得知叶小姐已经去世，她到底还是心软了，对这个男人的恨意逐渐消退。大概也是从一开始对他的感情就不深，所以这股恨意也能轻易放下。

刘雯见她脸色发白，拍拍她的肩："庄小姐，您去跟沈祯说句话吧，他快要进手术室了。"

"好……"乔乔的思绪被拉回，走到病床边，俯下身，贴着他的耳朵，低声说了句抱歉，希望他手术成功。

不是什么大手术，成功率很高，半夜一点就结束了。

乔乔看着沈祯被推出手术室，终于松了一口气。

半夜一点半，乔乔离开病房，临走前，刘雯对她说了句“谢谢”。

乔乔浑浑噩噩地走出医院，在路边等出租车的间隙，一辆黑色轿车在她的跟前停下。

车窗摇下，清冷的男低音从里面钻出来：“上车。”

黑色的车门从里面被推开。

乔乔迈开腿，上了车。

白熊身上罩着斗篷，被遮得严实，唯有嘴、鼻暴露在外。

车内的光线昏暗，从外往里看，不知情的人会以为车内坐着一个体型庞大的胖子。白熊时肖抬起下颌，侧颜如隔雾的远山，感觉不到他的任何情绪。

看到熊的侧颜，乔乔居然感觉到了……英俊？她这是什么“恋熊”的臭毛病……

时肖侧头看向她，眼神温和，解释道：“不放心你，所以来看看。”

前面开车的人打了个哈欠，插嘴：“喊，他这是怕你跟情敌跑了……这头熊还懂得口是心非呢，不错。”鹿哲的声音有点懒洋洋的。

“时肖，我和沈祯的事，你以后不要再插手。”乔乔叹息一声，把沈祯的事大致跟他讲了一遍，“他有错，我也有错，毕竟他已经被我害得进了医院，这件事就这么算了吧。我希望你把客户还给他。”

“乔乔。”时肖打断她，“他欺骗你是事实。他跟你在一起有尽过男友的职责吗？他瞒着你去照顾前女友，所作所为，真的光明磊落？你没必要因为他进医院而心软。”

乔乔叹息一声：“他也算事出有因吧，他生病住院也的确是我害的。”

时肖冷哼一声：“不是靠惨状就能抵消所有错误的。”

等红绿灯时，鹿哲敲着方向盘大唱：“……乔大姐，你总是心太软、心太软。”

乔乔看向车窗外：“他欺骗我，然后被我害得住院，这件事我也不亏了。如果我们再深究，倒真显得我小肚鸡肠。得饶人处且饶人，所以，我们俩就权当扯平了。”

鹿哲调侃：“不是说爱之深、恨之切？你这么容易就放下了？乔大姐，你真的爱过那个男人吗？”

其实这个答案已经很明显了。她不否认自己十几岁的时候的确对沈祯有过好感，但那种青涩的喜欢，随着时间的消磨，随着性格的变化，已经消散得无影无踪。当初答应沈祯尝试交往，是因为她以为沈祯是匿名先生，顺便弥补一下年少的遗憾。

这就像小时候爱吃辣条，随着年龄的增长，渐渐地也就不再喜欢了。

鹿哲通过后视镜看她：“答案很明显嘛。乔大姐，你以后还打算跟这个男人做朋友？”

乔乔点头：“既然都扯平了，做朋友也无不可啊。不过，有了这一出，我们也只能成为事业上很普通的朋友。”

鹿哲现在到底是少年的性格，说话不会拐弯抹角，补刀：“……乔大姐，你真当自己是圣母玛利亚呢？按我说，你就应该跟他绝交，老死不相往来！今晚这场手术，指不定就是他故意设局骗你，以博取你的同情，否则，哪有这么巧的事？他表姐对公司的事这么清楚，还什么都告诉你？又这么巧，让你知道所谓的真相？”

这番话也正是时肖想说的。

鹿哲的记忆虽然停留在十四岁，敏锐的判断力却没有丧失。

乔乔觉得他们说得太夸张。沈祯这么做的理由是什么呢？是想跟她复合吗？

就算如此，她也压根不可能跟他复合。她可以接受与沈先生做朋友，但不可能再接受他作为自己的另一半。破镜难圆，就是这个道理。

时肖极讨厌沈祯这个伪君子，不单因为他是自己的情敌，还因为他的不坦诚。

他有商人的狡猾，有小人的自私……

而乔乔口中的匿名先生，时肖比谁都清楚，并不是沈祯。

回到家，乔乔有点饿，进厨房取了点水果，打算填一填空荡荡的胃。

苹果切到一半，她放下刀，给沈祯发了条信息。

她告诉沈祯，以后两人还可以继续合作，《听风》剧组这单她会努力做好，所得报酬双方分成。她会尽可能地帮他和唐乔影视牵线。

凌晨三点，沈祯回复："谢谢。"

乔乔如释重负，打出一段话，又删掉，精简成四个字："早点休息。"

沈祯："我欠你一句抱歉。"

其实她不需要抱歉，从良心上来说，是她欠着他。

沈祯问："乔乔，我们还能做朋友吗？"

她握着手机一怔，仔细思考着这个问题。

沈祯的信息又发过来了："如果还能，明天我在医院等你，我们谈谈。"

她舒了一口气。那就……谈谈？不适合做情侣，做工作上的朋友，似乎……可行？

她端着水果从厨房出来，时肖和鹿哲都还没睡。

一人一熊立在客厅阳台，两人各靠一面墙抽烟。

鹿哲咬着烟蒂，隔着一层白雾，斜眼看乔乔："乔姐，还不睡？女孩子不都喜欢睡美容觉吗？"

她的目光落在时肖的身上。

北极熊倚靠在墙上，爪子的缝隙间夹着一根烟，好长一截烟灰未抖落。他垂眼盯着地面，烟递到嘴边，一口一口地抽。

乔乔被烟呛得咳嗽。

她见过人抽烟，见过猴抽烟，唯独没有见过北极熊抽烟。

考虑到北极熊的体质，乔乔三步并作两步走过去，皱着眉道："不许抽烟，你最近毛发掉得严重，如果再按人类的习惯生活，身体会更加吃不消。"

"哟，关心我们熊宝宝呢？"鹿哲清秀的眉毛一挑，颇为玩味地望着她，然后打了个哈欠，掐灭烟头，"你俩聊着，本宝宝睡觉去了。"

他伸着懒腰，走进一楼的卧室，顺手关掉客厅的灯，只余阳台一盏小壁灯亮着，光线很浅。

时肖将烟按灭，熊掌伸过去揉揉她的头顶，温声说："好了，你不喜欢，我戒烟，别皱眉头。"

乔乔的心很乱，小声说："时肖，我心里有点乱。"

她想补偿沈祯，却又担心日后在面对面合作时，会很尴尬。

"乔乔，"时肖一双熊爪搭上她的双肩，目光清亮，"他不值得你心乱。"

"我……明白，我现在想得很明白。"乔乔捂着心脏的位置，"我只是……有点内疚。"

"有必要吗？你不欠他什么。"他的语气很沉重。

小公主心软起来，简直让人心疼。

他努力想保护小公主，她却不断地往火坑里跳。

他的情绪在此刻变得不受控制，一双熊爪箍住她的双肩，俯身下去，不可抑制地吻住她的唇。

乔乔瞪大眼睛，欲挣脱，然而白熊的力量很大，带着她的身子一个旋转，将她抵在墙上。

她的力量在这头野兽面前，根本不值一提。

熊唇将她的嘴唇堵死，湿润的熊鼻紧贴着她的鼻尖。她心跳加速，一想到白熊的灵魂是时肖，更多的是一种尴尬。

这是她的……初吻。

从前，时肖总爱跟她说些暧昧的话，却从来没有这样放肆过……

她用双手抵着时肖的胸膛，渐渐地，掌心的柔软逐渐转变为紧实，白熊柔软的胸脯变成人类结实的胸肌。他粗糙的熊唇也逐渐湿润，变回男人单薄的唇。

她近距离望着他。

时肖一身白毛褪去，人类白皙的肌肤逐渐呈现。他的面部线条开始明朗，白熊那对圆润的小耳朵也在顷刻间消失。

他……恢复了？

他的外形发生变化，唯一不变的，只有近在咫尺的清澈的双眼。

时肖摁住她的后脑勺，不给她任何机会逃脱。

乔乔被他吻得浑身发麻，清醒过来后，上下齿磕动，用力一咬。

时肖闷哼一声，松开她，将满嘴的血腥往腹中吞。

乔乔惊讶于时肖在几秒内的变身。

这……是现实版的……野兽变身？

她不可思议地望着他，目光从他英俊的五官逐渐向下移动：性感的喉结、锁骨、胸肌、腹肌……

腹部以下位置，居然……一丝不挂！

乔乔一巴掌甩过去，“啊”地大叫一声：“流氓！”

由于时肖有身高优势，乔乔这一巴掌甩在他赤裸的肩上，啪的一声脆响。

未得逞，乔乔再一次挥手过去，手腕却被时肖抬手擒住。

时肖将她的手腕攥得很紧，俯身过去，鼻尖几乎贴着她的脸颊。

男人灼热的呼吸喷在她的面部。她侧过脸，胸口剧烈起伏着。

时肖的嗓音很淡：“乔乔，我对你的喜欢刻进骨髓，所以，在我面前请你尽可能地克制自己，不要提起其他男人。否则——”

“否则怎么样？”乔乔抬膝，想给他来一个重击。

男人迅速用另一只手抓住她的膝盖。

“否则，我会吃醋。”

乔乔被男人制服，毫无反击的余地。

她怒不可遏，恨不得一口吞掉他。

然而，这个人到底是怎么做到裸着身体一本正经地向她表白的！

3.

“时肖，你给我松开！”她的力道根本奈何不了他。

眼前这个男人从没这样对过她。他向来依着她、顺着她，一朝反叛，居然让她产生了委屈的情绪。在她的认知里，时肖对她言听计从才是正常。

果然，她的性格被他惯得任性得一塌糊涂。

乔乔瞪圆眼睛：“再不松，我生气了！”

时肖松开她，朝后退了一步，径直去沙发上取了一块毛毯，裹住下半身。

乔乔盯着他的裸背，质问他：“你在我面前裸奔，就没有一点羞耻心吗！”

他慢吞吞地裹好毛毯，转过身，看着她，左眉一挑，淡淡道：“你以前又不是没见过。”

乔乔气得攥紧拳头：“那是小时候！那能一样吗？”

时肖不以为然，反问：“有什么不一样？”

哪里都不一样啊，大哥！

乔乔非常无奈地长叹一声，抬眼看他："我困了，咱们的恩恩怨怨明儿再说，OK？"

"OK。"

她径直往楼上走，到拐角处，发现后面跟着时肖这条大尾巴。

乔乔回过身，怒指他："大尾巴狼，你给我站住！你的房间在楼下，跟我上来做什么？"

"你确定楼下的冰窖可以住人？"时肖站在离她四个台阶的地方，仰着头看她。他恰好站在灯光下，肌肤被照得异常白皙，胸肌随着呼吸起伏，脉络明晰。

乔乔看得嗓子眼有点冒烟。

她轻咳一声："楼上没有客房了，你，去跟鹿哲叔叔一起睡。"

"已经麻烦他很多了，你认为这个时候去敲响他的房门合适？"

"那，沙发！"

"我腰椎不太好，睡不得太软的地方。"

"……"所以，这个浑蛋就是要想方设法地睡在她的房间！

她还在犹豫，下面的人慵懒地打了个哈欠，三两步上了台阶，从她身边擦过去，堂而皇之地朝她的房间走去。

他迈入乔乔的房间，打量一圈，朝小公主粉色的床走过去，掀开被子钻了进去。浅色柔软的被子裹住他修长的身体，他用身子紧压着一边被子，只露出一颗脑袋。

他合上眼，粉色棉被给英俊的男人裹了一层恬静的温柔，看着他这样侧身躺在被窝里，任谁也会莫名地困意上头，想钻进去享受这张床特有的舒适。

"时肖，你过分了！我也很困！我也想睡觉！"

他往边上挪了挪，没有睁眼，声音带着点魅惑："睡在我旁边。"

这反客为主的语气，让乔乔怒意更盛！

见过不要脸的，没见过这么不要脸的！

乔乔觉得时肖真的变了，这哪里是她从前那个对她言听计从又乖巧的竹马君？简直是个不折不扣的禽兽！

夺她初吻，占她的床，此刻却一副“本大爷今儿高兴，让给你半张床”的狂妄姿态！

“不睡？”时肖慵懒地抬了抬眼皮，望着她，“那就出去，顺手帮我关个灯。”

“！！”太过分了！

乔乔气得脱掉鞋，掀开被子钻进被窝，狠狠地扯了扯被子。

某人将被子压得太紧，她铆足劲扯了半晌，被子依然……纹丝不动！

她气得在被子里踹了时肖两脚，盯着他的后脑勺翻了一个大白眼。

她伸手关掉卧室的灯，扯过剩余的被子，气呼呼地侧过身背对他。

这不是她第一次和时肖同床共枕，却是最生气的一次。

卧室陷入黑暗，一片寂静。

本以为时肖已经睡着，他轻飘飘的声音却在她背后响起：“乔乔，还记得你第一次睡我的床，是什么时候吗？你总想将我踹下去，却总不忍心下狠脚，刚才也是。”

——这位大哥，你好像对我有什么误会！我是真的用了全力想把你踹下去，毫不留情的那种！力气小不等于我不忍心下狠脚！

乔乔在黑暗中气呼呼地想了半晌，倦意袭来，很快睡了过去。

迷迷糊糊间，她感觉自己可以睡的空间越来越小，身后一团毛茸茸的东西在不断地膨胀，最终柔软的腹部顶上她的脊背。

软绵绵的触感让睡梦中的乔乔放下所有的情绪，眉头松开，不由自主地转身，缩进白熊柔软的怀抱。她拿脸颊贴着白熊柔顺的白毛，又陷入另一个熟睡阶段。

这一觉睡到下午两点。

窗外刺眼的阳光透过落地窗，洒了一室。她往白熊的怀里拱了拱，对方粗重又湿润的气息不间断地喷在她的额头。

她迷迷糊糊地睁眼，看到一片顺眼的白色，下意识地伸手抚摸。

片刻后，乔乔清醒过来，一个激灵坐起身，瞪圆眼睛看着眼前这个占据了她大半张床的白熊。

白熊时肖清晨一睁眼，看见小姑娘枕着他的手臂，睡得一脸恬静，心情十分不错。怕吵醒她，他便一直保持着这个姿势，一动不敢动。

乔乔一脸震惊地看着他，集聚了一夜的气愤被白熊一双水汪汪的眼睛拍散，所有情绪飞得一干二净。她抬起手背，揉揉眼睛："你……你怎么又变回来了？"

他慢慢地坐起身，被子从光洁的皮毛上滑下去，低沉的声音有一丝初醒的慵懒："在亲过你之后才能恢复人身，而且有时限，只能维持两个小时。"

"……"乔乔一脸无语地看着他，"你这是在为自己找一个冠冕堂皇的借口？"

"没有。"他的熊身压过来，熊脸凑近她的五官，"要是不信，我们可以再试试。"

乔乔下意识地抬手捂住嘴，声音隔着手掌，不是很清晰："臭流氓！"

一人一熊坐在床上大眼瞪小眼，门板被敲得砰砰响。

外面的人捂着空空的胃，哀号着："乔大姐，你起床了吗？我快饿死了，赶紧起来做饭！"

这道声音打破房间内僵持的尴尬，乔乔在被窝里踹了时肖一脚："下床！"

时肖掀开被子下床，去给鹿哲开门。

门被突然打开，倚靠在门板上的鹿哲毫无准备，身子往里一倾，倒进大白熊的怀里。

白熊时肖将他的身子扶正，他一脸不可思议地望着白熊，又望了望坐在床上头发蓬乱的乔乔，三两步跨进去，啧啧地教育："乔大姐，你居然让宠物上床？你知道宠物身上有多少细菌、寄生虫吗？寄生虫钻进人的脑子里，那可是要人命的啊！"

时肖提起鹿哲的后衣领，将他从乔乔的闺房里拖了出来。

鹿哲双手反伸至颈后，握住白熊粗壮的手腕，试图挣扎："拽我干什么！我得跟乔大姐好好说说宠物身上的寄生虫的问题！"

"……"时肖冷着脸，声音冷得犹如寒冰，"小女孩的闺房，是你一个老男人能进的吗？"

"说谁老男人呢！小爷今年十四岁！"路过走廊镜，鹿哲拽住白熊时肖，指着镜子里的自己说，"你瞅瞅，小爷这张脸像老男人的吗？跟你比起来丝毫不差，好吗！"

时肖低眉扫他一眼："是个正常男人，都不该与动物比较颜值吧？"

鹿哲脸上有点挂不住："小……小爷乐意！"

两人一熊坐在一起吃午饭，时肖将"因吻变身"的事件大致拿出来讨论了一下。考虑到节约《听风》剧组的成本问题，他提出与鹿哲一起回剧组，将乔乔带在身边，一方面可以教"少年"鹿哲学法语，一方面可以帮助时肖维持人身。

这点鹿哲没意见，现在的乔乔算是他们二人唯一的救命稻草。

她不是个懂得拒绝的人，即使忍心拒绝时肖，也不忍心拒绝从小到大待她极好的鹿哲叔叔。她望着鹿哲叔叔如今那张写满“少年叛逆”的脸，脑仁不断地发疼。

这要是被八卦团队知道，娱乐圈得刮起多少级的龙卷风啊。

她放下碗筷，擦了擦嘴角的油渍，点头说：“没问题，我也暂时没什么要紧事，跟组没问题。”

时肖用一双熊爪将餐巾叠好，也道：“嗯。我已经给孟棠发了信息，下午四点，会有车来接我们去剧组，下周一开始拍摄。”

“下午四点？”乔乔忙道，“不行，下午四点我约了沈祯。”

闻言，鹿哲几乎条件反射地将目光定在时肖的身上，见他熊脸几乎一瞬间就黑了下来，变化快得让他忍俊不禁，碍于对方彪悍的体格，他尽量憋住，没有笑出声来。

时肖：“乔乔小姐，您还真是心胸宽广，打算复合吗？”

“你想到哪去了！”乔乔辩解，“还不是因为你做事太过分，我这是去补偿！我们打算和解，以后可以合作。”

时肖的目光覆上一层寒霜：“过分？”

两人之间的气氛陡然冷下来，鹿哲实在看不下去，打断二人的谈话，插嘴说：“既然是谈判和解，那……不介意带上我和时肖吧？”

“带上你俩？是打算让我和沈祯还有整个医院都上明日的头条新闻吗？”乔乔深深吸了一口气，“真是谈判和解。你们不用担心我，我庄乔乔做事有底线、有原则，绝对不会吃回头草！”

时肖的眼神平淡下来，见缝插针：“所以，窝边草你吃吗？”

“时肖，你能不能好好说话！”乔乔涨红了脸，龇牙道，“鹿哲叔叔还在呢！”

鹿哲故作一脸老态：“对，这里还坐了一只单身狗，你能不能别这样猝不及防地跟姑娘告白？考虑考虑单身狗的感受，好吗？”

“……”乔乔瞪一眼鹿哲。她真是拿这两个男人没有一点办法。

下午四点钟。

鹿哲开车送乔乔去医院，时肖只能裹着黑色斗篷坐在车内，等两人下楼。

为了不让“五彩鸡毛”那么扎眼，鹿哲戴了一顶鸭舌帽，身穿一身低调的黑色运动衣，面孔被医用口罩遮挡一大半，全程低头走路。由于失忆，他的气质也发生了实质性的变化，与从前那位气场强大的鹿哲完全不同，因此医院没人认出他来。

他跟乔乔走进沈祯的病房，刘雯正坐在病床边和沈祯聊天，看见他们二人，她顿时离凳起身，热情地招呼二人坐下。

沈祯打量一眼跟在乔乔身后的男人，从鸭舌帽下露出的发丝的颜色很刺眼，只见他双腿修长，精瘦的身材将运动服穿出阳光帅气的味道。这男人应该很年轻，年龄大约在二十五岁。他的一双眼睛微微弯着，似乎在笑。

他问乔乔：“这位是？”

乔乔回答：“哦……我二叔。”

鹿哲微弯的双眼立刻被怒意拉直。

——谁是你二叔！二哥不行吗？

“二叔？”刘雯仔细打量着男人，调侃说，“庄小姐的二叔很年轻嘛。”

“哦……是啊……”乔乔正视沈祯，说，“我们来谈谈合作？”

“嗯。”沈祯看了眼刘雯以及鹿哲，问，“二位方便出去等等吗？”

刘雯笑着说：“当然了。你们聊，我跟二叔先出去。”

被叫二叔的鹿哲小脾气顿时上来了，双手插进裤兜，随意地往墙上一靠：“我不方便，我就想搁这儿等着我小侄女。”

乔乔无语。

她差点忘了现在的鹿哲是个稍有不满意就会发脾气的中二少年啊！

乔乔回过头来冲着他挤了挤眼，走过去，低声说："你先出去，我一会儿就出来。"

"我——不！"鹿哲哼一声，"孤男寡女共处一室，成什么体统？我有权捍卫我小侄女的清白！"

他说得一本正经，也执意要留下，沈祯不好再提出要求，轻声细语地开口："那……二叔就留下吧。其实我跟乔乔的谈话也没什么机密性，很简单。"

鹿哲斜眼看他："那还搞这么神秘做什么？就当着我们的面说呗。"

沈祯原本是打算借着合作的名义，向乔乔提出复合，可没想到她会带着一个"傲娇二叔"过来。计划被打乱，他只能临时改变策略，跟乔乔沟通了一下合作的事。

乔乔的工作能力他心里清楚，能与她达成合作，公司的业绩也会往上提升。

最后两人商议的结果是：两人合作成单，利益五五分成。

她对这个合作分成没什么意见，爽快地答应下来。

等乔乔和鹿哲离开病房，刘雯表姐重新在沈祯的床边坐下，叹道："你让我说的话，我都跟她说了，可她好像没有要回心转意的意思。"

沈祯翻阅着手中的商业杂志，没有抬头，声音很平淡："欲速则不达。"

刘雯不解："你这么优秀，公司里也有那么多优秀的女孩子，干什么非要花费精力在她身上？为什么非要喜欢她？我看她不是什么正经的女孩子，身后跟着的那个大男孩，怎么都不像她二叔。沈祯，听姐一句话，别浪费时间。"

“好了。”沈祯打断她。

刘雯叹口气：“不是姐说你，你难道这么快就忘了叶心给你的教训？漂亮的女孩有什么好？她们追到你，得到你之后就不会珍惜，她们仗着自己有几分姿色，不会甘愿平凡，也不会甘愿为人母，不会甘愿做一个贤内助。你用了这么长的时间才彻底忘记叶心，难道还要重蹈覆辙？听姐的话，咱们村长的女儿不错，高中毕业，人老实，这种女孩才适合你。”

沈祯脸色一沉：“闭嘴，谁说我喜欢她，我对她只有利用，没有其他。”

刘雯看着弟弟，知道他口是心非，问他：“你们没分手的时候，你碰过她吗？”

沈祯没有回答。

刘雯苦笑一声：“你这孩子是我看着长大的，你想什么，我难道不清楚？你们在一起的时候，你不敢碰她，也不敢对她好，就是怕重蹈覆辙，怕再次陷入感情里受到伤害。你口口声声说对她只是利用，可你如果真的不在乎她，会这样小心翼翼？阿祯，姐的话，有没有道理？”

他对乔乔的态度总是不好，何尝不是对自己的折磨？

现在他想方设法要跟乔乔复合，真的还只是利用吗？而不是在失去之后才领悟到的……珍惜？

沈祯心里有点乱。

他在心里告诫自己：对她只是利用、利用，没有其他。

第四章

《听风》

1.

孟棠把保姆车停在别墅的院子里，下车后看见时肖身后的乔乔小姑娘一脸纠结，不停地用手搓嘴，仿佛唇上沾了不干净的东西。

孟棠问她："庄小姐，你怎么了？"

"被狗亲了！"乔乔怒瞪一眼某人的侧脸，继续擦嘴。

孟棠看了眼时肖，又感受了一下两人之间的微妙气氛，提醒说："时肖，你刚出院，待会发条微博，告诉粉丝们你一切安好。另外，最近你给我克制点，尽量不要做出什么出格的事，别给我搞出什么大新闻。公司因为鹿哲的事已经焦头烂额，你别给我再搞出什么幺蛾子来。"

时肖嗯了一声，上了车。

鹿哲上车时擦过孟棠的肩头，重重地哼了一声："这位大姐，我这么玉树临风、安静乖巧的小少年，会让人焦头烂额？你不要再讲我的坏话了，好吧？好吧？好吧！"

最后一声"好吧"，鹿哲几乎是贴着孟棠的耳朵吼出来的。

孟棠捂住被震得发疼的耳朵，深深地叹口气，摇头。

她真同情老林啊……如今性格大反转的鹿哲，除了老林，估计也没人能hold住，也没人愿意去hold。

在去影视城的路上，孟棠开车，鹿哲坐在副驾驶座。他们不间断地通过后视镜，目睹后座上的那两人"虐狗"。

时肖："两个小时，快到了。"

乔乔立刻往车窗边挪了挪，捂着嘴，一脸嫌弃地看着时肖。

男人的声音很沉，非常严肃："乔乔，你不想吓到孟姐吧？在高速路上，司机受惊，万一出了事故，后果谁负责？"

孟棠听不懂两人的话是什么意思。

乔乔皱着眉，将捂唇的手松开，对着他竖起一根手指：“一下，就一下，蜻蜓点水，不许趁机占我便宜！”

“嗯。”

于是，孟棠通过后视镜，看见乔乔小姑娘闭上眼，英勇就义般抬起下颌，宛如即将炸碉堡壮烈牺牲的英雄。时肖用修长的手指捏住她的下巴，俯身亲了下去。

“……”这两人在搞什么！

这才让她受惊好吗！

孟棠很快平复情绪，问他们：“你们什么时候在一起的？”

乔乔否认：“孟姐，你误会了，我俩不是那种关系。”

都到这种程度了，还是误会？孟棠深吸一口气，再次提醒两人：“你们注意点。时肖现在处于事业上升期，不适合谈恋爱，我希望你们尽可能低调，不要被狗仔发现。”

时肖的声音低沉：“嗯，我有分寸。”

坐在车上无聊，时肖摸出手机，编辑了一条微博，发送出去。

——时肖：“一切安好，今天复工。”

他还顺便让乔乔给自己拍了一张侧身照，配图发送。

这是时肖出事后第一次发微博，一经发送，瞬间刷进了无数人的首页。

就连乔乔那个只关注了十来人的小微博，首页上都刷进了时肖的消息。

时肖的侧颜一如既往地宁静，像远山的雪，明明清晰得触手可及，却又高冷疏离，永远没有接地气的感觉。

但也就是这样的时肖，才让粉丝们更加追捧。他的粉丝以小萝莉居多，这些小萝莉追星都是一种几近恐怖的状态。

有眼尖的粉丝发现，镜头里时肖差点坐到姑娘的一小截裙边。

从裙边看，这应该是一条小碎花裙，很快有网友扒出这条裙子的品牌，是法国 Co&Co 的春夏新款。

粉丝们炸了。

“我男神的车上居然有女人！还穿小碎花裙？显然不是孟棠！”

“男神……女朋友？我的妈，感觉自己要失恋了……”

“心情跌落低谷……”

“你们安静下来，万一是助理呢？”

“男神连接吻都找替身，怎么可能请女人当助理？一定是女朋友了。嘤嘤……”

时肖疑似“金屋藏娇”的事很快成了热门话题。

在高速路的休息站，孟棠刷了一下微博，气得一口血差点没吐出来。

如果不是了解乔乔，她可能真会误以为……这姑娘是故意把裙边拍进去的。

乔乔看见这条微博，也是一口老血要喷出来，坐了一下午的车，疲困得很，没有心思去整理裙摆，给时肖拍照也不是很上心，没想到把自己的裙边给拍了进去。

孟棠赶紧发微博，平息众怒——

“没想到大家会这么纠结小裙边，是翻译老师的。时肖刻苦学习，坐车也不放过学习的机会哦。”

粉丝们都松了一口气。

这场不大不小的风波，让乔乔的心脏都跟着揪了一把。

跟时肖在一起，她真是时时刻刻都得提心吊胆、小心翼翼。

《听风》在 B 市开机，乔乔以剧组翻译以及时肖的私人翻译的身份进的组。

《听风》讲的是这样一个故事：主角靳哲少年时在韩国以偶

像歌手身份出道，二十岁时已经成为中国乐坛最具天赋与人气的摇滚歌手。靳哲深爱着青梅林鹿，这份感情从小到大，随着时间的发酵，在心中愈发深刻。林鹿只是个拥有舞蹈天赋的学生，兼职教小孩跳舞，性格低调、温柔、隐忍又坚韧……

时肖打算投资并拍摄这部言情剧，一是看中现在言情剧的市场，二是因为男主和女主是青梅竹马，让他联想到自己和乔乔。

论剧本，这部戏与传统的玛丽苏言情剧有所不同，从某种意义上来说，是女主浴火重生走向巅峰并且收获爱情的励志剧。

时间线分五年前和五年后。女主林鹿五年前遭遇火灾毁容，五年后带着一张并不完美的面孔，拾起梦想，成为知名舞蹈家。林鹿是世界上唯一一个有缺陷的舞蹈家。

在林鹿重拾梦想的道路上，男主靳哲对她不离不弃，从没嫌弃过她如今不完美的面孔。

鹿哲在剧中饰演男二号，华裔画家田淼。

今天有鹿哲的戏份，但很少，只有一句法语台词。

在鹿哲化妆期间，乔乔教他念台词。大概是语言已经刻进鹿哲的骨髓，他仅用了半个小时就已经能流利地讲法语，完全听不出是初学。

乔乔放下剧本去了一趟卫生间，再出来时，看见女主陆琦靠着墙在抽烟。

整层楼只有一个卫生间，能用这个卫生间的都是这部剧的重要女角。

陆琦在荧幕上是清纯玉女的形象，平时经纪人不让她抽烟，现在化完妆心里实在痒痒，她便趁着上厕所的工夫偷偷抽了一支，却没想到遇到个美人。

她打量着乔乔，见她的五官很精致，皮肤很白，剔透得没有一点妆感，及腰鬈发没有一丝毛糙，优雅得很有质感。

反光的镜片挡不住她双眼的灵动，这样的美人陆琦却没见过，不禁挺好奇她演的是什么角色。

美人立在洗手台前洗手。陆琦的目光没有挪开，就那么赤裸裸地打量着她。

她明明没见过，却又觉得熟悉，这股熟悉感给她一种无形的压迫。

美人从陆琦跟前经过时，陆琦伸出脚挡住她的去路：“等等。”

乔乔侧过脸来，一脸迷惘地看着她。

陆琦随意地靠在门框上，用一种很魅惑的眼神打量她。

她的指缝里夹着烟，五官在白雾里隐约透着一种妩媚，一头乌发披在肩后，与碎花长裙形成鲜明的对比。除了神态，她的装扮和外形都很符合剧中具有天赋的舞蹈家林鹿的气质。

陆琦已经二十七岁，胜在身材娇小，又满脸的胶原蛋白，很有观众缘。她的漂亮不算惊艳，却饱含灵气。

“女二号？”陆琦问她。

乔乔愣了一下，指着自己的鼻子皱眉：“我？”

“嗯。”

她反应过来自己被误认为是女二号，忙摆手：“您误会了，我是时先生的翻译。”

整个剧组只有一个姓时的，不说全名，陆琦也知道是谁。

据她对时肖的了解，他身边除了一个已婚的孟棠，没有任何女性工作人员。翻译这种职业，有的是男翻译，时肖为什么会找一个这么美的女翻译？

一个剧的女主演居然不认识女二号，这让乔乔有点匪夷所思。

乔乔虽然不关心国内的娱乐圈，但也听过关于陆琦的二三事。

她去年主演了一部高质量民国剧，收视率破五，她的实力可见一斑。

但也是因为太火，她被网友扒皮，黑料满天飞，比如私生活混乱等。

网上说得有鼻子有眼，传得跟真的似的。

陆琦在圈内没什么朋友，所以，对谁都很冷淡。

“翻译都长得这么漂亮了？”陆琦歪着脑袋打量她，吐出一口烟，“我们是在哪儿见过？你很眼熟。”

“嗯？”乔乔心虚地扶了扶黑色边框眼镜，“我刚回国不久，我们应该没见过。”

三年前她被时肖高调追求，照片被曝光，时隔几年，网络上关于她的照片已经被清理得差不多了。加上这三年她的气质和外貌都发生了很大改变，稍微化点淡妆，配一副黑框眼镜，即使是以前的同学也未必能一眼认出她来。

思绪翻涌间，厕所隔间出来一个女孩，一脸激动地走过来：“……你是陆老师吧？”女孩平复情绪，神色正常了些，对她伸出手，“你好，我是南柯，女……女二号。”

南柯身高一米七，肤色很白，鹅蛋脸，齐耳短发，妆容很嫩，因为这部剧的需要，她身上套着高中校服。

南柯在剧里演女二号明楠，今天有她的戏。

面对这样的热情，陆琦司空见惯，深吸一口烟，淡淡地扫她一眼：“哦，南柯，听过你。你是《家有闺女》的女主，我上学时倒是很喜欢你演的这部剧。怎么？这么多年，还是演女配角？”

《家有闺女》是一部家庭喜剧，当年火遍全中国。那会儿，这部剧是央视及各大频道轮播的连续剧，老少皆宜。

南柯是曾经火遍中国的童星，在乔乔的印象中，南柯永远是一副小孩般稚嫩的面孔，此刻看见外形成熟的南柯，反差巨大，有点难以接受。

陆琦的话明显带有讽刺意味，南柯无所谓地笑道：“是啊……陆老师，我很喜欢您的《窃听者》。我很佩服您，不是科班出身，却有老戏骨的演技。”

一句话仿佛戳到陆琦的痛处，她将烟头摁灭，扔进垃圾桶，然后头也不回地离开。

南柯望着离去的陆琦，回过头来问乔乔：“我……是说错了什么话？”

怪不得南柯这么些年来一直不温不火，也是有理由的。

乔乔对她的口无遮拦表示同情，轻咳一声，拍着她的肩头安慰：“大概是你说她……不是科班出身。她这种地位的女明星，大概很介意这个。”

一语惊醒梦中人，南柯急忙解释：“我是钦佩她，完全没有嘲笑的意思。”南柯急得脸色发红，自嘲道，“我是科班出身又怎么样，演技及不上陆老师的三分之一，一直摆脱不了童星的标签。”

的确，《家有闺女》这部剧太经典，想摆脱“闺女”的标签，南柯任重而道远。

主演的化妆室都在第一层，南柯的化妆间在鹿哲和时肖的隔壁。

南柯来之前，就已经听说时肖这次来带了个美女翻译，还在微博上闹了个不小的误会，想必就是眼前这个一头栗棕色鬈发的小姐姐了。

南柯看她年龄不是很大，但妆容很成熟，谈吐也很温和，猜不出她的年龄。这个女翻译长得的确漂亮，也怪不得陆琦会略含敌意地拦住她，问她是不是女二号。

到了鹿哲和时肖的化妆室门口，南柯见乔乔要推门进去，忙拉住她，压制着内心的小激动问：“你是时老师的翻译？”

“嗯，怎么？”门已经开了一半，乔乔半截身子已经在里面。

南柯笑的时候一双眼弯得很可爱：“可不可以……帮我要一个鹿老师或时老师的签名？”

乔乔将门推开了些，侧身让她进来：“他们就在里面，进来吧。”

南柯连忙摆手：“别别……鹿哲和时肖都是出了名地不喜欢被新人搭讪，我接下来还要跟这两人搭戏，不能表现得过于像他们的女粉丝，万一被他们中的任何一个刁难，我都吃不消的，所以……拜托啦。”

“好，那晚上给你。”

两人交换了微信号。

乔乔记得上小学那会儿，放学回家放下书包后，做的第一件事是打开大风车频道，看南柯主演的那部《家有闺女》。

从某种程度上来说，乔乔小时候也算是南柯的小粉丝，所以，这个忙，她无论如何也是会帮的。

毕竟，南柯也是她的童年记忆。

鹿哲坐在里面，通过镜子看见站在门口与乔乔说话的女孩。

他像是看见什么稀奇的宝贝一样，眼睛顿时一亮。

等乔乔进来，他拉着乔乔问：“刚才那个穿校服的小姐姐长得真漂亮啊，是我们剧组的？”

“嗯，女二号。”

鹿哲张大嘴：“女二号！小姐姐这么厉害？”

乔乔：“……”你是鹿哲，比起她不是更厉害吗？

乔乔懒得再搭理他。

现在的鹿哲叔叔，可不就是别人眼里的疯子？

2.

先拍的戏份是时肖和陆琦在厨房的对手戏。

一栋陈旧小楼的客厅内，房间不大。

人气明星靳哲与舞蹈老师林鹿是青梅竹马，林鹿自知平凡，不可能进入靳哲的巅峰生活，便将感情一再隐藏。

两情相悦的人，却不能挑明感情，实在心酸。

靳哲按照以往的习惯，去林鹿家里蹭饭，与林鹿一起站在厨房里包饺子，时不时讲个笑话逗她开心，眼中满含温情。

靳哲伸手去撩林鹿的鬓发，声音不自觉地温和下来："林鹿，吃惯了你包的小饺子，我这张嘴倒真的变得挑剔了，很难想象，有一天如果我的世界里没了你的存在，会是怎样的情景。"

这样一双温柔的眼睛看得陆琦心里一软，像化开的棉花糖，一股热潮涌进眼眶，一下子就湿润了，心想，如果时肖真的这样温柔地看她，而不是演戏，该有多好！

林鹿的神情微怔，压着眸中的泪光低下头，继续擀饺子皮，嘴角含笑说："没了我，你的日子不照样过吗？"

时肖演这场戏，逐渐深入，陆琦的脸在他眼中莫名地变成了乔乔的面孔。

靳哲伸手过去，握住女孩纤细的手腕。

这是陆琦第一次跟时肖拍情侣对手戏。男人的掌心炙热，她甚至能感觉到时肖的血液流动，肌肤上似淌过一阵电流，起了一层鸡皮疙瘩，一向能压制住情绪的陆琦居然被他击得溃不成军。

陆琦耳朵尖发红，抬眼看着男人。

时肖没什么表情，感情都在目光和声音里："林鹿，我努力演戏，是为了生活，也是为了你。等再过几年，我们离开这里，去国外。"

男人柔软的目光落在她的身上，就像最温暖的光芒，照耀着一块寒冰。

"时肖和陆琦的演技真是让人没话说，两人对戏时眼神里都是爱。你们刚才注意到时肖看陆琦的眼神了吗？真的就像在看自己喜欢的姑娘似的，太有爱了！还有陆琦的反应……啧啧啧，这两人私下不会真有什么吧？”场记小声对一旁的乔乔说。

“是啊……”乔乔也有点震惊，没想到两人飙戏这么有默契。

戏中的陆琦与靠在厕所旁抽烟的她完全不同，气质判若两人。

戏中的她温柔如水，目光干净清澈；现实中，她给人以高冷颓靡之感，不容易靠近。

时肖把林鹿这个角色当成了乔乔，所以入戏相当快。

室内地方小，一番窃窃私语后，又恢复安静。

厨房内，靳哲系着围裙，用沾着面粉的手指去刮林鹿的鼻尖，在她脸上留下一抹白色的印记。林鹿抿紧嘴唇，双颊带着娇羞，将少女内敛的情绪表达得十分到位。

靳哲和林鹿一直保持着暧昧的关系，谁也没挑明，但没有不透风的墙。

当天晚上，狗仔拍下靳哲从林鹿家里出来的照片，将照片曝光，在互联网上掀起一阵热潮。

林鹿被推上舆论的风口浪尖，招来粉丝的谩骂与嫉妒。

靳哲的粉丝年龄大多偏小，她们对偶像的感情态度偏激。

这场戏拍摄完，晚上就是南柯的戏。

南柯饰演《听风》里的女二号明楠。五年前，她是迷恋靳哲并纵火导致林鹿毁容的粉丝，五年后，她是娱乐圈话题最多的当红小花旦。

高中生明楠出于嫉妒，半夜往林鹿家里扔了一串烟火，导致起火。

明楠见火势不受控制，打了 119 后慌忙逃跑。

林鹿被困在冒着滚滚浓烟的楼里，由于火势渐大，又不断有家电爆炸，消防人员一时无法靠近。

现场火势滔天，由于靳哲的出现，群众越聚越多。

靳哲不顾一切地往火海里冲，被四名消防人员架住。他手脚被束缚，冲着火海怒吼、咆哮，额间青筋暴突。他双眼布满血丝，眼泪止不住地往下流淌。

“咔——”导演的声音在浓烟滚滚的拍摄现场回荡着，这才将在场所有人的思绪拉回。

看时肖现场飙戏，何止是一种震撼。他能把人物演活，几乎把现场所有人都带入到角色里。

在导演一声“咔”中，时肖赶忙收住情绪，从濒临崩溃的绝望变回面无表情，脸上还淌着眼泪，十分违和。

由于过于投入，时肖回到休息室时双眼还红着，眼泪不太能收住。

为了收住情绪，他让所有人都出去。

乔乔掀开门帘走进去，从镜子里看见时肖一双猩红的眼睛，主动去给他倒了一杯热水。

时肖从乔乔手里接过热水，喝了一口，抬眼看着她。

乔乔有点同情他，吐槽说：“又不是真的死了爱人，至于到现在还收不住情绪吗？你知道外面的人都怎么讨论你吗？都说你把这个人物演活了，都怀疑你是不是对陆琦有感情了。老实说，你是不是真的跟陆琦有过一段？”

“没有。”时肖用热水的氤氲热气蒸了一下面孔，顿了片刻后说，“我跟陆琦不熟，这是第一次合作。”

“是吗？”乔乔用质疑的目光看他。

时肖搁下水杯，抬眼看她：“时间快到了，我需要你的帮助。”

乔乔下意识地捂住嘴，然后又松开，噘着嘴警告他：“帮助是没问题的，但是，不许超过两秒！否则——”绝交！

她最后两个字还没能说出口，男人已经主动起身，伸手将她拉过来，低头吻住她的嘴唇。

“！！”乔乔脑子里轰隆隆的。

论某人不按套路出牌不要脸的程度，真是无人能及！！

能不能尊重她，让她把警告的话说完？

时肖的手还揽着她的后脑勺，垂眼沉默地看着她，拇指在她耳郭摩挲了几下，声音带点疲惫和慵懒：“我睡一会，待会叫我。”

乔乔搓着被他亲过的嘴，怒视他，觉得被他占尽了便宜，却又找不到发泄口。

时肖躺在椅子上，很快闭上眼，侧颜恬静。

盯着他的脸，乔乔又想起他今天与陆琦演对手戏，心里莫名发酸。

她去外国这些年，与时肖几乎断了联系，他有他的生活，这段时间里一定发生了一些她不知道的事。乔乔不清楚为什么会有这种“酸涩”心理，大概是……习惯了时肖只对她好？

她被这个想法吓了一跳。她什么时候变得这么自私了？

乔乔站在他跟前，垂眼怒视他，一腔怒气无处宣泄。

房间静了数分钟，男人突然开口说话，打破宁静：“接这部戏，是因为你。之所以这么快入戏，也是把女主当成了你，所以，你不要瞎想，我跟陆琦仅限于合作关系，真的不熟。”

如果不是他突然说话，乔乔都以为他已经睡着了。

她抿嘴，哼了一声：“花言巧语。你跟我解释这些做什么？我俩又没什么关系。”

时肖渐渐睁眼，望着她，眉眼间的认真令人无法质疑：“花言巧语用在我身上不合适。我对你说的每一句话都是最真实的想法，我的性格，你应该比谁都清楚。”

乔乔低头无言，低头摆弄手机，对他的话充耳不闻。

晚上已经没有时肖的戏，但有鹿哲一场戏。时肖担心鹿哲口无遮拦起来老林招架不住，所以打算留下来看着他，并没有离开。

时肖没了困意，索性站起身，伸了个懒腰，在她毫无准备的情况下，又俯身下去吻了她一下，成功地耍了回流氓。

“……”乔乔一把将他推开，胸中满是怒气，头一次见人耍流氓耍得这么明目张胆的！

回到拍摄现场，陆琦已经化好装，垂下的黑发遮住小半张脸，露出的半张面孔依然精致，但稍稍一撩鬓发，就可以看见另外半张脸上密布的烧伤，化装效果太逼真，这样的疤在一张趋近完美的脸上，显得尤为突兀。

大火导致林鹿失去一只眼睛，半边脸毁容，难以修复。陆琦今晚要以这副面容拍五年后的一场与男二田淼相遇的戏。

上戏前陆琦还在复习剧本，补好妆的鹿哲却将剧本丢至一旁，看着某个方向发呆。

时肖见他不在状态，提醒说：“好好演，一句台词也很考验演员的功底。”

“嘁，我又不是演员。”鹿哲噘嘴，不以为然地往躺椅上一靠，“等着瞧，小爷天赋异禀，演技超高。”

演播厅里有点闷热，南柯脱掉高中生校服，系在腰上，拿着剧本站在一旁复习台词。

姑娘走来走去，时不时地跟助理说话，笑声已经传到鹿哲这边来。鹿哲看着那抹清新特别的存在，青春气息十足，仿佛和剧组那些“妖艳贱货”完全不一样！

心智停留在十四岁的“少年”鹿哲忽然感觉到心脏怦怦乱跳。他捂着胸口，用手指戳戳老林的肩：“你，去帮我要那姑娘的QQ。”

老林正在吃草莓，闻言一口呛住，猛咳几声，一脸震惊地回看他："你让我去干吗？"

"要QQ。"鹿哲重复。

老林抹抹嘴，痛心疾首道："我的哥，您别闹了，您知道您剃胡子的事儿闹得多大吗？微博都炸翻天了！我求你努力拍戏，您都一把年纪了，就别惦记小姑娘了，OK？"

时肖哼一声："我是明星，也是普通人，喜欢漂亮的小姐姐怎么了？"

"小姐姐？呵呵，您这年龄可以当人家的叔叔了。"老林气得胸口剧烈起伏，"你脑子坏掉了，审美也变低啦？你喜欢陆琦，我还能理解，喜欢一个三线女明星？呵呵……"

"咯咯。"乔乔坐在一旁听不下去了，戳着老林的水桶腰纠正，"这话我不赞同，南柯是我们这个年龄段的孩子的童年，什么三线女明星。"

鹿哲重重地点头："就是，如果是三线女明星，时肖能请她来演这部剧的女二号？这部戏可是大制作，一个著名演员、一个著名歌手都在这部戏里头，她一个恶毒的女配角能是三线明星？我没审美？你这老头才没审美吧？"

老林气得攥紧拳头，问他："你敢摸着良心说陆琦不漂亮？"

鹿哲摸着胸口，嘴角一弯："陆琦那个丑样，哪里及得上南柯的三分之一。"

嗷嗷……老林气得亮出两条文满文身的手臂，想跟鹿哲干一架。

时肖看这两人的架势，头疼地掐了掐眉心。就老林这副德行，到底史怎么当上经纪人的？

直到乔乔把南柯的微信号给了鹿哲，这位"中二少年"才收起小脾气，正正经经地上了戏。

接近午夜一点，时肖没有离开拍摄现场，南柯也在一边坐着。时肖没走，她也不敢收工。

鹿哲的头发被迫染成黑色，西装革履，不说话的时候还真给人一种他已经恢复正常的错觉。

戏中的林鹿因为毁容受伤而离开了这座城市，有意躲起来，而靳哲寻找五年都没找到她。

五年后，女孩决定回到A市，重新生活，她想继续跳舞，却因为容貌，跳舞之路上重重受阻。

她热爱跳舞，想起从前的岁月，心里泛起惆怅，在一间废弃的工厂里跳起了舞。

从小跳舞让林鹿拥有姣好的体态和典雅的气质，她在灯光下踮脚、旋转，左脸的疤痕显得突兀，但这并不影响她的美。

田淼正好来这里写生，看见跳得忘我的女孩，搭起画架，开始画她。

林鹿发现田淼，停下舞步，额上是晶莹的汗珠。她没有低头，也没有放下头发遮丑，坦然地望着田淼，眼睛里透出的自信将田淼征服。

田淼将毁容女孩跳舞的情景画下来，这幅画在网络上一夜成名，“完美女孩林鹿”一瞬间成为网络热点。

陆琦为了拍这部戏学了半年舞蹈，总算没让导演失望。

画画的几个镜头鹿哲拍了不下三十遍，张导不是个好脾气的人，对演员的要求非常苛刻，如果不是时肖提议用鹿哲，他压根不会让一个歌手来拍戏。

张导：“休息半个小时。鹿哲，你怎么回事？是一直不在状态，还是压根不会演？我也知道术业有专攻，进了这个剧组，你就已经是演员，下来好好沉淀一下，想一下这个角色该怎么演。”

这话说得不算重，但鹿哲不是普通演员，他是歌坛众星捧月的歌手，什么时候被这么教育过？

现场所有人都捏了一把汗，觉得鹿哲下一刻就会撂挑子走人，或者跟导演正面怼起来。

就在大家期待着来一场硝烟弥漫时，鹿哲不以为然地“哼”了一声：“我是压根不会演，再怎么沉淀，我也还是这样。”

张导气得眉头皱起来：“就坐在那里画画，你会不会？”

“会。”鹿哲往椅子上一躺，闭上眼睛，语气吊儿郎当，“不过，得等我好好沉淀一下，两个小时后再说吧。”

张导：“你是想让剧组里的所有人都跟着你通宵。”

鹿哲侧了个身，背对着导演：“可以啊，无所谓，反正经常通宵上网，我是完全熬得住的。”

众人：“……”原来鹿哲也会通宵上网。

老林在一旁听得恨不得脱了袜子堵住他的嘴。通宵上网是什么鬼？这么掉身份的事，他到底是怎么说出口的？

鹿哲脾气倔，老林拿他完全没办法，只好求助乔乔。

乔乔走过去，低声跟他说了两句话，鹿哲顿时精神抖擞，主动要求继续拍戏。

拍摄开始后，时肖问乔乔：“你对他说了什么？”

乔乔：“没说什么啊。我就说答应去南柯那里替他美言几句。这就是怦然心动的力量啊！”

时肖低声问她：“那，你有过怦然心动的感觉吗？”

这个问题让乔乔愣住。

好像在她少女时期，她是有过这种感觉的。

可是……乔乔抬眸看了眼时肖，到嘴边的话又给吞了回去。

陆琦坐在椅子上，手里握着剧本，却无心看，目光一直盯着时肖、乔乔的方向。

别人看不出来，她却能清楚地看出，时肖和翻译小姐关系匪浅。她很快收回目光，打开三年前的云相册，从里面翻出一张女孩的照片。

女孩面庞稚嫩，漂亮得很清透，一头短发，居然和时肖的翻译小姐长得很相似。只有不相似的两点，大概是女翻译戴着的那副多余的眼镜显得面孔略成熟，还有那头栗棕色的长鬈发。

怪不得她觉得这姑娘眼熟，原来她就是三年前被时肖高调告白的大学生。

虽然她的资料被清除得干干净净，但她也和许多脑残粉一样留下了照片私存。陆琦三年前还是个在影视城漂泊不定的龙套，温饱几乎都成问题，那会儿她对时肖的迷恋几乎疯狂。

两年前她被张导看中，因为一部IP剧大火，只用了一年的时间，就成为了娱乐圈炙手可热的当红实力派小花，也成功地离时肖更近一步。

陆琦对时肖原本是没有任何想法的，男神就是男神，永远遥不可及，即使自己爬到顶峰，也依然配不上男神。

但此刻她的想法发生了转变，她认为自己并不比乔乔差。

论颜值、论本事，她任何一点都不输给对方，凭什么乔乔能得到男神的青睐，而她就不能？

第三十一遍，鹿哲这场画画的戏总算是过了，他差点被折腾掉一层皮。

比起前面几位演员，鹿哲的演技实在堪忧。导演对他的要求实在不敢再高，他的演技不尴尬就谢天谢地谢祖宗了，再不济，鹿哲粉丝众多这一点足够弥补演技的缺憾。

3.

回酒店的路上，孟棠开车。

乔乔和时肖坐在一排，鹿哲与老林坐在一排。影视城距离酒店有一段距离，加上修路需要绕道，回去大概需要一个半小时。

刚上车，老林和鹿哲就大声吵起来。

鹿哲："大叔，让您去要QQ你不去，让你去帮我勾搭小姐姐你不勾，你作为一个经纪人兼助理，能干什么？能干什么？！我以前怎么就那么瞎，帮你还债，还跟你签合同？我有病吧！"

"中二少年"口无遮拦，气得老林直捶啤酒肚。

鹿哲继续碎碎念："你说，你除了给我添麻烦，还会做什么？做什么？"

老林有要七窍生烟的趋势，脱掉外套，露出手臂与颈部的一大片刺青，心想怎么着也能唬住这个记忆停留在十四岁的大龄"中二少年"。

没想到，鹿哲盯着他身上的一大片刺青，调侃道："哎哟喂，左青龙，右白虎，中间一只哈士奇？"他伸手去拍老林的肩，"行啊，老林，你让我见识到了现今社会混混的德行。"

"什么哈士奇，这是狼，是狼！信不信老子捶死你！"老林戳着自己的脖颈，愤怒得攥紧拳头。

孟棠通过后视镜看着后面的两人，一脸无奈。

如今的鹿哲变化实在太大，从前的笑面虎变成了随时奓毛的小奶狗。

以前老林哪敢对鹿哲这么大呼小叫？但凡老林做错事，鹿哲总有方法让他低头认错，笑面虎从不咋咋呼呼，有的是手段整人。

用老林自己的话说，他挨过刀，不怕死，唯独怕鹿哥。这只笑面虎手段多得很，总能有办法将人治得服服帖帖。

怼完老林，鹿哲打开车窗，将下巴抵在窗框上，百无聊赖地看着外面。

老林伸手去抓他的后衣领，将他的脑袋往里拽，用大嗓门喊道："你能不能给老子省点心？把窗户关上！你是不是想上明日的头条新闻？"

鹿哲鼓起腮帮吹了一口气，心不甘情不愿地坐好，慢吞吞地关上窗户。

汽车开到影视城一处僻静的小岔路口，鹿哲通过剩下的一条窗户缝，看见了前方路灯下一抹丽影。他几乎条件反射地两眼放光，哗的一声又将车窗打开。

紧接着，他不顾车内几人的阻拦，半截身子探出去，冲着路灯下的人挥手：“小姐姐！”

老林：“……”

孟棠：“……”

乔乔：“……”

时肖吐出一口气，扶额，内心无比惆怅。

大家都是皱着眉头。

幸好是晚上……不然，鹿哲探出半截身去叫一个比自己小一轮的姑娘为“小姐姐”，还一脸花痴样，得让多少人惊掉下巴。

南柯的下巴就差点被惊得……掉下来。

等车在她跟前停下，南柯才知道那个叫她“小姐姐”的男人，的确是……鹿哲，不是幻觉。

鹿哲冲着南柯粲然一笑，笑得一脸单纯无邪，和南柯印象中那个稳重的鹿哲完全不同。

南柯攥紧包包的带子，激动得舌头打结，不知道该怎么说话。望着男神那带笑的双眼，她抬起仿佛有千斤重的手，指着自己的鼻尖问：“您……是在叫我？”

鹿哲将激动的情绪压制下去，恢复一脸的稳重神色。他端正坐姿，看着外面的姑娘，笑得眉眼弯弯：“对，叫你。”

鹿哲皱着小俊眉，关切地问她：“怎么你一个人在这？助理呢？你的保姆车呢？”

南柯有点不好意思，挠了挠后脑勺说：“我……没有保姆车，在这儿等家人来接。”

她是童星出道，这些年资源一直不好。

如果不是张导，她未必会有机会拿下这部剧的女配角。她的经纪人是她母亲，她现在还没大学毕业，没有签约公司，也没有助理。

乔乔问她：“已经很晚了，你还要等多久？不如，你先上车，我们送你回去？”

时肖低头，扫了一眼手表的指针，也附和道：“上车吧，你一个姑娘，不安全。”

鹿哲也盛情邀请：“是啊，是啊，上车吧，我们送你回酒店。”

南柯激动得每个细胞都在尖叫，她今儿是走了什么狗屎运，两位男神居然要送她回酒店？

她几乎没有犹豫，花痴细胞促使她连客套的话都懒得说，径直拉开门坐了进去。

她坐在鹿哲的后面一排，碍于前面两位男神的气场太强，她压根不敢说话，保姆车车窗上覆了一层遮光膜，她连假装看车外的风景缓解一下尴尬都不能。

鹿哲扭过头，跟她说话：“小姐姐，你今年多少岁？”

“……”南柯差点被自己的口水噎住。

鹿哲叫她什么？

从上车那会起，她就发现鹿哲有点不太对劲。她仔细看鹿哲充满善意的双眼，觉得他跟传说中的笑面虎……一点也搭不上边。

只是，他这么叫是几个意思？难道……她在无形中得罪了他？这是在对她发出警告？

南柯心里一咯噔，结结巴巴地说：“鹿……鹿老师……如果我在你面前有说错话的地方，请您一定要谅解。我这人心直口快，情商不高……”

“我就喜欢心直口快的姑娘。”鹿哲宽慰她，“别叫我老师，听着多生分。叫我小鹿、大鹿、鹿哥哥都行。”

“鹿……哥哥？”南柯顿时双腿发软。

她大概是遇到了假的鹿哲……

见情况有点尴尬，时肖连忙打断两人的谈话，问南柯：“进了剧组还习惯吗？”

南柯磕磕巴巴地回答：“还行，大家都挺照顾我。”

时肖点头说：“嗯，今天那场戏，你的表现可以再好一点，空闲的时候，多琢磨一下人物感情应如何表达。”

南柯点头：“嗯，我会的。谢谢时老师的关心。”

南柯一颗心扑通扑通地跳，下了车还觉得这事玄幻，鹿哲跟她以前所见到的鹿哲……压根不一样啊。

南柯从九岁就开始喜欢鹿哲。

她不仅知道他叫鹿哲，还知道他曾经是在法国流行一时的蒙面歌手阿哲。她最初喜欢的就是蒙面歌手阿哲的歌，阿哲来中国开演唱会那年，她才九岁。

那场“重生演唱会”，是她一生不可磨灭的美好记忆。

她后来看过很多场演唱会，却没有一场能像“重生演唱会”一样让她感动。

“重生演唱会”上，阿哲慢慢摘下面具，伴随着台下数以万计的粉丝的尖叫。直到那时，粉丝们才知道，原来他们喜欢了许久的歌手阿哲，也是失踪五年、曾火遍中国的摇滚歌手——鹿哲。

伤感的音乐将现场氛围带向高潮，观众挥舞着荧光棒，万千道哽咽声，齐齐整整地唱着《鱼》。

万人在哭泣中合唱，那种直击心灵的震撼，南柯一辈子也不会忘记。

在中国的歌坛上，恐怕没有一个歌者能如鹿哲这般传奇。他是中国歌坛的神话，随着时间的推移也无法被乐坛磨灭的神话。

南柯还沉浸在九岁时听过的那场“重生演唱会”中，思绪忽然被鹿哲的声音拉回现实。

车内的鹿哲对她挥挥手：“小姐姐，电话联系哦，么么哒！”

这一声充满魔性的“么么哒”让南柯瞬间一脸疑惑。

她……以前是不是对鹿哲有什么误解？

等南柯下了车，孟棠将车开走，乔乔转过身来提醒鹿哲：“鹿哲叔叔，您能别用‘么么哒’这一类的词语吗？给人感觉太违和了。”

鹿哲双手交叠放在脑后，靠着椅背不以为然道：“我不说‘么么哒’，小姐姐怎么知道我萌？”

乔乔补充说：“您这年龄都可以当人家的叔叔了，您叫人家小姐姐，未免也太……太……太气人了。”

如果是她被一个大叔叫“小姐姐”，她一定会气得吐出一口老血。

“我知道，我知道，我这副身子年龄大。”鹿哲摊手，“没关系啊，我有一颗年轻的心和一张年轻的脸蛋，为什么不许我装嫩。”

“……”乔乔居然无言以对，“好、好、好，你帅，你说了算。”

回到酒店，南柯刚洗完澡，就收到一条新的微信添加好友提示信息。

此人的头像是一头五彩毛，面孔貌似是……鹿哲？

鹿哲什么时候拍过这么浮夸的写真？添加人的备注是“鹿哥儿”，一个妖魔化的“儿”化音顿时让她想起鹿哲对她说的那句“么么哒”。

她通过添加，聊天界面迅速蹦出一行字来：“小姐姐，我是鹿哲，你好哦。”

南柯的手有点发抖：“你……你好。”

鹿哲：“还没睡吗？”

南柯："躺下了。"

鹿哲："哦……我失眠了，在床上打滚中。"

南柯脑补了一下成熟稳重的鹿男神，在床上抱着枕头来回打滚，然后嗷嗷叫的样子，莫名有一种……令人毛骨悚然的萌感？

难道鹿哲是脑子被撞坏了吗？以她对鹿哲的了解，他不可能是这种性格！

南柯舒了一口气，回复说："您可以试试听点安静的音乐，《鱼》的纯音乐很助眠，我失眠就听这个。"

"《鱼》？那是什么歌？怎么会有人给歌取这种名字？"

我的天啊！南柯扶额，这压根是有人在玩她吧？

《鱼》是曾经的著名歌手时舟的原创曲，后被鹿哲改编翻唱。这么些年，《鱼》已经成为鹿哲的代表性歌曲。

鹿哲本人居然问《鱼》是什么歌？呵呵，对方显然不是鹿哲本人。

南柯几乎毫不犹豫地将他拉入黑名单，将手机扔到一边，拉过被子倒头睡觉。

鹿哲再发消息过去，对话框显示："对方已不是您的好友。"

鹿哲气得一脚踹在老林的臀部上："我被拉入黑名单了！"

老林揉着屁股，翻过身瞪他一眼："你个蠢货到底干了什么！"

鹿哲把手机扔给老林。

老林接过手机，扫了一遍，嘴角邪魅地一勾："你知道《鱼》这首歌是你'重生'之后，最具代表性的一首歌吗？"

喜欢鹿哲的粉丝，无不知道当年的"重生演唱会"。

鹿哲失忆后，时肖没跟他讲过这场演唱会，他这会儿像个丈二和尚——摸不着头脑，完全一脸蒙："小爷重生过？这么魔幻？我还真是命运多舛啊。"

"……"老林拿枕头压住脸，瓮声瓮气道，"滚犊子……你自己上网查鹿哲的'重生演唱会'。"

“嗯。”鹿哲盘腿坐在床上，打开 iPad，在搜索栏输入“鹿哲、重生”字眼，蹦出很多相关词条。

原来是他当年隐匿五年后复出的一场演唱会。

当年他在事业上升期时退出娱乐圈，在巴黎街头做了五年的蒙面歌手，用阿哲的身份圈了很多国内外的粉丝。五年后，他用阿哲的身份开了一场演唱会。

网上有“重生演唱会”的视频。这场演唱会在他摘下面具的那一刻，达到高潮。

歌手阿哲摘掉面具，露出的是鹿哲的面孔，那个隐匿五年的摇滚歌手鹿哲。

全场沸腾，现场歌迷为之疯狂。

尖叫声、呐喊声此起彼伏，不断有人呼喊他的名字。

一个消失了五年的歌手，重生归来。

这场“重生演唱会”极具规模，上万名粉丝从头哭到尾。

场面极为震撼，是如今的鹿哲从未见过的震撼。

鹿哲看完这段视频，长长地舒了一口气。

原来他……以前这么厉害呢！十四岁以后，他到底是怎么变得那么厉害的？

鹿哲这边还在感慨着自己精彩的过去，扭头打算跟老林说两句话，房间里已经响起老林惊天动地的呼噜声。

另一边，乔乔刚洗过澡，门就被敲响。

她通过猫眼看见外面的时肖，忙将门打开一条缝，皱着小眉头道：“你大半夜敲响女翻译的房门，是想带着我上明日的头条新闻吗？”

时肖五指撑在门板上，用力往里一推，侧身进去，又施施然地将门关上。

乔乔一头湿发，还没来得及吹干，水珠子不断顺着脖子往下流淌，集聚在锁骨窝里，晶莹发亮。

时肖径直走向衣柜，脱掉上衣，伸手从里面取出男士浴袍，搭在胳膊上往浴室走。

乔乔目瞪口呆地望着这个脱衣服一点也不害臊的男人，叫道："你干什么！"

"洗澡。"时肖一脸疲惫，慵懒地抬了抬眼皮。

乔乔气得想挠墙："讲点道理，你洗澡跑我这来做什么？"

时肖解皮带的动作一顿，扭过头看她，淡淡道："怕洗澡的时候变回熊，一身毛，不容易洗，吹干得费些工夫。"

所以，他是来索吻的！过分啊！

有一瞬间，她真的想见死不救，让他在众目睽睽之下变成白熊！

时肖也是拿捏住了她心软的性格，知道她不会放任他不管。

乔乔一天内被时肖"轻薄"数次，到此刻居然已经麻木。

她无可奈何地垂下肩，抬起下颌，闭眼、噘嘴，舍生取义般张开双臂："来吧！"

时肖勾唇笑了笑，俯身下去，在她唇边轻轻地舔了一口。

乔乔耳尖发烫，仓皇地往后退了一步，原有的气焰全灭，攥拳低下头，压根不敢再抬眼看时肖。

时肖用手指挑起她一缕湿发，嘱咐说："我去洗澡，你吹干头发。待会我就不回去了，今晚先睡你这儿，以免给人看见。"

"……"

男人的脸近在咫尺，卸了妆，却毫无瑕疵。他的一双眼尾轻轻上挑，乌黑的眼仁深不见底，目光里不仅有温柔，还有一种独特的吸引异性的魅惑。

这样的时肖让她觉得陌生，时肖从不会用这样的眼神看她。

乔乔脸颊滚烫，在防线彻底崩溃前，将视线移开："借口，你明早从这儿出去被人看见，该怎么解释？”

时肖的声音依然很轻，嗓音里已经带有一丝撩人心弦的慵懒：“嗯……学法语？早晨记忆力不错，容易记住老师教的单词。”

乔乔：“……”她膝盖一软，恨不得扑通一声给他跪下。

论白熊时肖不要脸的姿势有多少个！

房间寂静，只余浴室一片哗哗的水声。

乔乔压根没了睡觉的心思，打开电脑开始工作。

水声停止，浴室的门被拉开，男人慢慢朝她走近。

她正在仔细地翻译一份文件，身后的男人突然拈起她一撮湿发攥在手中。

他皱眉，语气里略带斥责：“怎么没有一点健康意识？湿着头发很容易感冒，这种常识你不知道？”

时肖取过毛巾，替她吸干头发上的水。

打开吹风机，他先将热风吹在自己的手背上试温，尚可接受后，开始替她吹头发。

乔乔不太习惯，脑袋动了动，男人有力的五指将她的脑袋扶住正：“别动。”

乔乔头皮一麻，僵住，脊梁骨挺得笔直。

为什么她会觉得……时肖替她吹头发很舒服？舒服到她居然起了一层……鸡皮疙瘩。

男人略温热的手指不间断地在她的发丝间穿插，头皮上的穴位复杂，她有点痒，又有点不可言喻的舒服，带动她浑身每个细胞都开始不安地跳跃，她的心脏好像被轻轻敲打，一下又一下，酥麻感逐渐渗进她的神经，乃至四肢百骸。

有一种未知的情绪在她心尖化开，凝固的糖霜逐渐融化，在柔软的心脏上覆了一层甜蜜的脆壳。

这不是乔乔第一次与时肖共处一室，却是第一次被这种未知的情绪左右。

头发被吹干，乔乔转回身看他，小声说：“我……困了。”她这才发现，男人浑身上下只围了一条浴巾。

修长的脖颈下是性感的锁骨，凹陷处还有晶莹的水珠子，胸肌紧实，男性荷尔蒙几乎要喷发而出。

时肖放下吹风机，低声道：“嗯，一起睡。”

一……起睡？

乔乔压低嗓音，红着脸说：“时肖，你不能得寸进尺。你有没有为我考虑过？你一个大男人，总和一个黄花姑娘睡在一张床上，会给姑娘带来多大影响？万一这姑娘被将来的丈夫嫌弃怎么办？”

“现今社会谁还没个前任，我这辈子只剩一个目标。”他目光温柔，微一顿后，接着说，“——娶你。所以，我会努力成为你的丈夫，不会让其他人有机会嫌弃你。”

这样的占有欲让乔乔感觉到恐惧。

两人虽然同睡一张床，但并不共用一床棉被。

乔乔很快入睡，而时肖没有半点睡意。

他用手支撑着头部，盯着她的侧颜发呆，没了黑框眼镜的阻隔，这张面庞的惊艳再也掩藏不住。

小姑娘是他看着出生的。他看着她，从皱巴巴的婴孩蜕变成今天这样让人惊艳的女孩。

从她出生，用肉乎乎的小手攥住他手指的那刻起，小姑娘就注定是他一生的牵绊。

她在他心中的位置，谁也无法替代。

第五章

失踪的白熊先生

1.

晚上，互联网上沸腾如潮。

《听风》剧组官博发布了时肖和陆琦对戏的花絮照片。

时肖眼神里满满的温柔，看得人骨头酥麻。这是时肖第一次演言情剧，也是第一次演这么直接的感情戏。时肖的演技毋庸置疑，一个眼神，就会让人不自觉地融入其中。

那样温柔的目光，仿佛是在看你，让你无法抵抗，让你没有任何免疫力。

时肖的粉丝年龄偏小，花絮照一发布，个个疯狂，组团刷屏。

很快，时陆 CP 横空出世。

“时肖、陆琦是真爱，从眼神就能看得出来！”

“年前不是曝光陆琦喜欢时肖吗？看来修成正果了啊。”

“时肖从不接言情剧，这是为了陆琦才接的这部戏吗？好奇……”

时肖的粉丝显然不是吃素的，直接将这批水军轰炸回去——

“炒 CP 我们不约，只约剧，不拉现实 CP！没有人配得上我们的小哥哥。（微笑）”

“得了吧，让南柯和我们男神炒 CP 我还能接受，就是不能接受陆琦和男神炒 CP！剧组千万别败坏我们男神的好感度，谢谢你们了。（微笑）”

“……”

孟棠看见微博这些炒 CP 的水军，非常生气。

她打电话给陆琦的经纪人，质问网上炒 CP 到底是怎么回事。

那边的经纪人笑道：“我们真没让团队炒 CP，那完全是粉丝干的事。花絮照你也看到了，时肖那眼神……想不让人误会也难啊。”

孟棠：“哦，所以，你还赖我们时肖演技好了？”

“孟姐，你们家时肖准备接言情剧，就应该做好被网友拿去和女主炒 CP 的心理准备，如果连这点心理准备都没有……”经纪人嘿嘿一笑，“应该不至于吧？时肖这点职业操守还是有的吧？”

孟棠冷笑：“你这是明里暗里地唆使我，配合你一起炒作是吗？”

“孟姐，陆琦是话题女王，这么做，对这部剧的宣传没有一点坏处，何乐而不为呢？”

孟棠握着手机，揉着眉心，语气沉重地警告她：“别怪我没提醒你，你们应该比谁都清楚，时肖跟鹿哲学了点坏脾气，谁惹他不高兴，他就有本事让欺负他的人不开心。”

挂断电话，陆琦的经纪人嗤笑了一声。

她还真不信，时肖能任性到换掉女主？谁都知道这部剧投资了很多钱，还有比陆琦更适合演这部戏的女主的演员吗？

陆琦的经纪人对孟棠的警告不以为然。

作为时肖的第一部言情偶像剧，又有鹿哲友情客串，这部剧无论是女主还是女配，都非常受人关注。

在网友们的印象中，南柯如小孩般稚嫩，那样天真可爱的小女孩，演得了气场全开的狠心的女配角？导演真的不是在逗他们？

陆琦演女主他们可以接受，毕竟实力摆在那儿，用南柯就显得太搞笑了，这些年她没什么拿得出手的作品，童星脸已经在观众们心中根深蒂固，让她演一个阴狠的御姐，实在有点……不靠谱吧？

这部剧从公布男演员开始就已经话题不断，先是歌坛神话鹿哲纡尊降贵，出演电视剧的男二号；再是著名演员时肖突然宣布接了这部以言情为主线的偶像剧。

乔乔一觉睡到天明，窝在白熊柔软的怀抱里舒适地睡了一宿，睡眠质量不错。

唯一不足的是，吃了一嘴白毛。

她坐起身掀开被子，刚要下床，手腕便被一只宽厚的熊掌握住。她扭过头望着这只体形硕大、随时能一屁股坐死她的白熊，到底没有反抗，主动在他的嘴上亲了一口。

她眼睁睁地看着他变回人的样子，他就这么赤身暴露在她跟前，一点也不害臊的样子。

男人的声音里夹带着一丝晨起的嘶哑："乔乔小姐，你再这样看下去，我怕我会把持不住。"

"……"乔乔双臂环抱，瞥他一眼，"你敢对我做什么，就等着被当成国宝拉进科学院吧！"

她将目光从他结实的胸肌上挪开，打着赤脚去了卫生间。

等洗漱好出来，时肖已经穿好衣服，正对着穿衣镜扣最后一颗衬衣纽扣。

他手指纤细修长，系纽扣的动作赏心悦目。

乔乔没忍住，多看了几眼。

虽然这样的颜值她从小看到大，却从不会腻。时肖的身上仿佛多了一种道不清的魅力，像一只触手不间断地吸附着她。

乔乔觉得自己最近……有点疯魔了。

时肖从穿衣镜里看她，笑道："没见过男人穿衣服？"

"嗬，我是没见过不要脸的男人穿衣服！"乔乔嗤笑一声，扭头朝梳妆台走去。

放在梳妆台上的手机震动，屏幕闪烁。

时肖瞟了一眼。

——沈祯发来的短信。

他眉头紧蹙，有一种不太好的预感。沈祯居然也来 B 市了？

果然，乔乔看过短信后，对他说："那个，今天你能休息一天吗？沈祯来B市了，约我谈事，我恐怕去不了剧组。”

“剧组时间宝贵，浪费的一分一秒都是大笔资金。”时肖的目光变得凌厉，逼视她，“你觉得，我是个视金钱如粪土的人？”

乔乔攥着手机重重地点头：“是啊。我以为你不在乎那么点钱。”

时肖冷哼一声：“我的钱也不是大风刮过来的，我珍惜每一分钱。毕竟，我是以娶你为目标，你身上一条裙子的价格是普通工薪阶层几个月的薪水，一个包的价格六位数起，我如果不好好赚钱，怎么养得起你？怎么养得起孩子？嗯？”

乔乔非常无语。

“你知道我不是一个轻易放弃的人。”时肖一字一句道，“如果你非要去见沈祯，也行，得带上我。”

他停顿片刻后，又说：“我不想被解剖做研究。”

乔乔心一软，深吸一口气，点头说：“我跟沈祯约了在影视城外的湘菜馆见面，你可以跟我一起去，但不允许打扰我们的谈话。”

时肖点头妥协：“好。”

白天要拍的是男二号和女主的戏，没有时肖的戏份。

中午，时肖和乔乔抵达餐厅，两人先后下车。这是影视城外的一家高档湘菜餐厅，常有明星出没，服务员的素质较高，看见时肖和乔乔一起进来，并没有过多的窥探，神色如常，很平静地接待他们进了包间。

乔乔进了包间，时肖则遵守诺言在隔壁等候。

她推门进去的瞬间，沈祯立刻起身，绕过餐桌，替她拉开餐椅，请她坐下。

沈祯将菜单递给她：“在剧组过得怎么样？”

“还行。”乔乔低头仔细翻看菜单，“换个地方工作罢了。”

沈祯轻咳一声：“如果你不想跟剧组，我可以调其他人过来。”

“不，不用。”乔乔忙摆手，“我可以的，没问题。”

沈祯一脸内疚，对她说：“乔乔，我还是想当面跟你说一声抱歉。我照顾小叶的事，早应该告诉你，不该对你有所隐瞒。”

话已经摊开来说，乔乔也没憋着，接话道：“嗯。从一开始我们也只是尝试着在一起，其间你对我从没有亲密的举动，我再傻，也能猜出来你压根对我没感觉。你跟叶老师的事也算情有可原，既然都过去了，这事就不要再提了。”

逼仄的房间内，氛围突然变得凝重。

乔乔低下头，戳着电子点菜屏勾选菜品，点了几样重口味的菜。

房间静默了一瞬。沈先生轻飘飘的声音钻进她的耳朵：“乔乔，如果我说，我好像真的喜欢上你了，你信吗？”

乔乔手一抖，一不小心点了两份剁椒鱼头。这是要辣死的节奏！

见她神色有变，沈先生见好就收，笑着说：“我记得你喜欢喝苦荞。”他将一盒包装精致的苦荞摆到桌面上，推给她，“新上市的黑苦荞，你应该会喜欢。”

“谢谢。”她收好茶，搁在一旁的凳子上，低头开始摆弄手机。

微博热门被《听风》刷屏，时肖和陆琦被刷上热门。

她点进时肖的微博主页，发现他的微博和他本人一样索然无味，原创微博寥寥无几，自拍照少得可怜。

沈祯问她：“明天晚上有时间吗？一起去看场电影。”

“嗯？”乔乔攥着手机一愣，望着他。

他们名义上是情侣时，沈先生从不会主动提出去看电影。现在又是什么情况，打算回头吃她这棵草了吗？

乔乔看了下行程，明晚有时肖的戏份，她走不开，拒绝道：“明晚正好有事……”

“没关系，那我们改天再约？”

仿佛是吃了剁椒鱼头的缘故，沈祯有点热，用手指往下扯了扯领带，松了松，略微透气。

乔乔红着耳朵，不敢抬头看他，一个劲儿地喝汤。

沈祯起身整理了一下衬衣的袖口，说：“我去趟洗手间。”

她点头，嗯了一声，继续喝汤。

直到房间只剩她一个人，吊着的一口气才彻底松懈。

她从没有跟沈祯复合的想法，可她又实在找不到借口来拒绝他。如果把话说明白，万一人家压根没复合的想法，倒显得她自作多情。如果话不说明白，她心里揣着事儿也难受。

男士洗手间，沈祯和时肖在洗手台前打了个照面。

这是时肖第一次跟沈祯正面接触。

沈祯用手指扶了扶金丝眼镜边框，镜片在光照下发射出一道白光，他笑着朝时肖伸出手：“时先生，好巧，您如此‘关照’我的事业，就别假装不认识我了吧？”

时肖看了眼他的手，神色疏离，没打算搭理他，径直从他身边擦过，刚迈出两步，又被叫住。

“时先生。”

时肖气息阴骛，回过身打量眼前这位嘴角噙着笑意的男人。

“乔乔是个好女孩。”沈祯也不想跟他绕弯，直截了当地说，“您暗中‘关照’我的公司，实在让我受宠若惊，您这份‘恩情’我会记着。我一定，会替你好好照顾乔乔。”

他在报复，也在示威。

时肖拧着眉，冷冷地看着他：“你在威胁我？”

“哪里敢？”沈祯上前一步，逼近时肖，脸上的笑意陡然消失，“时先生是大明星，有钱有势，怎么会受我威胁？”

“你想怎么样？”时肖攥紧拳头，额上青筋暴突，他努力压制住体内的怒火，尽可能使情绪平和。

沈祯勾唇：“时先生是痛快人，我想要的不多，从我手里拿走的东西，你一一给我吐出来，那些客户，我希望时先生能尽快还给我。这对时先生来说，应该没有难度的，对吗？”

看着这副小人嘴脸，时肖终于控制不住情绪，攥住他的衣领，将他摁在墙上：“你敢利用乔乔来威胁我？”

“时先生您是明星，也是商人，在商言商，咱们这是交易，你要是觉得不公平，完全可以拒绝我。可是，你拒绝之后……我就不知道平时在与乔乔相处的时候，会做出什么出格的事了。毕竟，我是她的前男友，她肯出来见我，也就说明她对我还是有感情的。”沈祯轻笑了一声，又道，“当然了，你也完全可以把今天的事一字不差地讲给乔乔听，看看她会相信谁？”

显然，乔乔会信沈祯，不会信时肖。毕竟，他卖惨的功夫不及沈先生的千分之一。

他此刻也不能动手，保不准是沈祯给他下的套，正用摄像机拍着他呢。他一旦动手，被拍到证据，再被媒体渲染扩大，对他的影响将是毁灭性的。

时肖松开他，也提出条件：“我可以答应你，但你必须跟乔乔保持距离。”

“时先生，你没有开条件的筹码。”沈祯语气轻蔑，俊俏的面孔上露出奸猾的笑容，“你可以拒绝我，但我不能保证，以后会如何对待乔乔。”

小人得志。时肖的声音倏然冷了下来：“我讨厌被人威胁。”

沈祯的声音依然没有情绪起伏：“人总有低头的时候。”

时肖压着怒意，双眼猩红。为了小姑娘，他最终选择了妥协。

2.

沈祯坚持送乔乔回酒店，她看了眼停在不远处的车，拒绝说：

“有人来接我，我自己回去就好。”

“嗯，明天我再来看你。”

乔乔一怔：“明天？你有什么事吗？”

沈祯直视着她，与时肖强硬的态度不同，他道：“乔乔，我后悔了，我想重新追回你。”

路灯光将男人的脸笼上一层温暖的光，他神情严肃，说得很郑重：“我是认真的。这一次不再是尝试，我会认真地追你，也会给你一个适应我的过程。”

乔乔一脸疑惑地看着他，整理了一下思绪，问他：“等等……沈祯，我们之前试过一次，没有感情产生，再来一次，你确定不会重蹈覆辙？叶老师虽然已经离世，但你跟我说这些，是否不合适？”

“我瞒着你去照顾小叶，单单是因为她的病情。”沈祯一脸难色，俊眉紧蹙，镜片后面的眼睛泛着点点泪光，声音里有了一丝哽咽，“乔乔，也许时间不对，但我发现，我是真的，喜欢上你了。”

乔乔仰起头看着男人，抿了抿嘴唇，半晌后开口：“沈祯，我……”

沈祯握住她的手腕，打断她：“以前我不是一个合格的男朋友，现在，我会努力做一个合格的男友。乔乔，再给我一次机会。”

乔乔突然被表白，嘴唇有点发麻，四肢僵直。

时肖坐在车里漠然地看着这一切，却什么也做不了，无助感顿生。

乔乔哑口无言半晌，将手抽出来，随便找了借口搪塞：“我得赶着给同学发一份文件，有什么事，我们改天再聊。我先走了，拜拜！”

她踩着高跟鞋朝时肖的车狂奔而去，进去后迅速关上车门：“快开车。”

时肖一言不发，将车开到一处无人的路口靠边停下。

车内的气氛压抑，时肖转过头来看她的眼神……非常可怕。乔乔心里一个咯噔，缩着脖子看他：“你……干什么这样看着我？”

时肖将胳膊随意地搭在方向盘上，浑身的低气压仿佛能压碎人的胸腔。

他就这样冷冷地看着她，良久，嘴角勾起来，嘲讽她：“庄乔乔，你挑男人的本事，什么时候能提高一点？你吃回头草，我管不着，但请你不要忘记，他以前是怎么对你的。”

他忽然冷下来的语气让乔乔很不舒服。她有点生气：“我吃回头草，你管得着吗？你是我——嗯……”

她后面的话还没说出口，男人就用手指掐住她的下颌，不由分说地亲了上去。

男人的情绪都在这个吻里，霸道、不甘，还有隐忍的愤怒……

他可以不答应沈祯任何条件，甚至能让沈祯没有翻身的余地。

他有那个能耐。

但他并没有这么做。

他不想让沈祯以此作为挑拨他和乔乔关系的利剑，也不想让乔乔对他产生反感。

他从未如此隐忍，也从未吃过闷亏。

可为了小姑娘，他甚至可以放弃最基本的尊严。

被威胁、被讥讽……

他受这些折磨，又不能与她倾诉，心脏如被利刃搅碎。

他的吻变得疯狂，双手摁住小姑娘单薄的肩，啪的一声，一记耳光狠狠地打在了他的脸颊上。

肌肤上现出几道红印，尤其扎眼。

乔乔捂着胸口，红着眼睛看他，接着推开车门下去，随手拦了一辆出租车回酒店。

回到酒店，她的掌心还火辣辣地疼，白皙的脖颈上还留着时肖的吻痕。

回想刚才，乔乔居然有点双腿发软，那样的时肖太可怕，如野兽般要侵吞她。

在她的印象里，时肖不是这样的，压根不是这样的。

他是邻家大哥哥，什么都依着她，不会让她有任何不舒服，更不会欺负她。

可是今天……

门铃响起的瞬间，她以为是时肖，吓得身体一颤。直到外面传来女孩的声音，她才略松了一口气。

“乔乔在吗？是我，南柯。”

乔乔刚把门开了一条缝，姑娘就拎着一大袋零食如泥鳅一般滑了进来。

“我妈不让我吃这些，‘大姨妈’驾到，实在馋得慌，我躲到你这儿来吃点东西。”南柯将零食随意地往茶几上一倒，全部铺开，随手拆开一包薯条，将食物塞进嘴里才有工夫抬眼看乔乔。

见她一双眼睛红着，南柯一愣：“你这是怎么了？”

她抿着嘴不说话。

南柯凑近她的脖子一看：“我的天……这是吻痕？哪个老爷们干的？我们剧组的吗？”

“不是……不小心磕的。”乔乔捂着吻痕朝后退了一步。

南柯又往嘴里塞了一口薯条，非常满足地舔了舔手指上残留的调味料，说：“对了，问你个事。你把我微信号给谁了？昨天有一个神经病冒充鹿哲加我的微信，我直接把他拉入黑名单了，他倒是不抛弃、不放弃，连续换了三个号来加我。”

这么有神经病潜质的，一定是鹿哲叔叔了。

南柯见她一脸为难，随意地摆摆手道：“算了，算了，给谁都无所谓了。网上的爆料，你看了吗？时肖和陆琦组 CP，虽然我演恶毒的女配角，但我真的超喜欢他们这一对啊，可爱死了。欸，对了，你跟时肖多久了？他身边有没有小八卦？”

“是啊，是挺般配的。”乔乔在南柯旁边坐下，捧着脸，盯着一堆零食发出感慨，“他这个人挺无趣的，哪有值得你们讨论的小八卦。”

南柯往嘴里塞了一片肉干，啧啧感慨：“那未必啊。我觉得，时肖八成是跟陆琦有关系，否则他怎么可能把对爱人的眼神表达得那么彻底？欸，明天有吻戏，不知道时老师会不会用替身演员呢，想想都有点小激动、小期待呢。”

“吻戏？”

她居然一点也不期待。

她无法想象时肖去亲其他姑娘的情景，心里堵得慌。

他变回白熊了吗？他明天……还会来跟她索吻吗？

乔乔心里很乱。

明天……她该怎么面对时肖？

是男人就会有尊严，何况是时肖那样的男人，他一定接受不了被姑娘扇巴掌。

可是……明明又是他先过分的，为什么她还一腔内疚？

“乔小姐，你怎么了？要吃东西吗？”南柯伸手在她眼前晃了晃，“说真的，我挺好奇，时肖从不用女助理的，居然会请女老师，真是不可思议。”

乔乔侧过脸看向南柯，又垂眼扫了一眼满桌的零食袋，倒吸一口气：“女明星不是都很在意身材的吗？”

南柯耸肩：“我……实在压制不住体内的洪荒之力，所以……喀喀，‘大姨妈’期间吃高热量的东西不会影响体重的。”

乔乔点头：“是有这么个说法。”

两人正说话，门铃又响起来。

这次应该是……时肖吧？这么晚了，大概也只有他敢来敲她的门。碍于身边还坐着南柯，乔乔顿时紧张起来。

南柯见她浑身绷直，问："你怎么了？谁这么晚了还来找你？需要我去帮你开门吗？"

"等等——"

乔乔一惊一乍的劲儿吓得南柯一颤，她拍着胸脯，平复心情："你吓死我了。那……你自己去开？"

乔乔点头："你是客人，应该我去开的。"

南柯继续坐在沙发上，取过一包玉米片拆开，拿遥控器打开电视。

酒店配套设施真不错，总统套间，客厅宽敞，沙发够舒服、够宽大。

乔乔通过猫眼往外看，担心外面出现一只白色熊头，还好不是熊头，是"五彩鸡毛"头……

是鹿哲。她还在犹豫要不要开门，外面的人已经不耐烦，敲响门道："大侄女，你快开门，叔叔我快死了！"

听见外面的声音，南柯一怔。

这不是……鹿哲的声音吗！南小姐瞬间激动地弹跳而起，咬着半块薯片等着鹿哲进屋。

她眼睁睁地看着鹿哲顶着一头五彩毛进来，一副朋克打扮，牛仔裤上挂了两根手指粗细的铁链，双手插兜，一脸气愤道："气死我了，你知道老林多可恶吗？他居然——"

鹿哲一抬眼看见客厅里还站了一个人，顿时闭嘴，将双手从兜里掏出来，挺直身板。

在喜欢的姑娘面前，他顿时收了一身的戾气，双手不知如何摆放，忽然就羞红脸低下了头……

南柯傻眼了。

鹿哲怎么这副打扮？这是低头……害羞？为什么有点像不知所措的小少年？

鹿哲低头对着手指，声音不自觉地温和许多：“小姐姐，你也在啊。”

南柯一口老血就要吐出来。

怎么……又是小姐姐？她可能真的遇到了假的鹿哲。

乔乔关上门，抬手扶额，拽着他走进客厅，让他坐下来说话。

鹿哲完全忘记自己是来跟乔乔诉苦的，此刻目不转睛地盯着南柯，小心脏怦怦乱跳。

乔乔为了不让南柯误会，轻咳一声，解释说：“鹿哲是我父母的朋友，从身份上来说是我的长辈。所以……你别误会。”

南柯看她的眼神明显有点微妙。

乔乔又解释：“你不是好奇为什么时肖会雇佣我当翻译吗？这就是原因，我是关系户，鹿哲是我叔叔。”

南柯看了眼被喊成叔叔的一副青年容颜的偶像，顿时花痴属性被激发，直接翻白眼警告乔乔：“我们鹿哲哪里像叔叔了？”

鹿哲连忙点头附和：“对、对，南柯同学说得对，我怎么看都像哥哥。”

乔乔被自己的口水呛住，一脸无语地看着同仇敌忾的两人，默默地擦了一下额头的汗。

刚才是谁一进门就喊她大侄女来着？她顺着竿子往上爬，怎么错的倒是她了？

“好、好，你俩都对都对，我的错，我的错。”乔乔捂着胸口，一脸悲痛道，“我这是招谁惹谁了，陈述事实还有错了？”

南柯轻咳一声，恢复一张天真可爱脸：“乔乔，你没错，我就是不太能接受男神被人叫叔叔，你要理解一名女粉丝的心情！”她整理了一下情绪，转过头有点不好意思，“鹿男神……我不是故意抱大腿，您要理解女粉丝的心情。”

“没关系，我就喜欢你维护我的样子。”鹿哲笑的时候两眼一弯，带着温柔无限。

南柯的少女心被击中。

男神冲着自己笑，是一种什么体验！

南柯正了正神色，看着他那一头五彩头发，情绪略微有点复杂。她清了清略微浑浊的嗓音，提醒说：“为了安全，我不建议您深更半夜来女孩的房间，毕竟，没有人知道你们是长辈与小辈的关系，容易……产生误会。您也知道，即使是这种酒店，也未必不会有狗仔混进来。”

鹿哲正经脸点头：“南柯，你说得对，下次我一定注意！作为一个明星，我应该低调点，下次我白天来。”

“……”白天进女孩的房间也容易产生误会的好吗！

大概是因为有乔乔在，南柯的胆子稍微大了一些：“鹿男神，您跟我想象中的不太一样。我以为，您是那种不容易接触的人，没想到您这么平易近人。”

“我性格开朗活泼，跟谁都很好相处。你能叫我的名字吗？叫大鹿、鹿哥都可以，我不挑！”

南柯一脸纠结，尴尬了几秒后抓耳挠腮道：“那我还是叫你鹿哲吧，被人误会抱大腿什么的就不好了。”

鹿哲把腿往前一伸，一脸江湖义气：“谁敢说你抱大腿？我心甘情愿给你抱大腿，怎么了？看他们敢说什么！”

“咯——”乔乔一声咳嗽，给他递了一个眼神。

鹿哲会意，收回腿，摆出一脸正色。

南柯身躯一震，被他的豪言壮语吓得一愣。

这跟她想象中的鹿哲……相差也太多了啊……眼前这个略微有点豪迈的男人，真的是她印象中那个沉稳的男神鹿哲吗？如果不是，他怎么可能会有一张这么英俊帅气的脸！

乔乔继续咳嗽，用手指点点自己的脑袋，提醒说："鹿哲叔……鹿哥，您能把头上这个摘了吗？这里没外人。"

鹿哲虽然是十四岁的心智，但也明事理，从南柯的眼神就能看出，南小姐并不喜欢他的"五彩毛"。

这个年代的人，真是不懂潮流！

他扯掉五彩毛假发，画蛇添足似的说了一句："来这里怕被人盯上，所以戴了顶假发。"

乔乔哭笑不得，说好的要让"五彩鸡毛"引领潮流呢？一见姑娘就尿了吗？

凌晨，乔乔送走鹿哲和南柯，掏出手机开始发呆。

她没有收到时肖发来的任何短信，她能感觉到，他是真的生气了。

气什么呢？该生气的是她才对吧？被轻薄非礼的，可是她这个女孩子啊！

3.

夜深，月光透过玻璃窗洒下一地清辉，隐约能看见家居摆设的轮廓。

乔乔躺在床上，睁着眼，毫无睡意，翻过身，盯着身侧空着的一个枕头发呆。

她满脑子都是时肖。

他在做什么呢？他变回白熊了吧？躲在冰箱里吗？酒店的冰箱够大吗？他睡得舒适吗？

乔乔越想越惆怅，担心冰箱不够大，担心时肖睡得不够好，最终摁亮灯坐起身。

她从行李箱里翻出一件黑色运动衣，戴上黑色口罩，将连衣帽戴在头上，全副武装地去敲响了时肖的门。

她将领口攥紧，摁一次门铃，便小心翼翼地打量四周。

大约持续了十分钟，没有人开门。

她回到楼梯间开始给时肖打电话，无人接听。

乔乔的心怦怦乱跳。

难道……他压根没回酒店？这个想法让乔乔心惊。

如果时肖在外变回白熊，被人发现，后果不堪设想。

想到此，她不敢耽搁，立刻打电话给鹿哲，着急地大哭出声。

“喂、喂，你别哭，有话好好说，到底怎么回事？”鹿哲刚躺下，被她一个电话轰醒。

乔乔抬手揉了揉眼睛，大吸一口气，将事情的前因后果一字不落地说了一遍。

“鹿哲叔叔，怎么办？时肖如果有什么事，我怎么跟他爸妈交代？怎么跟我爸妈交代？”

鹿哲握着电话，揉了揉太阳穴，语气很是无奈：“大侄女，淡定，他这么聪明，能出什么事？就算被抓去科学院，也一定能有办法打倒科学家，逃出生天。”

乔乔握着电话，恳求他：“……您就别开玩笑了，赶紧起来，帮我去找时肖，好吗？”

她现在能求助的，也只有鹿哲了。

鹿哲坐在床上，困意未散，并不想离开温暖的床。

他慢吞吞地摸过 iPad，扫了眼推送新闻，漫不经心道：“大姐，现在都几点了，明天再找，好吗？”

“鹿哲叔叔！”乔乔眼眶里含着眼泪，哭出声，“您失忆，我可以理解。但一个人的本质不会变，难道，你年轻的时候就这么没有担当吗？时肖也算是你的朋友，你就这么不在乎他的安全吗？”

鹿哲脑袋疼。

微博跳出一条凌晨突发新闻。

——“北极熊跑出动物园，偷开人类的豪车。”

鹿哲举起 iPad，冲着电话里的乔乔道：“出事了！时肖上新闻了！这小子脑子有坑吧？变成北极熊居然还敢开车？那么大一只熊爪，能踩刹车吗？”

“被抓了吗？”乔乔手指掐紧手机，心提到嗓子眼。

“我看看。”鹿哲迅速扫完新闻，松一口气，“那倒没有，那家伙居然把车开走了，厉害啊，头一次见北极熊开车，他是怎么做到的？”

乔乔松了一口气：“我在酒店后门等你，我们必须在天亮前找到时肖。”

鹿哲不敢再耽搁，立刻穿鞋，套上衣服，戴上“五彩鸡毛”假发、口罩，也全副武装地出门了。

他平日穿着得体稳重，与现在的反差较大，如今，即使他走在繁华的大街上，也没人能认出他来。

乔乔把车停到酒店的后门，等鹿哲一上车，就立刻开走了。

从酒店到市里还有段距离。

乔乔眼睛哭肿，一边开车，一边喃喃自责：“都怪我，都怪我……”

“行了，行了。”鹿哲打断她，“这种话你都重复一百遍了，这事还真怪不着你。时肖也挺浑蛋的，居然敢欺负你？你仔细想想，他可能躲去哪儿，还有，新闻上说消防队也已经出动去寻找白熊，我们得动作快点。”

乔乔点头，加快速度。

她开车回到与时肖分开的地方，找了一圈，并没有任何踪迹。

沿着街道一直往前开，盲目得没有目的地。

时间一点点流逝，乔乔的自责越发沉重，情绪难以自控，泪水模糊了视线。

鹿哲对她说："喂，我说你这样开车不行啊，太危险了。我来开，你负责看路边。"

乔乔哽咽着点头，将车靠边，司机换成鹿哲。

在鹿哲的记忆里，他没有考过驾照，看见交警会有一种做贼的心虚的感觉。

新闻报道还在继续。

消防队员搜遍全城，并未找到所谓的白熊。

对此新闻，网友们觉得非常荒唐：北极熊从动物园跑出来，居然还敢开车在街上驰骋？

这年头北极熊都成精了！这是今年最奇葩的新闻，没有之一！

他们的车子已经穿行了半座城的街道，鹿哲有点泄气。

他将车靠边停下，望着眼睛肿成灯泡的小姑娘："大侄女，你仔细想想他可能去什么地方。我们这样找也不是办法啊。本宝宝困死了……呜呜，这么熬夜，会老得好快吧？"

鹿哲用手揉了揉眼睛和脸颊："我不要这么快变老，我得留着美貌泡小姐姐……"

他在乔乔的耳边喋喋不休，小姑娘不受干扰，眉头紧锁，咬着手指仔细回想。

良久，她扭头问鹿哲："你觉得……他是不是有可能回家了？"

现在已经是夏天，北极熊极怕炎热的天气。

所以……时肖很有可能找了一个凉快的地方躲起来。

除了家里的冰库，他还可能去哪儿？

乔乔说："回家，我们回家看看。"

鹿哲："……他真的有可能回家？拜托，这里离A市有三个小时的车程，他一头北极熊能开车回家？他一头北极熊能过得去高速的关卡？大姐，您怎么就不用脑袋想想呢？你这智商怎么不如我这十四岁的智商呢？你再仔细想想，他还有可能去哪些地方。"

乔乔再次陷入沉思。

几分钟后，小姑娘灵光一闪，一拳砸在车窗上："去冰河公园！他一定在那儿！"

冰河公园是B市一座巨大的室内公园。

早年那里养过北极熊，十年前改成了公园，里面以冰雕为景色，四季如冬。

"冰河公园？"鹿哲也听过这座人工打造的冰雕公园。

还偷偷地想着……约南柯小姐姐逛公园来着。

但那是公园，时肖可能进去吗？他有能耐进去吗？

公园采用售票制，有保安看守，时肖这只"庞然大物"，怎么可能进得去？

除非白熊时肖挥起熊熊拳，一路打进去……但这显然不太可能。

而实际上，时肖是翻墙进去的。

他变回北极熊后，热气被皮毛闷在体内，几乎不能散发，他的身体宛如一只巨大的火炉，令他非常难受。

时肖为了让身体保持舒适，来到冰河公园，找到一处稍矮的围墙，翻墙而入。

此刻，他正躺在一把冰雕椅上，四肢舒适地伸展开。

冰河公园的天花板是透明的玻璃，夜空浩瀚，苍穹之上有些许星光。

逃亡了一夜，他的身体疲累到顶点，以致思绪飘到很远的地方。

仿佛回到了多年前，他带着小姑娘来到冰河公园，也是坐在身下这把冰雕椅上。

小姑娘脸蛋冻得通红，搓搓手，揉揉冰凉的鼻尖，仰着小脸问他：“时肖哥哥，北极熊怕冷吗？”

“不怕，北极熊有厚实的皮毛，可以抵御严寒。”他说。

臀下的冰椅温度实在太低，小姑娘揉揉屁股，感慨道：“北极熊真厉害，那……时肖哥哥，等我长大，我们养一只北极熊，好不好呀？”

“好。”

小姑娘笑逐颜开，酒窝时深时浅。

她对北极熊的喜爱，是刻进骨髓里的。

他奢求有一天，小姑娘也能爱他入骨髓。而这个愿望，也许一辈子都无法实现。

时肖一旦闭上眼，脑子里便浮现出沈祯那张卑鄙的面孔，以及小姑娘愤怒的样子。

他爱她，已经成为一种执念，心存不甘。

他抬起熊爪，落在脸颊上，皮毛很厚实，却仿佛能感觉到一阵滚烫。

他真浑蛋。

乔乔那一巴掌，也是他应得的。

可是，乔乔，你到底知不知道，我在保护你？你到底知不知道，我才是你的匿名先生，而非沈祯？

乔乔和鹿哲赶到冰河公园，值班室里亮着灯，他们通过玻璃窗往里看，保安正在呼呼大睡，鼾声震耳欲聋。

她敲响玻璃，里面的人没有半点要醒转的意思。

鹿哲看了眼并不高的闸道，手指点点她的肩头：“大侄女，这里不高，翻过去。”

乔乔看了眼酣睡的保安，又看了眼的确不高的闸道，顾不得形象，单手一撑翻进去，动作潇洒利落。

等她稳稳地落地，鹿哲目瞪口呆道：“大侄女，看不出来你还有女侠的身手？”

鹿哲腿长，很轻松就跨了过去。

通过冰河公园的廊道，穿入内院，一走进大门，寒气便扑面而来。

为了维持冰雕不化，里面只有零下 10℃。

他们来得太着急，压根没有备用的衣服。

鹿哲抱着胳膊站在门口打了个哆嗦：“大……大侄女，我就不进去了，我在外边等你。”

“嗯，好。”

乔乔也抱着一双赤裸的胳膊，搓了搓，朝里面走去。

公园里没有夜灯，但四周的装饰物皆为荧光，散发着深邃静谧的幽光。

冰雕的世界晶莹剔透，如水晶城堡。

“时肖？你在这里吗？”

这是他唯一可能落脚的地方。

四周空无一人，声音很快被冰块吸走，没有回音。

她冷得发抖，嘴唇发紫，却没有停下脚步，而是继续前行。她牙齿打战，继续问：“时肖？你在这里吗？”

听见小姑娘的声音，时肖从梦中惊醒。

是做梦？可这样的梦，未免也太真切了。

他睁开眼，起身，循着声音找过去。他看见小姑娘蹲在一座米奇冰雕前，抱着胳膊缩成一团，瑟瑟发抖。

光线太暗，他看不清小姑娘的五官轮廓。

“乔乔？”

几乎心灰意冷的乔乔听见这道声音，心底的希望之火瞬间燃起。她抬起头，看见不远处那只白熊，终于控制不住，眼泪顺着脸颊往下流淌。

“时肖……”她的嗓音里夹带着一丝嘶哑、一丝哽咽。

他走过来，用一双健壮的熊臂将小姑娘捞起来，用皮毛为她取暖。

她将脸埋进白熊柔软的皮毛里，身体回温，一整晚提起的心终于落下。

“你吓死我了……”乔乔在他洁白的皮毛上蹭了蹭，舒适的温度让她不忍离开，“我们和解吧，我原谅你了。”

“乔乔……”

他抬起熊掌，在小姑娘的后脑勺上拍了拍，像是宽慰，还带着宠溺。

他宽厚的熊掌几乎能包裹住她的整个后脑勺，在他怀里，她娇小得宛如一只小宠物。

“时肖，如果你出事，我真不知道该怎么和你爸爸妈妈交代，也不知道怎么和糖姐、老庄交代。”乔乔从他怀里离开，深吸一口气，望着他，“所以，我不介意你亲我，只是……下一次，你不要那么可怕，好吗？我很怕你那个样子，那样的你让我觉得很陌生。”

所以，仅此而已吗？仅仅是因为长辈的关系，她才如此担心他吗？

时肖心里很闷，欲言又止，低声说：“我们回去吧。”

“嗯。”

乔乔抬手搓了搓红肿的眼睛，紧紧握住北极熊的一根手指，怕他再次消失。

第六章

长岛冰茶

1.

消防队搜遍全城，也没找到北极熊的踪迹。

一只北极熊人间蒸发，大家都觉得有点不可思议。

第二天，乔乔坐在剧组树荫下看时肖拍戏，场务一边啃冰棍，一边跟休息的人八卦："你们昨天看新闻了吗？有只北极熊开着车在路上疾驰，消防队找了一夜！"

有人搭腔："假的吧？北极熊会开车，逗我呢。"

场务知道他们不信，掏出手机，打开新闻给他们看照片："喏，你们自己看，这可是近期最大的新闻了！"

乔乔看了眼照片，倒吸一口凉气。

照片拍摄的是车身侧面，车窗摇下，白熊的侧颜清晰，一双熊爪搭在方向盘上。

这不是时肖又是谁？

现场有人指着照片说了一句："这辆车，我好像在哪儿见过。时肖貌似……也是这款车？难不成这头白熊偷的是著名演员时肖的车？"

乔乔心头一震，忙打断："这辆车是大众款，偷谁的也偷不着他的车吧？"

"开个玩笑嘛，这么认真做什么？不过，北极熊会攻击人吗？"有人继续看新闻，又说，"咦，动物园称，没有丢北极熊，这只北极熊从哪来的呢？"

场务插嘴："我觉得吧，这头熊是自己跑出来玩了一圈，又自觉地跑回了动物园。所以，在工作人员清点北极熊的时候，并未发现有丢失。"

大家对这头北极熊的讨论喋喋不休。

拍完一场戏，时肖回到休息区，刚坐下，陆琦便与他搭话："时老师，您看今早的新闻了吗？一头北极熊从动物园里跑出来，还会开车呢。我记得您是很喜欢这种动物的。"

时肖喝了一口水，目光看向乔乔的方向，漫不经心地"嗯"了一声。

陆琦顺着他的目光看过去，心脏如被钝器一击。

她起身去找导演，低声说了几句话。

张导一脸为难："这……你也知道，时肖不拍吻戏。"

陆琦笑了笑："时老师是一个敬业的演员，如果您坚持，我相信他不会拒绝。"

如果时肖愿意拍吻戏，这部剧的爆点就又多了一个。

经陆琦一提，导演打算一试。他作为导演要对自己的作品负责，他坚持让男主真吻，男主没理由再拒绝。

吹毛求疵是导演的本性，他们总希望自己的作品能完美地呈现出来。

下一场戏，女主林鹿在男二号田淼的帮助下，于网络成名。

她受邀参加一档综艺节目，却在节目上遇见评委靳哲。两人在节目上互相装作不认识，下来后靳哲直接冲进化妆间，将林鹿摁在化妆台上亲。

林鹿躲了他整整五年，这五年，他饱受折磨，几乎每夜都从大火的噩梦中醒来。再次与林鹿重逢，他没想到会是这样。

时肖将林鹿这个角色代入成乔乔，一旦想象乔乔因为大火毁容，又逃离他身边五年，胸腔的烈火便熊熊燃烧，不可浇灭。

他抚摸着女主脸上的伤疤，仿佛这道疤刻在乔乔的脸上，情绪收不住，心脏一阵绞痛。

他无法忍受心爱的姑娘受伤，无法忍受将心爱的姑娘交付给一个阴险的小人。

有些事，必须自己来完成。

他认为，没有人比他更爱乔乔，也没有人能比他更好地照顾小姑娘。

他的眼睛里压着情绪，眼圈发红，泪水在眼眶打转。

那种从骨髓里透出的爱意和恨意，全部化成一团烈火，炽烈地燃烧。

情绪到了高潮，他不可抑制地要亲下去。

在离陆琦的脸只剩半拳之距时，意识到眼前的人不是乔乔，他立刻抽离，自行卡住剧情。

现场所有人，包括陆琦在内，都被时肖的情绪感染。

陆琦被他的眼神震撼，也融入戏中，迫切地想要与他接吻。

男人的脸渐渐压下，泪水模糊的双眼突然一凛，几乎在一瞬间就变了脸，然后将她松开，转身对镜头说了一声“咔”。

陆琦有点失落，还以为他真的会……亲下来。

明星之路难走，在她跑龙套的无数个日夜，她都是靠着心怀与时肖对戏的梦想坚持的。

如今梦想得以实现，她却愈发不满足。

她想成为时肖一辈子的女主。

这场吻戏中止，张导过来，对他做心理建设：“前面的情绪都表现得不错，很好，待会就从你凑近女主那个镜头开始重新拍。你要真的亲下去，咬住林鹿的嘴唇，将那种思念和恨意全部表达出来。”

“吻戏我拍不了。”时肖的嗓音很淡，却极具震慑力。

张导继续说：“时肖，你是成年人，也是一个演员。”

时肖重复：“抱歉，我拍不了。”

现场的气氛一时有些尴尬，张导也没想到他会拒绝得这么干脆。

此刻因为他坚定的态度，导演的尊严仿佛受到侵犯，明显心有不甘，直截了当地说道：“时肖，你作为一个演员拍不了吻戏，你知道这是多大的缺陷吧？这部戏你我都寄予厚望，我不想到头来因为一场吻戏而被毁掉。”

时肖点头：“好，拍吻戏也可以。”

现场的人屏住呼吸，等着听他说话。

他嗓音虽然很淡，脸上也没有表情，但大家都可以看出，他很愤怒。

他抬手一指坐在树荫下玩手机的乔乔，说：“但我只跟她拍。”

全场哗然。

所有目光一起集中到女孩的身上。

作为女主的陆琦脸色一沉，只觉得脸颊一阵热辣，仿佛被人扇了一巴掌。

时肖这个举动，让包括演员、导演在内的所有人都吃了一惊。

张导被时肖的“随手一指”气得七窍生烟。他懒得再与时肖说话，转身对副导演说：“去叫吻替！”

主演不愿意拍，只能找与他相似的吻替，后期再加以特效处理，勉强能忽悠过去。

副导演愣了好半晌，才反应过来，然后屁颠屁颠地跑去叫吻替了。

等拍摄重新开始，乔乔的心脏还是揪紧的，嗓子眼一阵火辣。

她努力吞咽一口唾沫，将僵硬的胳膊抬起来，擦了擦额头上的汗。

拍摄现场，一双双打量的眼睛，几乎将她整个人凿穿。

她也没想到，时肖会当着众人说出那样的话。

大家都以为这是时肖为难导演说的一句玩笑话，可陆琦知道，他不是开玩笑。

下午时肖不用拍戏，待在酒店休息。乔乔也无所事事，躺在酒店里刷微博。

微博热搜第一是“白熊开车”，热搜第二是“时肖和陆琦”。

她不得不承认，陆琦和时肖真的挺般配的。

女人的直觉告诉她，陆琦看时肖的眼神，绝非看合作伙伴般那么简单。

八卦论坛里，已经有陆琦和时肖的八卦，就连两人的“恋爱经历”都被扒了出来，传得神乎其神，煞有介事。

虽然她清楚这些八卦都是假的，心里却有一种莫名的滋味漫上来。

她讲不出这是什么滋味，总之，不太好受。

天气炎热，空调房里却凉爽舒服得很。

她的手机震了震，是沈祯打来的电话。

乔乔接通，“喂”了一声。

沈祯在电话里笑了一声，问她：“有没有时间，一起吃个饭？”

乔乔正犹豫，沈祯又说：“我听剧组的一个朋友说，时肖又给你压力了？他明知道会给你带来很大的困扰，却当着众人的面这样做，乔乔，你有必要跟他谈谈。”

谈了，可是有用吗？

压根没用。

她心里闷闷的，急需找人倾诉，沈祯便抓住这一点，开始充当她的心理导师。

他们在一家粤菜馆见面。

沈祯替她倒了一杯苦荞茶，说：“乔乔，我这里有两张动物园的门票，有北极熊表演，你要去看吗？”

“嗯？”乔乔从他手里接过门票，雀跃的情绪无法掩饰。

北极熊表演的门票早在半年前放出预售时，就已经一售而空，她没想到沈祯居然有票。

北极熊表演难得有一次，半年前她还未回国，压根不知道有这场表演，回国后已经没有渠道再买票。

眼下门票被递到她的跟前，心底的激动就再也压制不住。

她看了一眼表演时间，是周六晚上，时肖正好不用拍戏，也就用不着她的吻。

沈祯解释说："知道你喜欢北极熊，所以这两张门票，我早在半年前已经买好，我一直想带你去看。乔乔小姐，我有这个荣幸吗？"

她垂眼看看票，又看看沈祯。

他的性格仿佛又回到几年前，在校园里与之初识的时刻。

没有被社会磨砺后的聒噪，依然温和谦恭、处事不惊。

乔乔明白，即使他变回从前的温和性格，两人也不可能再有发展。

她的情绪写在脸上，欲言又止。

沈祯是个聪明人，见她犹豫，说道："乔乔，我没别的意思，你若不能再重新喜欢我，我们就做朋友，一辈子的朋友，肝胆相照。"

听他这么说，乔乔心里倒是一松，压力也小了很多。

她点点头，嗯了一声："我也希望有学长这样的朋友。"

为了缓解两人之间的尴尬关系，乔乔对他的称呼多了一分尊重。他心头一震。乔乔对他的疏离，让他感受到落差。

沈祯清楚自己再次接近乔乔的目的。他不断地告诫自己，对她只有利用、利用。

可此刻听见小姑娘如此生分地称呼他，甚至有意跟他划清界限，心里居然很不是滋味。

有酸涩，有不甘。

乔乔舍不得拒绝这两张门票，加上沈祯先生说得很清楚，她再扭捏，倒显得她矫情，而且会辜负人家一片好意，便接受了邀请。

2.

周六晚上七点，时肖难得休息，在酒店的厨房里为小姑娘烤了点心。

这段时间小姑娘很不容易，跟着他在剧组，起早贪黑，还得献吻。

他打电话给小姑娘，电话却未接通。

打第四通电话的时候，对方终于接了。

电话那端传来排山倒海般的鼓掌声，他甚至没有开口问她在哪儿，那端便传来男人的声音：“乔乔，你看！它翻过去了！”

乔乔顺着沈祯所指的方向看过去，一只北极熊从冰堆上翻过去，打了个滚。

体态圆润的北极熊表现得十足滑稽，现场一片欢呼声。

乔乔忘记自己正在通话，抓着手机，也跟着挥舞双臂欢呼起来。

时肖静静地握着手机。

听筒里，有沈祯的声音，也有乔乔和观众的欢呼声。

他抓着手机，越握越紧。

他的喉咙口仿佛压着千斤巨石，想言不能言。

大概过了十几分钟，电话那端传来小姑娘的声音：“喂？时肖？你还在吗？”

他沉默，不知该不该应答。

小姑娘呢喃：“什么毛病，电话通了却不说话。”

沈祯问她：“乔乔，待会表演结束后，介意一起去喝杯酒吗？市中路新开了一家酒吧，很有格调，唱歌的歌手也不错。”

乔乔的兴奋劲还没过去，连忙答应下来：“好啊。”

时肖正想开口，叫她不许去，听筒里却传来一阵忙音。

该死。时肖的神色非常沉重。

——沈祯，你到底想做什么？

午夜十二点，市中路酒吧一条街却依旧繁华。

Kim 酒吧，灯光偏暗，台上驻唱歌手正在弹唱鹿哲版《鱼》，背后的 MV 播放的是当年鹿哲演唱会的录像，万千歌迷含泪一起大声唱着。

歌曲高潮处，鹿哲握着话筒，湿润着双眼吼道："我是鹿哲！我，回来了！"

现场气氛热烈，即使只是一支MV，配上歌手沧桑的声音，乔乔还是压抑不住胸腔里的那股感动。

当年她看这场演唱会时还小，并不知道这场演唱会对粉丝们来讲意味着什么。

现在，她知道了。

对于粉丝，这场演唱会，意味着——希望回归。

鹿哲叔叔什么时候才能恢复记忆？他还能变回鹿哲叔叔吗？

"乔乔？你要喝点什么？"沈祯将酒水单递给她。

乔乔回过神来，接过酒水单，扫了一眼，对服务员说："麻烦来一杯长岛冰茶。"

"我跟她一样，谢谢。"沈祯将酒水单递给服务员，又要了一个果盘。

等服务员离开，沈祯问她："你觉得这间酒吧怎么样？"

"嗯，还不错。"酒吧的氛围不错，适合文艺青年，也适合她这种不太喜欢凑热闹的人来。

等酒上来，她吸一口，皱了皱眉。

这杯长岛冰茶与她在国外喝的不大一样，酒精度数更高一些，酸甜味更浅一些。

她包里的手机铃声被歌手的演唱淹没，她一次也没听到。

乔乔在跟沈祯聊天时，不经意多喝了两杯。长岛冰茶后劲很大，导致她从酒吧出来时，双腿发软，已经站不稳。

沈祯伸手扶住她，低声问："你怎么样？"

乔乔的脑子已经开始混沌，抬眼看向沈祯，男人一张温和的笑脸，仿佛变成了……时肖那张冷峻的脸。

她仰着脑袋，一头微鬈的栗棕色长发垂在脑后，抿嘴笑时两个酒窝时深时浅，露出两颗兔牙，可爱的模样让人的心化成水。

她抬着头，脸蛋红扑扑的，双眸里水光潋滟，仔细盯着沈祯的脸。看了半晌，她踮起脚，双手搭在他的肩上，打了个酒嗝："时——肖，你笑一个嘛……"

沈祯微愣，笑着说："乔乔，你醉了。"

"没……我没醉！"乔乔的眸子里水光盈盈，令人无法克制住想吻她的冲动。

沈祯低头，嘴唇即将贴在她的耳郭上时，倏然停住。

沈祯皱着眉犹豫，将亲吻乔乔的冲动压制下去。

他低头看着姑娘。

她很漂亮，一直以来对他也不错。

如果早在叶心之前遇见她，他可能真的会爱她爱得无法自拔。

可他已经爱过一个女人，不可能再去耗费精力爱上另一个女人，他觉得很累。

他爱过叶心，也恨过叶心。直到叶心去世，那份恨意才消散。

由于叶心带给他的阴影，他不敢与女人再有亲密接触，害怕再次坠入感情的旋涡，最后又被无情抛弃而变得痛苦不堪。

乔乔松开他，转身扶着电线杆呕吐。

他替她拍着背，小姑娘转身抱住他的胳膊，在他的衬衣上擦了擦嘴。

她嘟囔着："时肖，你吻我的次数太多，我忽然有点……喜欢你了，怎么办？我好怕你再次变成北极熊，好怕你被抓进科学院被解剖做研究，我好怕你被当成怪物……"

她嘟囔了一堆话，沈祯一头雾水。

他没有打断她，仔细听着，终于理出了一个令人觉得不可思议的头绪。

“乔乔，你真的喝醉了。”

她的头摇成拨浪鼓：“没有，时肖，我没喝醉，我说的都是真的。我从没想过有一天，会对你产生兄妹之外的感情，我现在好像真的对你有……呕……”

醉酒使她将压抑在心底、不敢在现实生活里承认的事实说出来。

喜欢又怎么样呢？时肖的身份太特殊。

她想过平淡的生活，想跟普通的女孩一样，与喜欢的男人手牵手地去电影院。

他们在电影院里，能像普通情侣一样排队购票，可以像普通情侣一样，正常逛街，而不会被粉丝围观。

她要的只是这么简单，却难以实现。

话说到一半，女孩又开始呕吐，嘴里都是污秽物。

沈祯替她拍背，轻声道：“我不是时肖。”

话音一落，眼神不自觉地变得阴沉。

心脏仿佛被什么东西击中，闷闷地痛。明明对她只是利用，为什么会有这种情绪？

他将乔乔捞起来，扶着她往停车场走，刚行两步，又停住，回身往后看。

停车场很大，灯光却少得可怜，他总觉得有什么庞然大物跟着他们，回身看时却什么也没有看到。

由于太过安静，声控灯熄灭，停车场陷入片刻的黑暗。

就在声控灯暗掉的那一瞬间，忽然有一股大力从后面将他推开，对方将乔乔拉走的同时，一拳挥在他的脸上。

他闷哼一声倒地，趴在地上头晕目眩。

这一拳非常狠，也非常诡异，这仿佛不是人的拳头，而是……动物的拳头，还有毛发触碰肌肤的真实感。

沈祯的嘴角瞬间变得乌青，溢出一丝鲜血。他晃了晃脑袋，抬头看着跟前体型庞大的“男人”。

男人很高、很胖，披着黑色斗篷，头上被黑布裹得严严实实，只露出一双猩红而愤怒的眼睛。

在他的衬托下，小姑娘的身子显得更娇小了。

体格上的巨大反差，给人的感觉就像美女与野兽。

沈祯努力想看清男人的脸，男人却抱着乔乔迅速躲至石柱后，只露出一小截黑色的斗篷。

他忍着头晕踉踉跄跄地站起来，扶着车身绕到柱子后，看见身材高大的时肖正捏着乔乔的下颌浅吻。

时肖身上披着斗篷，脖子上缠着几层松松垮垮的黑布，有点像围巾。

沈祯一愣。他刚才看见的……又胖又高的“男人”是时肖？不，不可能，绝对不可能是他。两人的身材相差太多了。

沈祯想起刚才那只拳头的绒毛触感，顿时打了个冷战。难道是……幻觉？

他想起乔乔醉酒后说的话，脑子里闪过一个念头，但很快又否决了。

怎么可能……世界上怎么可能有如此奇幻、荒唐的事。

小姑娘仿似无骨，软绵绵地趴在时肖的怀里。他用斗篷罩住她瘦小的身躯，连她的脑袋也裹住，他就像在藏一个珍贵的宝物一样，不想给眼前的这个男人多看一眼。

沈祯很平淡地看着眼前的时肖，轻笑一声：“大明星，不怕被人拍到吗？”

时肖抬起脸，用一双微带红血丝的眼睛冷冷地看着他，神情、语气，都宛如一只潜伏在黑夜里的野兽。

他红着眼睛警告沈祯：“最好离她远一点，否则——即便她恨死我，我也不会再让你有翻身的余地。”

这样一双眼睛，看得人心头发寒。沈祯努力压制住心底漫起的恐惧，敛眉，盯着他。

时肖一顿，清冷的声音再次响起：“不信，你试试。”

他的目光宛如一把刀，几乎刺穿沈祯的灵魂。

沈祯沉默半晌，看着时肖：“你有什么资格阻止别的男人接近她？时肖，我承认你比我优秀，但她不喜欢你是事实，你得接受。”

时肖攥紧拳头，额上青筋暴突。

沈祯看着他生气的样子，勾唇讽刺：“怎么？又想用你龌龊的手段玩阴的？卑鄙。”

“卑鄙？”时肖看着他，目光寒如冰，“比卑鄙，我可及不上沈先生的万分之一。沈先生，你欺骗她的时候，良心就不会受到谴责吗？我卑鄙，我自知，而沈先生卑鄙却不自知，您已经配不上卑鄙这个词，大概，阴险、小人，更适合你。想利用女人获得成功，比蛀虫更差劲。”

沈祯一口气堵在胸口，无法宣泄，冷哼一声：“时肖，你未免太狂妄。”

时肖挑眉，语气寒如冰：“我有资本，怎么，不服气？”

两人剑拔弩张、互不相让，乔乔在时肖的怀里睡得香甜，嘟囔着说了一句梦话：“好吵啊……闭嘴啦……”

“她可以和任何男人在一起，但唯独不能是你。”时肖将小姑娘抱得更紧，再一次警告沈祯，“重申一次，不要再挑战我的底线，否则，就算她恨我、误会我，与我老死不相往来，我对你也不会手下留情。弱肉强食、亘古不变，请你不要以卵击石。”

这一夜沈祯辗转难眠，时肖那双冷漠、讥讽的眼睛，不断挑衅着他血液里的躁动因子。

时肖的那些话仿佛匕首，一下又一下，将他的心脏一点点捣碎成泥。

那些生而富贵的公子哥，有什么资格斥责他？追求富贵、金钱以及喜欢的女人，他觉得并没有什么错。他唯一的错，是因为叶心的背叛，而不敢再相信爱情，缩手缩脚，在与乔乔交往时伤害了她，没有珍惜她。

他承认，对乔乔一开始只是利用，但他没有碰过她，照顾叶心也是事出有因。他认为自己是君子，并没有时肖说的那样不堪。

沈祯越是这样想，内心的魔障便越强，对时肖的恨意也逐渐浓郁。

时肖生来便家庭优越，接受了好的家庭教育，跟他不一样。他从小生活在贫民窟，从小励志摆脱那种令人难堪的家庭。

他喜欢把自己打扮得干干净净，穿白西装、黑皮鞋，他不想让人看出他是从底层走出来的孩子。

他努力学习，努力做事业，终于能在这个城市占有一席之地，时肖又凭什么看不起他，又有何资格将他唾弃至尘埃里？

此刻，他更加肯定，自己早就喜欢上了乔乔，对她的情绪早就不可控，就像刘雯说的那样，如果不是在乎她，又怎么会刻意对她冷漠，又怎么会害怕与她亲密接触？

他想让乔乔回到自己的身边。即便这个女孩美丽、优秀，让他没有安全感，他依然迫切地想得到她，想让她的心回归。

他抱着侥幸心理，或许乔乔与叶心不一样呢？

而时肖从没瞧不起任何人，他尊重每一个人，但唯独看不起利用女人的男人，也厌恶欺骗乔乔的人。

3.

剧组所处的环境相对封闭，可毕竟没有不透风的墙。

关于女翻译与时肖的八卦，还是被人添油加醋地发到了网络。

一些知名论坛上开始八卦时肖与女翻译“不得不说的那些事儿”，说得像模像样。

关于女翻译如何上位，又如何在剧组耍心机、使用卑鄙的手段在时肖与陆琦之间挑拨离间，编得宛如宫斗剧，精彩绝伦。

乔乔看到八卦帖时，已经是第二天下午。

由于宿醉，她头疼欲裂，起床后，吃了点酒店送来的早餐，略微有点饱腹感后，揉着额头，打开 iPad。

帖子里的事，没有一件是真实的。

她上位？

分明是时肖缠着她好吧！

乔乔拿头在坚硬的 iPad 的边缘磕了磕，试图让宿醉的头痛得到缓解。

等痛感骤减，她开始回想昨晚是怎么回到酒店的……

她用手捶了捶额头，记忆断片，没有一点印象。

她恍然记得，昨夜与沈祯在酒吧，她低估了长岛冰茶的威力，之后的事儿……便记不得了。

只记得在梦里，时肖亲了她，还用野兽一般凶狠的目光凝视着谁。

她先打电话给沈祯，挠着后脑勺，小心翼翼地问：“那个……学长，昨晚是你送我回来的吗？”

“你好些了吗？”沈祯没有直接回答，岔开话题，反问她身体如何。

乔乔以为他是默认，吸了一口气，红着脸又问：“昨晚我喝醉……没说什么过分的话……做什么过分的事吧？”她顿了一下，又说，“嗯，我没事，除了头疼，其他都没问题。”

沈祯道：“昨晚你醉酒之后，自言自语一会便睡过去了，倒没做什么出格的事，你没事就好。你酒量不行，下次少喝些，这次好在是和我一起，如果换了其他对你心怀不轨的人，后果就不堪设想了。”

一提及心怀不轨的人，乔乔脑子里突然蹦出时肖的脸。

那晚在车里，他疯狂地亲上来，甚至想对她做更过分的事情。

如果，昨晚在时肖面前喝醉，她还会被安然无恙地送回吗？

她不清楚，不敢肯定。

接下来的日子，乔乔想与时肖保持距离，奈何他们现在的状况，即使保持距离，也免不了有亲密接触。《听风》剧组在B市的取景终于结束，演员们继续前往下一个取景点。

他们启程前往位于林市的峨山。

初夏，峨山依然被白雪覆盖，白茫茫一片，非常壮观。

峨山四季如冬，林市受雪山的影响，夏季气候宜人，适合避暑。

一周后的下午，剧组抵达峨山下的雪村。

他们在雪村休整，打算翌日一早开始登山。

村里空气清新，温度偏低，屋顶上还覆盖着零落的积雪。

乔乔喜欢冰天雪地，换上羽绒服，从小木屋出来，迎风站在院子里欣赏雪山。

外面的温度比她想象的要低，她搓了搓被冻红的耳朵，抬眼一看，那被白雪覆盖的山尖仿佛触手可及，大自然赋予了它不可言喻的美。

这样的环境，白熊时肖一定喜欢。

院中篱笆墙边站着两个女人，是陆琦和她的助理。

由于气候严寒，条件相对恶劣，陆琦不想上山。

她手里夹着烟头，狠抽一口，怒火无处发泄，对着助理发无名火：“晕！这种鬼地方环境多恶劣，张德建能不知道？雪景为什么非得实地取景，就不能在室内拍摄后期处理一下吗？在山顶拍戏，这是要冷死我吗！”

她抱怨一阵，用词非常过分。

这些话如果被张导本人听见，她在剧组也就没什么好日子过了。

乔乔正好在院子里，不巧正好听见她的抱怨。

乔乔先是一愣，诧异于陆琦居然能说出这样的话。

陆琦在荧幕上是玉女形象，能说出这样的话，实在令人震惊。

乔乔以为，陆琦顶多是高冷不羁、有点叛逆，却没想到……

她这几日闲着没事，搜索了一些关于陆琦的八卦，陆琦早年的黑料可谓满天飞。

她被贴上诸多标签，比如私生活混乱、踩人上位等，本以为这些仅是谣言，如今她却不由得开始怀疑这些绯闻是真的。

事不关己。她收了伸懒腰的双臂，转身准备回屋。

“站住。”陆琦叫住她。

乔乔转过身，指着自己的鼻尖问：“叫我？”

“这里还有别人吗？”陆琦敛眉看她，神色冰冷，“你刚才听到什么了？”

乔乔掏了掏耳朵，表示：“有点高反，耳朵不太能听见东西。你说什么？大声点。”

陆琦嘴角上扬，呵了一声。

——挺会装蒜。

等乔乔离开，助理问陆琦：“陆姐，她不会匿名爆料吧？”

“让她去，我会怕她？！”

她红到这个程度，确实不怕被人爆料，也不怕再被人黑。这些所谓的爆料，只会给她增添话题度。

中午剧组用餐，乔乔与主演们一桌。

她坐在时肖的身侧，扒了一口饭，低声对他说：“时肖，你们剧组的女主角好像对我很有敌意，我还是抱着碗去其他桌吧？”

她几乎贴着他的耳郭说的话，音量很小，只他一人能听见。

她刚抱起碗准备起身，手腕却被时肖抓住，他沉声道：“坐下。”

一桌人的目光扫过来。

乔乔继续埋头扒饭。

陆琦从外面进来，看见乔乔对时肖耳语，紧接着，男人如刀的目光在她身上扫了一遍。

她心里一咯噔。

难道是……她不在乎乔乔去网络爆料，但绝不能容忍她把这件事告诉男神，这会让她感觉非常屈辱。

她努力走到今天，努力塑造正面形象，为的就是有朝一日能与时肖并肩，也为了可以配得上他。

第二天凌晨五点钟，乔乔偷偷摸摸去时肖的房间献吻，然后迅速跑出来，生怕被时肖摁着亲。

院子里没有光源，她勉强能看清院子里站着一男一女。

鹿哲点亮一束冷焰火，火花从源头蔓延开，在冰冷的黑夜中绽放出一串光束，映亮两人轮廓。

他将点燃的冷焰火递给南柯，姑娘非常兴奋，甩着火花在原地转圈。

等冷焰火燃尽，鹿哲问她：“怎么样？好玩吗？”

南柯点头。

不仅好玩，而且感动，她从没想过，有朝一日，男神会为她点燃冷焰火。

经过这些日子的相处，她发现，鹿哲与她印象中的模样不同。

他待人不错，对她也不错，更多时候，南柯觉得他像个小孩。

起初她还不能接受印象里稳重成熟的男神是这种性格，渐渐地也就习惯了。

鹿哲说："南柯，我能问你一个很私人的问题吗？"

"嗯？"南柯一脸疑惑地看着他。

鹿哲略有点害羞，声音细如蚊蝇："你……你有喜欢的人吗？"

南柯压根没想到他会问这个，愣愣地摇头，又点头："有……喜欢的人。"

鹿哲仿佛早有心理准备，露出略失落的神情，笑道："没关系，我也有喜欢的人，这么看，我们还挺般配。"

这……也能硬掰成般配？他这是在跟她……表白？

南柯拿捏不准他的想法，毕竟，眼前这个人是她喜欢了很多年的男神。在她的印象中，他犹如高岭之花，从不下凡。即使现在发现他性格不错，她也觉得他没道理会在如此短暂的相处时间里喜欢上她。

南柯心里直打鼓。

清晨的空气清冷，南柯耳尖冻得发麻，揉了揉，深吸一口气问："你……想跟我表达什么？"

鹿哲宛如青涩的少年，抓住她的肩，深吸一口气，表白道："南柯，我想跟你——"他将到嘴边的话又吞了回去，话锋一转，"我很欣赏你，我的新专辑希望你担任女主角。"

南柯："……"果然是她想太多了，男神怎么可能喜欢她？

而她喜欢的，除了鹿哲，没有别人。她喜欢他很多年，从未成年到成年。

如今能有机会近距离接触男神，她已经很开心，还奢求什么呢？

鹿哲本来打算表白，可话到嘴边，突然又说不出口。

南柯明显愣了一下，说："好……啊……那个……那没什么事，我先回屋收拾装备。"

鹿哲"嗯"了一声。

等南柯离开，鹿哲在原地攥着拳捶胸顿足。

乔乔走过去，从后面伸手拍他的肩，让他淡定下来："鹿哲叔叔，你这是要表白吗？话到嘴边，又说不出嘴了吗？"

"……大侄女，你的眼睛真是雪亮。"鹿哲低叹，眼神透着可怜，"大侄女，你说，她看出来了吗？"

"这个我不太清楚，不过……你可以自己去问问。"乔乔说。

"我要是敢问，也不至于不敢表白吧？"鹿哲张开双臂，仰天长叹，"苍天哪，为何要如此折磨我这样的单纯少年！对着这辈子我唯一喜欢的女孩，我竟然连表白的话都说不出口！"

鹿哲的记忆停留在十四岁，在他目前的印象里，南柯是他唯一喜欢过的女孩。

可乔乔从时肖那里知道，鹿哲二十岁时，喜欢过一个女孩。

他之所以能唱出感人至深的情歌，是因为曾有过一段求而不得的感情。

他愿意为那个女孩奉献一切，哪怕是红火的事业、让无数粉丝迷恋的容貌，以及年轻的生命……

鹿哲额头上有一块小疤以及身体上的烧伤，都是因为那个女孩。

乔乔虽然不知道鹿哲深爱的姑娘是谁，两人又为什么没有在一起，但她明白，他单身这么多年，只是因为放不下那个姑娘。

岁月没在他的容颜上留下痕迹，却在他心上灼下一块无法磨灭的烙痕。

她虽然与南柯交情不深，但看得出，南柯是一个很善良的女孩。

她很庆幸，鹿哲没有将告白的话说出口。

否则，一旦他恢复记忆，回到成熟阶段，他为了那个掩藏在心底的姑娘，一定会辜负南柯。

这于南柯来说，不公平。

第七章

雪山遇险

1.

天亮后，阳光明朗，整座村庄干净敞亮。

剧组的工作人员已经开始搬装备登山。

乔乔本想穿轻便点，某人却强迫她裹成粽子。

时肖与乔乔一前一后地走出庭院。陆琦正跟助理说话，听见时肖的声音，转过头来打量他们。

时肖一身黑色登山服，戴着黑色毛线帽，帽檐往下拉，遮住眉毛，再加上戴了口罩，他只露出一双清亮的眼睛。

乔乔戴着一顶红色线帽，颜色与时肖的相互呼应。娇小的女孩站在男人身后，让陆琦莫名地产生了嫉妒。

陆琦想了一下，走过去与他们打了个招呼，仿佛昨天的事压根没有发生。

一行人准备出发时，来了一个空降兵。

场务将沈祯带过来，向几位演员一一介绍："这位是沈先生，庄小姐应该认识吧？这次山上的戏份挺重要，白天黑夜交替，因为需要翻译的地方较多，庄小姐一个人分身乏术，所以我们便又请了沈先生。"

沈祯着一身白色登山套装，身材、颜值比起时肖也不逊色。

这样的男人不由得让陆琦多了几分探究，仔细观察着他。

沈先生的突然驾到，让乔乔措手不及。

她道："你怎么也来了？这里条件艰苦，你没必要自己过来。"

"我不放心让别人来。"他声音一顿，温和地笑道，"况且，有你在，我来一趟也不亏。"

他仿佛忘记了那夜时肖对他的警告，此刻当着时肖的面，继续肆无忌惮地博取乔乔的好感。

与乔乔打完招呼，沈祯又坦然地转过脸，看向时肖：“时先生，你好，我们又见面了。”

时肖气息一沉，四周的温度仿佛在刹那间骤降。

他那双眸子，足够锐利，仿佛从里面射出一支支冷箭，令旁人无法忽视他的敌意。

陆琦走过去，主动与沈祯打招呼：“沈先生，你好，我是陆琦。”

“陆小姐，你好。我这次来肩负重任，我们公司很多人喜欢你，能签个名吗？”沈祯笑容随和，往那一站，与时肖是截然不同的两种气质。

陆琦微笑：“可以。带笔和本子了吗？”

沈祯从衣兜里掏出一支笔，将胳膊递过去：“可以签在衣袖上吗？到时候将衣服挂在办公室，天天供他们瞻仰。”

“你不介意的话，我完全OK。”陆琦接过笔，在他衣袖上签上自己的名字。

九点左右，开始登山。

此处位于高原，步行四十分钟后，乔乔的体力已经明显不支，被落在最后。

时肖放慢速度，等她。

沈祯一路与陆琦交谈，完全没注意到两人已经掉队。

此次上山时肖因为想多点机会与乔乔相处，他没带保镖和助理。

山道变得空旷，已经没有其他人的身影。

时肖见她额头上满是晶莹的汗珠，问她：“还好吗？”

她坐在石头上，捂着胸口，大口喘气：“我……心跳得很厉害，有点喘不上气。”

“高反吗？”时肖从背包里取出氧气瓶，递给她，“吸口氧。”

乔乔摆手拒绝：“不用，我这不是缺氧，是累。”她捶了捶酸疼的小腿，仰面看着时肖，“我真的走不动了，休息一会。”

他们已经掉队，如果再休息，怕是一个小时也赶不上前面的人。

时肖检查了一下背包里的登山设备，一切齐全，足以在危险时刻保护乔乔，便答应下来：“好，休息一会。”

她喝了点水，又咬了一小口巧克力补充体力。

乔乔问他：“还得走多久才能抵达目的地？”

“大概四个小时。”时肖看了眼地图，又补充说，“我们得快点，不然，天黑后走山路会很危险。”

一听“危险”，乔乔立刻起身，身板挺直：“我们走吧！”

“不再休息一会？”时肖追问。

乔乔摇头：“不了，时肖，我不能拖你的后腿。”

时肖欣慰地一笑，伸手揉揉她的帽子，声音温和：“不碍事，以后的日子还长，我总要习惯。”

“……”乔乔轻咳两声。

头一次见被拖后腿的人这么开心，所以，时肖的心态真的是异于常人啊。

他们继续赶路，还没到半个小时，就已经赶上了陆琦和沈祯等人。

张导发现时肖掉队，嘱咐几名有登山经验的工作人员留下来等他们，以免发生意外。

陆琦与沈祯也自告奋勇地留下。

而一向喜欢与乔乔、时肖形影不离的鹿哲，忙着跟南柯单独相处，才没心思管他们。

很快，他们发现，山路越来越难走，居然还有一段凭空出现的雪坡路。

六月天里，风雪交加，让所有人始料未及。

前方山道陡峭，满是积雪，斜坡呈50°。因为山顶有雪，他们一早就准备了冰爪，但都没想到，在山道上提前用到了这种东西。

冰爪套在鞋上可以增加摩擦力防滑，紧接着，他们抓着冰雪覆盖的山道栏杆借力往上攀爬，步履维艰。

本来以为这段雪坡路会很短，没想到越走越长。道路太艰险，等他们想往回走时，发现已经下不去了。

雪坡路太陡峭，如果往下走，有百分之八十的可能会滑下去，发生意外，往上走反而是最安全的。

半个小时后，他们的手已经因为长时间接触寒冰而变得冰凉。

雪坡路长而陡，栏杆外是悬崖。

眼看就要抵达陆琦与沈祯所在的休息平台，乔乔脚下一滑，身子不受控制地往下滑行了一段，还好时肖迅速用手托着她。

如果时肖没能承受住她的重量，两人便会不受控制地往下滑落，轻则摔骨折，重则摔下雪坡悬崖。

陆琦和沈祯看得心头一惊，一个担心男人，一个担心女人。

乔乔的身子被时肖稳住，她抱着栏杆深吸一口气，等心跳平复，哭丧着脸道："这雪坡路太危险了，我平时锻炼得太少，体力又不太行……时肖，对不起，我拖了你的后腿。"

时肖摇头，戴着口罩，看不到他的表情。他宽慰她："跟你没关系，如果不是因为我，你也不会来这里。这种路只能往上攀爬，回头路不能走。乔乔，你再坚持一下，我会保证你的安全。"

乔乔点头，回头看时肖的瞬间，顺便打量了一眼来路，忍不住倒吸了一口凉气。

刚才上来时，一路注意脚下，压根没注意这段雪坡路有多险峻。这会回头看，让人心惊胆战，山坡过于陡峭，被雪覆盖且很滑，如果下山，受惯性的影响，人很容易踩滑，摔下去。

她深吸一口气，硬着头皮继续前行。

他们很快爬上山道休息，与陆琦、沈祯等人会合。

"时肖，你们终于来了，我还以为……出了什么事。"陆琦松了一口气，一脸紧张，伸手去抓时肖的胳膊，想替他查看，“有受伤吗？”

时肖皱着眉，将手臂往后一摆，很明显地躲开了她。

陆琦抓了个空，尴尬地收回手，又道：“你们安全上来就好。”她又偏过头问乔乔，“庄小姐还好吗？有受伤吗？”

突如其来的这一问让乔乔愣住。

什……什么鬼？陆琦居然关心她？她愣了一下，才道：“嗯……我没事，谢谢陆小姐的关心。”

陆琦抿唇一笑：“应该的。”

工作人员上前替他们两人检查登山的冰爪。

乔乔的冰爪绳磨损较厉害，如果再走一段，极有可能会断，到时在前行的过程中也很容易滑倒，以致意外发生。

工作人员说：“庄小姐，麻烦您将冰爪取下来，我们给您换一双新的。”

乔乔双手冻得麻木，低头看了眼绑得乱七八糟的绳带，兀自道：“没关系吧？我看绳子挺结实的。”她觉得没有大碍，是他们小题大做。

时肖却在旁边坚持：“乔乔，不要任性，去换冰爪。”

时肖这句话，让所有人都一愣。

这种语气……可不像是雇主对女翻译该有的。

“哦……”乔乔只得乖乖地去拿新的冰爪。

“我的冰爪绑绳也有点损坏，麻烦庄小姐帮我也拿一双新的。”陆琦坐在覆有雪的石头上，对远处的乔乔说。

“好的。”

工作人员翻出两双冰爪，递给乔乔。

乔乔拎过冰爪，将其中一双递给陆琦。

“谢谢。”陆琦接过，背过身去，倒腾了一阵，将新的冰爪换上。

他们重新上路，最后一段路变得愈发陡峭。

众人脚上穿着冰爪，登山倒也不会有太大的问题，但如果雪钉丢失或损坏，后果将不堪设想。

他们的队伍排成一行，每个人都抱着覆冰的栏杆，用上半身的力量带动腿部，吃力地往上攀爬。

乔乔跟在沈祯与陆琦的后面，时肖则在乔乔的身后时刻注意她的安全。最前面和最后面的都是工作人员，前者开路，后者断尾，以免再有人掉队。

天气变化无常，大概又行了半个小时，开始下大雪。天地之间一片素白，悬崖下一片白茫茫，什么也看不见，山道旁的原始森林银装素裹，很壮观，再加上远处的云海翻腾，宛如仙境。

而这样巍峨壮观的风景，他们没心情欣赏，各自身体都已经达到极限，压根享受不了美丽的东西。

乔乔忽然间开始崇拜时肖与陆琦，他们能吃苦、有演技，配得上众星捧月的待遇。

演员们不仅要攀登山峰，还要在这种地方拍摄，其中的辛苦可想而知了。

天色渐渐变得阴沉，风里卷着雪花。

前面的陆琦突然停下，队伍也随之停了下来，所有人停留在原地，不能前行。

沈祯听见陆琦“啊”了一声，回过身问：“陆小姐，怎么了？”

陆琦的眼神往下移动，落在一双脚上。

她的冰爪绑绳已经断开，无法在脚上固定，这种雪坡路没有冰爪增加摩擦，压根没办法前行，除非你相当有臂力，上爬时抓住覆冰的栏杆，将身体往上拉。

显然，陆琦没有这个臂力。

“这才走了多久？不可能断啊，”小哥一脸惊讶，“我们购买的冰爪能承受两百斤重的肥胖人士行走一个小时，即便是你们刚才换掉的，也只是略微有磨损。况且，陆姐体态轻盈，怎么可能在半个小时之内就遇到这种情况？”

陆琦一手抓着栏杆，弯下腰去将冰爪从雪地里拔出来，拎在眼前仔细端详：“我这冰爪上的绑绳，好像是被人故意剪过的。”

小哥道：“不可能，我特意检查过冰爪，而且这双冰爪只过了我与庄小姐的手，谁有机会去做手脚？人的心肠得多歹毒，才能做得出这样的事！”

小哥极力撇清自己，将矛头指向乔乔。

所有人都望着乔乔。

冰爪经由沈祯的手，传递到领队手里。

领队仔细检查，皱着眉说：“的确是被人做了手脚，痕迹非常明显，这不是自然磨损导致的断裂。”

小哥道：“现在已经没有冰爪了。”

风雪渐大，没有要停的趋势，所有人都想赶紧抵达目的地，好好休息。因为陆琦的突发状况，所有人都不能前行，难免有人心怀抱怨。

有人开始质疑乔乔：“庄小姐，你是怎么搞的？是不小心，还是故意的？没了冰爪，你知道多危险吗？”

2.

陆琦是女主角，没人敢对她发出抱怨，而最有嫌疑的乔乔，成了大家指责的对象。

突然被指责，乔乔甚至没来得及辩解，沈祯便替她辩解道：“这位先生，您的意思是觉得这事是乔乔做的？您这么说，有什么证据？”

乔乔感激地看了一眼沈祯。

男人道：“呵呵，这不是很明显吗？”

剧组里谁都看得出，陆琦与时肖是一对，而乔乔明显是第三者上位。

这些八卦虽然不能外传，但大家看在眼里，心知肚明的。

早在乔乔进组时，大家就有过怀疑，她的漂亮太过于扎眼。

一般的男明星挑助理都会特别忌讳年轻漂亮的，以免被传绯闻，对自身不利。而鲜有绯闻的时肖居然毫不避讳，让剧组女翻译做他的私人翻译，未免太不正常。

陆琦首先去看时肖的脸色，也替乔乔辩解说："我相信庄小姐不会做这种事。也许是你们的检查出现疏漏，拿到了被人为损坏的冰爪而不知道。况且，现在不是争论这个的时候。"

时肖也道："嗯，先解决冰爪的问题。"

工作人员道："刚才庄小姐与陆姐换下的冰爪勉强能用，但也坚持不了多久。如果冰爪绑绳突然断裂，未必会有陆姐刚才那么幸运，极大可能会滑倒，摔下雪坡。"

虽然陆琦也帮着乔乔说话，但乔乔的嫌疑仍然没有洗脱。

她也明白这一点，于是主动道："这样吧，我脚上这双完好的给陆小姐用，我换回刚才那双有磨损的。在攀爬过程中，我自己注意一点，应该不会有问题。"

小哥的语气不太友好："这样最好了。"

乔乔手扶着栏杆，弯下腰摘下冰爪，时肖却从后拍拍她的胳膊，制止她。

她回过头，望着时肖，满脸疑惑。

时肖神色严肃："穿好。"然后，抬眼对陆琦说，"陆琦，你用我的。"

男人迅速从鞋上取下冰爪，挂在手指上，让乔乔递给陆琦。

"时肖……你这样很危险的，你比我重，有磨损的旧冰爪在你脚上更加容易损坏。"乔乔没有伸手去接，只道，"还是用我的吧。"

"你在关心我？"时肖勾唇，将冰爪塞进她的手里，低声说，

“好了，听话，你不用担心我，登雪山我比你有经验。”

乔乔拗不过他。

男人一向固执，他的决定鲜少因为旁人而改变。

乔乔担忧地看了他一眼，嘱咐：“那你小心点啊。”

“嗯，放心。”

陆琦没想到时肖会将自己的冰爪给她，心窝一暖，道了一声“谢谢”。

大概在时肖心里，还是有她一席之地的？

她不清楚时肖对乔乔的感情到了什么程度，但她总觉得，时肖对她也是有感觉的。

拍戏时，他看她的眼神，绝不仅仅是戏中的情绪那么简单。

也许……她真的有机会？

而这位庄小姐，是目前为止，她与时肖之间最大的阻碍。

风雪呼啸，众人顶着风攀登。

他们脚下的路已经很难行走，又有风雪模糊视线，平添阻力，饶是有登山经验的工作人员也开始有些绝望。

起初他们还能看清彼此前后的人，渐渐地，就只能勉强看清一个模糊的身影。

终于走上了一段平路，众人的膝盖得到解放。乔乔看了一眼四周，茫茫一片白色，没见到时肖的身影。

前面的人也停下。领队走过来，问她：“怎么了？”

“时肖不见了。”

她的声音很快被风雪淹没。

领队没听清她在说什么，大声催促：“快走，雪下得越来越大了！再不到目的地，我们都很危险！”

乔乔将手用力抽出，拉住领队的胳膊，踮起脚，凑在他的耳边大声道：“时肖不见了！”

风雪声呼呼灌进耳朵，这一次，领队终于听清了。

时肖与工作人员一直走在后面，现在所有人都上了平路，唯独不见时肖。

由于风雪太大，大家都注意着自己的脚下，没有人注意他，以致他不见了，也没人发现。

领队见情况紧急，带着三个人回头去找时肖，吩咐其余人带陆琦、沈祯、乔乔先离开。

这样的安排再合理不过，可乔乔算了一下时间，离她和时肖上次接吻已经超过两小时，他这会儿……应该已经变回白熊了。她必须在所有人之前找到时肖。

否则，后果不堪设想。

乔乔坚持留下，气得领队破口大骂："你有病没病？你留下，只会拖我们的后腿！滚！"

风雪渐小了些，中年男人的声音底气十足，吼得乔乔不由得缩肩。

要搁在以前，她一定会离开，不会拖任何人的后腿，可是现在，她必须留下。

沈祯走过来，拉住她的手腕："乔乔，别任性，你留下，只会给大家添麻烦，我们先走。"

"我必须留下。"乔乔将手抽出来，望着沈祯，满眼认真，"沈祯，我必须留下，时肖他需要我！"

她眼中的坚定让沈祯一愣："你，不怕吗？"

一旦想到时肖被当成怪物，成为过街老鼠，甚至被解剖做研究，她一整颗心里装着的都是心疼与绝望。

她攥着一双冰冷的拳，抿唇摇头道："不怕。"她拉紧领口，跟着领队，转身走进白色风雪里。

沈祯愣怔。他的肩被身后的人拍了一下，女人隔着一层口罩，声音有些沉闷："你喜欢她吗？"

沈祯望着乔乔离开的方向，她瘦小的身形逐渐被风雪模糊。

“不知道。”沈祯回答得很干脆。

陆琦又问：“那你愿意在这种恶劣的天气，不顾生命危险，跟她一起去吗？”

他想否认，可那句“我怎么可能喜欢她”到了嗓子眼，又无法从嘴里吐出来。

“走了。”陆琦背对着众人，挥了挥手，沿原路返回。

留下的工作人员问她：“陆姐，您去哪儿？”

陆琦留给众人一个冷酷的后脑勺，道：“去找时肖。”

工作人员叫住她：“陆姐，太危险了，你快回来！”

陆琦对身后人的制止丝毫不理会，继续往回走。

她的问题，沈祯没有回答，可沈祯用实际行动证明，他愿意，他愿意不顾生命危险，陪乔乔一起去。

他不是为了去找时肖，而是为了去保护一直被他利用的女孩。

沈祯身高腿长，很快就追上了陆琦。

她笑道：“看来你跟我一样，喜欢着一个压根不喜欢自己的人。”

沈祯沉默一阵，接受不了这个定论：“我跟你，不一样。”他认为乔乔喜欢他，而时肖对陆琦毫无感觉，这能一样吗？

陆琦停下步子，一脸好笑地看着他：“是吗？”

风雪声掩盖了她的声音。沈祯只看见她讥讽的笑容，听不清她在说什么。

两人继续往前行，终于走到来时的雪坡路。这段路过于危险，他们抱着栏杆，小心翼翼地往下滑行。

……

风雪太大，不多久，乔乔便与领队走散了。

陆琦和沈祯也与其他工作人员走散。

乔乔迷失方向，误打误撞地与陆琦和沈祯碰了头。

“他们人呢？”陆琦看见她，扯掉口罩，大声问她。

在呼啸的风雪里，她的音量被吞没一半。

乔乔摇头：“我尽量追了，但还是没赶上，走散了。”

作为这里唯一的男性，沈祯提议：“这样下去太危险，我们先回上面等待。说不准，他们已经找到了时肖。”

乔乔正犹豫，密林里忽然传来野兽的吼叫。

——是时肖！

陆琦脸色惨白，问他们：“你们有没有听见什么声音？”

“猛兽？”沈祯蹙眉，几乎下意识地抓住乔乔的手腕，“此地不宜久留，我们赶紧离开。”

乔乔扭头望着密林的方向，甩开沈祯的手，翻过围栏，踩着积雪朝原始森林跑去。

“乔乔！”沈祯红着眼睛大喊一声，“回来！”

乔乔闻声却没有回头，当下也顾不得其他，必须尽快找到时肖。

听见那声类似于北极熊的兽吼，又看见乔乔的反应，沈祯似乎想到什么，也追了上去。

陆琦压根不敢一个人留在这里，只好跟了上去：“你们等等我！”

风雪被茂密的林木挡得七七八八，雪地里有宽大的熊掌印。乔乔顺着脚印一路往前跑，为了躲避身后的两人，不断加速。

她找到时肖时，他已经变回白熊，坐在雪地里，因为弯腰坐着，腰部的肉叠了三层，熊背宽阔有肉感，视觉效果很柔软。

她松一口气，迈着小步走过去。

时肖灵敏的熊耳动了动，迅速转身，四肢抓地，目露凶光，龇牙望着身后的人。

乔乔吓了一跳，往后一退。

时肖看清是乔乔，紧绷的神经放松，目光瞬间变得柔和。

原本凶狠的目光变得水光潋滟，饱含温柔。

白熊直起身，吞了一口唾沫，叫她的名字："乔……乔……"

"时肖。"乔乔忽然眼眶一热，一下扑进他的怀里，眼泪不受控制地流出来，"你没事就好，你没事就好，吓死我了。"

"你是因为无法跟家里人交代而担心我，还是……只是单纯地关心我的安全？"

乔乔抬起脸，看着白熊满是绒毛的下颌："有区别吗？"

"有。"

乔乔从他怀里离开，犹豫片刻后，认真地说："如果你有什么事，我真的不好跟你家人交代。时肖，以后有情况，你提前告诉我，好吗？别一个人躲起来，我真的担心你。"

刚才风雪太大，一米之内辨别不清人脸。时肖察觉到自己的身体有异样时，已经认不清哪个是乔乔，他情急之下，才独自逃进密林。

他没想到乔乔会回来找他。在这样恶劣的环境下，她居然会回来找他。

在他的印象里，乔乔小姑娘怕死、怕疼，也怕冷。

而她居然冒着生命危险返回来找他，这出乎他的意料。

不远处的树后，沈祯与陆琦就这样傻愣愣地看了几分钟。

距离太远，陆琦听不清他们说的话，只是觉得太不可思议了，那姑娘居然抱着一头野兽？

这雪山上，居然有……北极熊，不是太奇怪了吗？而且……为什么乔乔能与北极熊拥抱而没受到伤害？

陆琦隔着老远都能看见熊爪上锋利的指甲，那一爪下去，乔乔非死即残。

陆琦倒吸一口凉气。

沈祯倒显得很淡定。他在脑子里把所有线索连起来，终于接受了这个可能性。

陆琦的情绪明显有点不受控制，拉着沈祯往回走：“这里太危险了，我们快走。”

乔乔的死活于她来说压根不重要。

也不知是不是幻觉，她好像看见沈祯的嘴角向上勾了勾，笑容里透着一丝诡异。

他取出瑞士军刀，握在手里，长袖往下拉了一截，遮住刀柄，朝那边走过去。

陆琦压低嗓音叫他：“沈先生，危险！”

沈祯不理会陆琦的提醒，他心如明镜，什么都明白了。他明白为什么白熊不会伤害乔乔，也明白野兽为什么如此通人性，能与人类拥抱。

乔乔听见身后有动静，从时肖的怀里离开，转过身，看见浑身透着冷气的沈祯。

与她的视线对上，沈祯阴鸷的表情立刻变成担忧，对乔乔伸出手：“乔乔，危险！快过来！”

她没想到沈祯会这么快追过来。乔乔为了掩饰白熊是时肖的事实，解释道：“没事的，沈祯，这头熊很温和，不会伤害任何人。”

她伸出手，去摸白熊时肖的头。

时肖很配合地低下头，因为被抚摸，非常舒服，一对小圆耳不由自主地动了动。

他在乔乔的面前虽然乖巧，一双盯着沈祯的眼睛却满是凶狠。

“乔乔，你看他的眼睛，野兽便是野兽，没有人性可言，你赶紧过来！”沈祯知道他并非真正的野兽。他慢慢朝乔乔靠近，寻找机会。

“真的没关系。”乔乔在白熊的胸口砸了一拳，“你看，他很温顺，不会伤人。”

在她说话间，沈祯迅速抓住女孩的手腕，将她用力往外一推，自己则一刀朝白熊的胸口挥过去，瞬间在熊胸上豁开一条血口。

白熊的血液溅在乔乔的脸上，她抬手摸了摸脸上黏稠的液体，低头看到手上一片血红，吓得她尖叫一声。

沈祯赌对了。

他赌因为乔乔在场，时肖不会攻击任何人。他赌，自己能用刀成功地伤到时肖。

他想借此机会让这个男人彻底消失。他杀的不是人，而是因为自保与保护他人，错手杀了一头熊。

他不会受到法律的惩罚，他会因此得到赞誉，被称为英雄。

如果时肖消失，他与乔乔之间就再也没有阻碍。如果时肖消失，也就不会再有那样一个男人，高高在上地俯视着他。

他举起刀，再次朝时肖的身体刺去。

时肖体态笨重，不太灵活，躲避不及，厚实的皮毛被割开一条长口，有血飙出来。

乔乔疯了一样朝沈祯扑过去，将他推开，用身体挡在白熊的前面，冲他吼道："沈祯，你疯了！"

3.

他疯了，真的疯了，疯狂到会因为嫉妒去杀人。

沈祯被乔乔推开，腰部撞在树干上，积雪哗啦啦地往下坠，落得他一身。

乔乔跪下来，膝盖埋进积雪里，伸手去捂时肖的伤口，紧张地问他："白熊……你怎么样？"

胸口的剧痛让时肖闷哼一声，他用眼神示意乔乔：先离开这里。

因为有厚实的皮毛保护，他的伤口不深，至少没有乔乔想象中的那么严重。

乔乔扶着白熊站起身，对沈祯说：“野熊没有要伤害任何人的意思，我送他回丛林，你们回休息区等我。”

男人手里还攥着冰冷的瑞士军刀，他愣在原地，脑子里的思维有些混乱。

等乔乔带着白熊消失在视线里，陆琦才从树后走出来，推了一把愣神的男人：“走了。”

沈祯收起瑞士军刀，看了一眼陆琦，拍落肩头的雪，同她一起走出森林。

陆琦还是有些恍惚，不清楚为什么这里会有野生白熊，按理说，这种丛林里一般生长的是棕熊。

更让人感到奇怪的是，那头白熊仿佛很通人性。

难不成乔乔那女人，不仅会翻译，还很会……驯养动物？

冷风刺骨，从领口往里钻，陆琦攥紧衣领，缩了缩脖子。

刚走没两步，沈祯又停下，转身往回走，打算去追乔乔。

陆琦虽然与沈祯不熟，但还是下意识地伸手拉住他：“沈先生，你疯了？还跟着去？那姑娘不要命，你也不要了？这个地方太危险，我们先出去，去休息区跟其他人会合。”

“乔乔一个人，我不放心。”沈祯将胳膊从她的手里抽出来，径直往他们离开的方向走去。

陆琦觉得他疯了。

为了一个女人，命都不要了？可转念一想，她又何尝不是如此呢？为了一个男人，冒着这么大的危险往回走，她也是有病！

陆琦有野外生存常识，知道身处丛林更不应该落单。她不敢一个人往回走，索性硬着头皮与沈祯一起去追白熊和乔乔。

他们还没走多久，就与迎面而来的时肖和乔乔撞上。

陆琦看见时肖，愣住：“时肖……你？”他怎么和乔乔一起从丛林里面出来？

时肖换了一套运动服和登山鞋，原本满满的装备包变得空荡荡的。他换掉的衣服不如先前厚实，拉链拉上封住了领口。

陆琦不知道他为什么要中途换衣服，难道是……遇到了什么意外？是什么样的意外，导致他换了浑身上下的衣服？

时肖脸色惨白。陆琦很快发现，他的胸口上似乎湿了一片，有黏稠感，不像水，更像是……深色的血。

乔乔扶着时肖的胳膊，等他们走近，陆琦闻到一股浓烈的血腥味，眼皮一颤，问他："时肖，你受伤了？"

"摔伤，不严重，乔乔已经替我做了紧急处理。"时肖说话时额头冒着冷汗，神色略显痛苦。

陆琦显然不信，伸手同乔乔一起扶住他。

时肖问："你们谁身上带了对讲机？"

经他这么一问，陆琦才想起来自己背包里有一台对讲机。她将对讲机取出来，调试了几分钟，压根与其他人联系不上："搜索不到信号，我们赶紧回休息区吧，让领队重新处理一下你的伤口。"

"嗯。"时肖点头。

他将胳膊从陆琦手里抽出来，继续往前走。

沈祯上前说："我来扶吧，我的力气比你们姑娘的都大些，你们两个姑娘待会注意脚下，不要跌倒或摔伤。"

因为沈祯刚才的凶狠，乔乔对他已经产生一丝恐惧。她忙说："学长，我来就好，你保护好陆小姐，我们这里不能再有人受伤了。"

沈祯从她的眼睛里察觉到畏惧。

他略微一愣后，点头说："好，那你也小心点。"他语气温和，是发自内心的担心。

一股风雪迎面而来，时肖受凉，捂着胸口，咳嗽两声。

他们继续前行，因为丛林深而广阔，不多久居然迷了路。

风雪虽停，但来路已经看不清了。天色渐渐暗下来，四个人变得紧张起来。他们身上唯一的通信工具是对讲机，这台对讲机的有效范围是五公里，但由于积雪、丛林、山脉的阻隔，可用距离远没有那么大。

陆琦不断地调试对讲机，仍然联系不上大部队。

时肖变成白熊时，身上的衣服被撑破，备用的衣服很单薄，到了晚上很有可能因为风雪受寒。他身上还有伤，雪爪又不知被丢在了何处，这样双重的危险让乔乔十分担心。

考虑到时肖的安全，乔乔分了一只雪爪给他。四人在丛林里步履维艰，即使走在冰天雪地里，也是汗流浃背。

乔乔已经体力不支，承受不住一个男人的重量，无奈之下才同意让沈祯扶时肖。她从陆琦手里取过对讲机开始调试，寻找大部队。

大概调试了半个小时，终于联系上了领队。

他们沿着雪山方向往前走，去与领队会合。随着对讲机里人的声音越来越清晰，间接地说明他们走的方向没错，四人终于感觉到一丝轻松。

四十分钟后，他们与领队会合。

领队看见人都齐全，终于松了一口气。两位主演、两名翻译一起失踪，吓得他头皮发麻，正准备请求消防救援的时候，四个人走出了丛林。

如果两位大明星出了什么意外，这责任他可担当不起，导演更担待不起。

到了休息点，领队一边替时肖处理伤口，一边怒道：“你们下次如果再这样不听指挥乱跑，这戏也别拍了。你们一个个都是明星，身价不菲，要是出了事，我一个剧组打工的能担待得起？！”

时肖的伤口显然不是简单的跌伤，分明是被利刃划伤。

大明星没说话，领队也不敢多问。

到了拍摄点，他们终于与导演会合。领队避重就轻地说了一下路上的突发状况，将时肖失踪摔伤的事提了一下。

他们上雪山前查了一下这里的天气和路况，晴天，也没有雪坡路。

谁都没想到，一夜之间山路变成了雪坡，天气预报也不准确，走到半路，他们还遭遇了风雪。那段雪坡路往上还可行，往下是绝对不可行的，非常容易受惯性而下滑，导致意外发生。事已至此，他们也只能硬着头皮往上爬。

如果早知道环境会如此恶劣，考虑到大家的安全，他们也不会上山的。

所幸没出事，否则后果不堪设想。

休息站是老旧的寺庙，入夜之后没有供电，房间里也没有暖气或空调，有些房间甚至四面漏风，冰冷非常。

倒霉的工作人员分到漏风的房间，也只能戴上厚实的棉帽，紧紧地裹住又潮又硬的被子取暖。

随行的医生替时肖清理了伤口。乔乔与鹿哲举着手电筒，在旁边给医生照亮。

鹿哲用强光照了一下男人的伤口，啧了一声："他这伤口是摔伤？分明是被利刃刺的吧？"

医生也说："明显是刀伤。咱们登山的衣服那么厚实，谁下手这么狠？还好，有衣物阻隔，虽然伤了皮肉，但伤口不深，这里温度低，伤口不会发炎。晚上你注意保暖，别受凉。"

时肖点头，嗯了一声。

"医生，他这伤还能拍戏吗？"乔乔问道。

医生："如果明天不发烧，就没问题。晚上留个人在这里照看，有事叫我，我就住在隔壁。"

剧组的工作人员要留下来照顾时肖，被时肖拒绝。乔乔对工作人员说："我留下来吧。"

工作人员："你？"反问的话刚要吐出来，又很快被收了回去。

现在大家都知道时肖和这位女翻译之间大概是个什么关系，这已经是公开的秘密。可惜了陆琦，就这么被人从中作梗抢走了男人。

等外人都离开，鹿哲才开口问："乔乔，到底怎么回事？时肖怎么会受伤？"

乔乔把今天在山上的事跟她说了一遍，叹息一声，道："我也没想到，沈祯会突然那么疯狂地冲上来。也不能怪他，可能他是担心我受伤……"

"啧啧，我怎么觉得他是想杀了我们时肖呢？细思极恐啊。"鹿哲坐在床边，伸手去摸时肖赤裸的胸膛，触目惊心的伤口已经被包扎了起来。

时肖话到嘴边又不能说出口，索性沉默。

他能感觉到，沈祯当时丝毫不惧怕他，对他分明充满了杀意。

乔乔回想起沈祯先生那时的眼神，忍不住打了个寒战。那样的眼神她不曾见过，却能寒透她的骨髓。

时肖沉默地躺下，乔乔替她压紧被角。

鹿哲打了个哈欠："我也困了，先去睡了。乔乔，你也早点睡，别熬得太晚。"

"嗯。"

等鹿哲离开，乔乔借着手电筒的光线，去隔壁抱来一床被子，在时肖的身边铺开。

她唯恐时肖发烧，今晚得守在这里。她爬了一天的山，这会实在困顿，只能跟时肖挤一挤了。

她用小白手推了推男人的肩，声音很轻："时肖，你往里边睡一点。"

第八章

时宜，我们在一起吧

1.

时肖很听话地朝里面挪动，直到紧贴着冰冷的墙面。

小姑娘脱掉鞋，钻进又冰又潮的被窝。她蜷缩着身子，被窝半天焐不热，冻得直打喷嚏。

房间内没有光源，漆黑一片。

乔乔睡得正迷糊，某人将脚伸进她的被窝，与她的脚接触。

男人的脚炙热，她的脚冰冷，她贪恋地贴紧他的脚，甚至得寸进尺地将脚伸进了时肖的被窝取暖。

时肖在黑暗中皱眉：“脚怎么冰成这样？”他伸手去摸她的被褥，发现是潮的，当即愤怒地将她的被子掀开，扔到地上。乔乔还没来得及大喊一声“好冷”，男人便将自己的被子覆了上来，将她拢进了怀里。

热烘烘的被窝以及男人结实温热的臂弯，让乔乔感觉到无与伦比的温暖。

仿佛一瞬间就被他从地狱的冰潭，拉上了有温暖的阳光笼罩的沙滩。

乔乔蜷缩在他的怀里，很快，双脚回温，有了热度。

时肖不断用自己的脚为她的脚传递热量，两人就这样抱着，仿佛回到了小时候。

小时候的冬天，小姑娘总是喜欢钻进他的被窝，将冰冷的小手塞进他的衣服里取暖，软绵绵地对他撒娇：“时肖哥哥，你抱着我好不好？乔乔好冷……”

他抱着她，用自己的身体温暖她。

此刻，乔乔窝在他的怀里，心如小鹿乱撞，完全没有小时候那般坦然，而是……

如果有灯光，一定能看见她红透的脸蛋。

她的身体宛如被点燃，男人的体温是火，不断地促使她的血液熊熊燃烧。

她明明知道产生这样的感觉是不正确的，却又舍不得放弃那种燃烧带来的美妙滋味。

她贪恋时肖的怀抱，从小到大，都贪恋。

时肖就这样抱着她，下颌在她的头顶轻轻摩挲："乔乔，如果有一天，我娶了其他姑娘，你会难过吗？"

闻言，她睫毛一颤。她想象着时肖牵着其他女孩的手，心脏如被钝器袭击，有点疼。

她想象着时肖搂着其他姑娘出现在她的跟前；想象着他牵着其他姑娘的手走进婚姻的殿堂；想象着他与其他姑娘恩爱、拥抱、接吻……想象着以后再也不能如此刻这般，依偎在他的怀里索取温暖，甚至要跟他保持绝对的距离……

一旦想到这些，心中的苦涩便如海潮上涌，身体仿佛被万枚银针扎过，那种滋味，并不好受。

是吃醋吗？不，显然这种感觉比吃醋更难受。

她主动抱紧时肖，一股莫名的心酸涌上心头，泪水模糊了双眼。她哽咽道："时肖……我错了。"

"嗯？"男人的嗓音如午夜电台主播的声音，低沉而富有磁性。

他抱着她，能明显地感觉到怀里的小姑娘身体在颤抖，也能听出她声音中的哽咽。

"我大概，有点感同身受了。"乔乔吞了一口唾沫，尽量控制住发颤的声音，"以前我跟沈祯在一起时，你是不是也很难过？"

"嗯，"时肖的心弦被拨动了一下，他揽住她的后脑勺，在她的额头落下一吻，"是很难过。所以，你现在可以回心转意吗？"

乔乔心一沉，摇头："我……我不知道。"

明明对他存在着占有欲，她却不敢跟他在一起。他是明星，他的一举一动都有万千粉丝看着，她如果跟他在一起，就连逛街吃饭，恐怕也会被人注意。

她对时肖的感情，太复杂了、太复杂了……复杂到连她自己都难以分清。

乔乔松开环抱时肖的手，从他的怀里离开，转过身，背对他，企图逃避他的问题。

时肖等了这么多年，也不急于这一时的回答，替她盖紧被子，贴着她的耳郭亲了一下："乔乔，我会等你，一直等，直到你给我一个结果。我不会强迫你给我答案，你记住，在任何时候，我都是你的归宿。"

他压根接受不了其他女孩，乔乔是他的执念，也是他唯一的归宿。

如果失去这个女孩，他便一生如浮萍般在大海上漂泊，无法抵达彼岸。

时肖的抵抗力还算不错，这一夜都没有发热的症状。

翌日，他起了个早。

昨天登山过于耗费体力，乔乔一夜无梦，连身也没翻，睡得沉沉的。

寺庙里食物供应有限，昨晚场务便通知演员的助理，得起早一点去取早餐。此次上山时肖没带助理，担心去晚了没有饭菜，便亲自前往饭堂取早餐。

巧的是，他遇见了同样去饭堂取早餐的陆琦。

陆小姐手上拿着最后一个鸡蛋，问他："时肖，你的伤好些了吗？"

"嗯。"

陆琦将手里的鸡蛋递给他："最后一个鸡蛋，给你。"

"不必。"时肖端着早餐回了房，徒留陆琦一个人站在走廊，望着他离去的背影发呆。

陆琦手中握着鸡蛋杵在原地，手愈发用力，最后竟然把鸡蛋捏碎了。

她不明白时肖为什么那么坚持跟乔乔的感情。几年前乔乔没有选择跟他在一起，难道现在就会吗？

陆琦昨天才知道，原来当年乔乔拒绝时肖，是因为她喜欢沈祯。

值得吗？这样的女人值得时肖去喜欢吗？陆琦心里很难过，替时肖感到不值。

她觉得自己和乔乔不一样，她更有资格和时肖共度余生。她喜欢时肖，是从一而终的喜欢，她不像乔乔那样喜欢过其他男人。

她不明白，乔乔到底哪里好。

他们在雪山上拍摄的这场戏，是女主林鹿上寺庙祈福，男主靳哲追上山来。

在山上，他们遭遇雪崩，两人差点被雪掩埋，在危急时刻，靳哲奋不顾身地救下林鹿，受了重伤。这场灾难让林鹿敞开心扉，她在雪地里抱着靳哲痛哭并且真情告白……

两人共同经历了生死，也顺理成章地突破以往的障碍，终于在一起了。

由于天气恶劣，这场戏足足拍了两天。

到第三天晚上，时肖的身体有发热的症状，喉咙疼痛。乔乔承担起了助理的活，去厨房给时肖找热水。

外面寒风瑟瑟，厨房冷如冰窖。厨房的茶水壶里一丁点儿热水都不剩了。

寺庙的厨房里没有便捷的天然气，她想烧热水，只能采用最原始的烧柴火的方式。

乔乔从来没有烧过火，她尝试着塞了一把干柴进灶里，没一会儿，厨房便青烟缭绕，火却没有要燃起来的趋势。

她被厨房里的烟呛得直咳嗽，胸腔里火辣辣的。

沈祯推门进来，滚滚浓烟中在她跟前蹲下，从她手里取过火钳，声音温和：“我来。”

乔乔将火钳与柴都递给他，眨巴着眼睛问：“你能行吗？我实在想象不出学长你烧火的样子。”

“我以前也无法想象小公主烧火的样子。”沈祯笑了笑，“今日目睹，觉得很荣幸。”

沈祯把乔乔塞进去的木柴又一根根取出来，点燃一把干稻草放进去，等明火旺起来，才将木柴一根根放进去。

很快，灶内的火便旺起来，烧得噼里啪啦响。

乔乔一脸不可思议地望着他：“学长，你太厉害了。”

厉害吗？沈祯笑了笑。这只是他必备的一项生活技能。

乔乔捧着脸，望着灶内的火发出感慨：“学长，你有什么是不会的？”

“乔乔，并不是每个同龄人都跟你一样，一出生就有美好的家庭，衣食无忧。”沈祯望着她的一双眼睛，又说，“你知道我努力工作，是为了什么吗？”

“为了什么？”她问。

沈祯满眼坚定：“为了给我的家人一个最好的生活环境，为了不让我的孩子跟我一样辛苦，为了给我的妻子最优渥的生活。”

乔乔没有跟他一样的经历，不能感同身受，她想起在医院见到的沈祯的表姐，也大概猜出了他的过往是多么辛苦。

她伸手拍拍沈祯的肩，安慰说：“出身我们不能选择，但凭借后天的努力得到自己想要的，也很有成就感啊。学长，我很佩服你，你有今天的成就，都是你依靠正当的努力所得，你比同龄人更优秀。”

正当的努力所得？沈祯一愣。那，他曾利用她，也算……正当的努力所得吗？

他误导乔乔，让她误以为自己是她的“匿名先生”。

他利用乔乔对他的喜欢，将她拉进公司。

他利用自己做手术，博得乔乔的同情心，得到她的原谅，并再次利用她威胁时肖，拯救公司。

直到此刻，他才发现自己是个彻头彻尾的浑蛋。

他并不知道自己对乔乔的感情是从何时开始滋生的，或许是从在国外与她重逢的那一刻开始。

水烧开了。乔乔去揭锅盖，手指被烫到，疼得“咝”了一声。

沈祯皱眉，伸过手来抓她的手，要替她查看烫伤。

乔乔连忙用嘴含住手指，有意地躲开了他。

沈祯收回手，神情平静地问她：“时肖怎么样？”

“嗯，还好，有点发烧。好在明天就能下山，再待下去，他的情况不容乐观。我先回去了，时肖还在等我的水吃药。”

“嗯，我送你。”沈祯替她拿上水壶，跟在她的身后。

他送她回到时肖的房间，将水壶递给她，嘱咐说：“晚上……注意保暖，别感冒了。”

他这么一提醒，乔乔的两只耳朵立刻红起来，即便是她不注意保暖，也有人会让她注意保暖的……

她回到房间，把水壶搁下，给他倒了杯水。

时肖吃完药，坐在床上，借着屋内手电筒的灯光看剧本。乔乔盘腿坐在床的另一头，脱了鞋，不断用手揉搓冻得红肿的脚趾。山上又潮又冷，导致脚趾被冻，进了暖和的室内，开始又痒又疼。

时肖放下手中的剧本，穿上鞋，取来脚盆，倒满一盆热水，又加了些凉水，端到乔乔的跟前。

乔乔见他挽起袖子，不明所以地问他：“你……干什么？”

男人用手握住她的脚踝，托在掌心，替她揉了揉红肿的脚趾：

“用热水泡泡脚会好点，水有点烫，我先给你揉一揉。”

男人的手劲在无形中变大，不给她半点把脚收回的机会。时肖控制好力度，一下又一下地揉捏着她的脚趾。

虽然有点疼，但揉过之后确实又有点舒服。

过了一会儿，时肖用手探了探水温，觉得合适，便将乔乔的脚摁进水盆。

在热水和时肖的按摩下，原本冰冷的脚变得暖和，开始出汗。

等盆中的热水快要变冷，时肖将她的脚捞出来，用毛巾给她擦了擦脚。乔乔将双脚收回床上，缩进被窝里问他：“热水没了，你待会拿什么洗脚？”

只见时肖脱了鞋，毫不嫌弃地将脚伸进水盆里，用她用过的洗脚水洗脚。

乔乔有点囧，问：“你不嫌脏啊？”

“但凡与你有关的东西，我都不嫌弃。”时肖说得很随意，声线温润、清朗。

2.

乔乔的心脏被他这句话戳了一下。

等时肖回到被窝，他们又如前两夜那般，相互拥抱着取暖，打算度过一夜。

乔乔将头埋进时肖的怀里，攥着他的衣领，心脏又开始扑通扑通地狂跳不止。她就这样窝在时肖的怀里，没有困意，回味着刚才时肖替她捏脚按摩的情景。

她终于舒了一口气，问他：“时肖……”

“嗯？”

乔乔想不出要说什么，在黑暗中凭直觉捧住男人的脸，又凭直觉地亲了过去。

大概是因为太紧张，这一下亲歪了，直接亲到了男人的鼻子。

“……”乔乔想哭的心都有了，可她为什么要去亲他的鼻子？她分明是想去亲他的嘴的。

时肖以为她是和往常一样，担心他变回白熊，才这样主动出击来吻他，也就没将小姑娘的这个举动放在心上。他将小姑娘抱紧，拍拍她的脊背，低声说：“睡吧。”

“可是，时肖，我睡不着。”乔乔攥着他的衣领，很紧张，憋着一口气道，“时肖，我……我们在一起，好不好？”

“嗯？”时肖以为自己听错了，甚至觉得不可思议。

乔乔重复了一遍刚才的话，这一次声音大了一些：“时肖，我们在一起好吗？像所有情侣在一起那样。”

他想了一万遍，可能与乔乔在一起的情景，也想了一万遍，对乔乔告白时说的情话，但唯独没想到会是这样。他没想到，她会先开口。

男人的声音明显有些发颤：“乔乔……你刚才……说什么？”

他觉得此刻并不真实，仿佛在做梦。他没想到小姑娘会主动对他表白。

乔乔的小手摸上他的喉结，轻轻摩挲着，声音又细又软：“时肖，我是说，我可能真的喜欢上你了。是男女之间的那种喜欢，不是妹妹对哥哥的那种喜欢。”

时肖抱紧她，生怕此刻的一切都是梦境。

怀里的小姑娘有体温、有呼吸，是实实在在的。他不断地吮吸着她身上那丝清香，用手揉了揉她那满头波浪似的小鬈发。

“时肖……你觉得……我们适合在一起吗？”

他半晌没有回答，沉浸在此刻的幸福中，压根无法自拔。乔乔以为他在犹豫，以为他不愿意跟她在一起。小姑娘开始胡思乱想，好片刻，吐出一小口气：“算了，如果你觉得不合适，就算了。我们现在这样以兄妹的方式相处也蛮好的，就保持着现在的关系吧。等你有了女朋友，我再……嗯……”

乔乔还准备继续往下说，下巴被男人修长的手指捏住，往上一抬，嘴也被堵住了。

男人的吻宛如细密的春雨，每一下都充满无限的温柔，从嘴唇，到脖颈，再到锁骨……忽然顿住。

她的血液仿佛油锅里沸腾的油，被他吻过的每一寸肌肤都变得滚烫。

他的温柔通过亲吻渗入她的四肢百骸。她的心脏要融化、骨头要融化，恨不得变成一摊水，融进他的身体里。

他停下继续往下吻的冲动，又将女孩紧紧地抱在怀里，贴着她的耳郭，轻轻地说：“乔乔，我看着你长大，知道你喜欢什么，不喜欢什么，甚至知道你细微的动作代表什么情绪。我了解你，甚至比任何人都要了解你。这世上，除了糖姐和老庄，没有人比我更适合成为你的家人，成为你的丈夫，成为你孩子的父亲。”

乔乔抱紧他精壮的腰身，感受着他的呼吸，静静地听他讲话。

他说了一连串话，每一句都戳着她的心。

她把他抱得越来越紧，低低地“嗯”了一声，问他：“那，我可以做你女朋友吗？”

“求之不得。”他回答后，又低头亲了下去。

吻着她的额头、眼睛、嘴唇、下巴，最后依然在锁骨处停住。

如果保持这个节奏来回亲，那他们这一晚上都不用睡了。乔乔提出了自己的条件：“我想……我们如果在一起，有必要约法三章的。”

“是你在向我表白，乔乔。”他话里的意思，是她先主动的，所以没资格提出条件。

乔乔一噘嘴，深吸一口气道：“那算了，我收回表白。”

时肖被她的任性逗笑，贴着她的脸颊，轻轻说："好，你说。"

男人灼热的气息不断地喷洒在她的脸上，她被这样的亲密撩得溃不成军。

谁说美人的怀抱可怕？男人的温柔乡，更可怕。

她整理了一番情绪，说："我们在一起，先不要告诉任何人，包括……糖姐和老庄。"她顿了一下，又接着说，"我不想被全国关注，所以，我们尽可能低调，就和从前一样，行吗？"

时肖沉吟片刻，问她："什么时候，我才能告诉所有人，你是我的女孩？"

"……嗯……合适的时候吧。"

几年前，时肖当众告白已经给她造成很大的困扰，她不想再体验一次被网友讨论的滋味。当年糖姐花了不少钱和精力，才将关于她的新闻逐渐从互联网抹除，她不希望几年后，自己再次成为全国人民茶余饭后讨论的对象，也不想被一些压根不认识她的人抹黑。她的心还没有强大到能承受网络暴力的程度。

时肖点头："好，我答应你。"

"谢谢你，时肖。"乔乔在他的怀里蹭了蹭，像一只撒娇的小猫咪。

他说："乔乔，你可想好了，真的打算跟我在一起吗？"

"嗯，想好了，因为我喜欢你啊，时肖。"女孩的声音很坚定。

房间里漆黑一片，没有一丝亮光，他们看不见彼此的表情。从时肖的语气，乔乔辨别出了他此刻的严肃。

时肖略微停顿，话锋一转，说："你真的想清楚了吗？如果你想分手，恐怕就没有想和我在一起那么容易了。"

乔乔点头："嗯。但如果你做了什么对不起我的事，你想让我原谅你，恐怕也没那么容易。"

紧接着，房间里是一阵沉默，就在她以为时肖已经睡着的时候，男人非常笃定地说：“不会，永远不会有那么一天。”

——不会，永远不会有那么一天。

时肖的承诺从来简短又明了，他也是从来说到做到。

就是这么一句简单的承诺，没有山盟海誓，却直戳人心。

他总是能给她一种安全感，这一点，是她在别人身上体会不到的。

年少的悸动，比起这一刻的心动，仿佛都成了无比幼稚的行为。她这才意识到，原来真正的喜欢，不是一见钟情，而是在长久相处后，仍然可以从烦琐的生活里发现细微的感动。

她从出生开始，时肖就在她身边，她的整个成长时期，时肖从未缺席。

他就那样默默地守护她，即使三年未见，即使他在复杂的娱乐圈浸泡多年，他也依然是他，那个依然疼爱着她、呵护着她的时肖。

时肖因为受伤被迫休息了几天，伤好后复工进组拍戏。

剧组赶进度，乔乔倒相对轻松起来，手头又接了几份工作，在剧组无所事事时，便翻出来做。

她跟时肖确定关系后，倒觉得不如从前洒脱，不如以前坦荡，心虚得慌，有时候对上时肖那双眼睛，就不由自主地脸红了。

拍戏的时候，剧组各路人马忙忙碌碌，只有她坐在一旁，双腿上放一台电脑笔记本，认真地敲着字。听见那边喊“咔”，她才会停下手中的活，抬眼去看时肖。

时肖在演一场男主开演唱会的戏，边跳边唱，结束后大汗淋漓。他从助理手里接过水猛灌了几口，又听导演讲了一会戏，才朝乔乔走过去。

他坐在一旁的台阶上，扭过头问她：“忙完了吗？”

乔乔合上笔记本，冲他笑了笑：“完了。”

“这几天赶进度，辛苦你了。”时肖伸手想去摸她的脑袋，被她脖子一歪躲过。

乔乔尴尬地摸摸鼻尖，小声解释："好多人呢，注意点。"

"去车里吧。"时肖提议。

乔乔点头，起身抱着笔记本，跟着他上了保姆车。

车内开了空调，温度适宜，没有外面那么闷热。她跟着时肖上了车，男人伸手过去关上车门，顺手搂住她的肩，将她往怀里一带。乔乔没站稳，跌进他的怀里。

乔乔抬起一双水润的眼睛看他，红着脸，佯装愤怒地质问他："时肖，你就这么急着索吻？"

"嗯。"男人坦然承认，捏住她的下颌，亲了下去。

如今换了身份，从竹马君变为男友，时肖不再像从前那样。

这个突如其来的调戏的吻法让乔乔始料未及。她不安地扭了一下身子，后脑勺却被他摁住，难以动弹。

他用动作告诉她：乖，别动。

绵密而饱含柔情的吻让乔乔险些招架不住，像是被撒了化骨散，浑身酥软。

很快，她被时肖带到一种大脑空白的状态，不再能思考其他事，只是一味地搂住他的脖颈，开始迎合。

她的身体和柔软的心脏仿佛被蜜糖裹住，男人的柔情使她深陷其中。

这个吻让她想起很多事。

她想起小时候，时肖背着她走过两条街。

她想起小时候，时肖蹲下身，替她擦被污水溅脏的红色小皮鞋。

她想起小时候，她追着时肖告诉他，要做他的新娘。

儿时的很多话她都记不太清楚了，她也忘记了很多事。可那些于她来说都是开玩笑的话，却被时肖刻在心里，当了真。

她与时肖太熟悉，熟悉到成年后，她从没想过要跟他结婚，甚至没想过要做他的女朋友，也没想过要跟他这样接吻……

这样接吻，真的好甜啊。这是跟沈祯在一起时从没有过的感觉。

原来喜欢一个人是这样的感觉。

喜欢一个人，是能将白开水喝出蜂蜜柚子茶的味道，酸酸甜甜；而不是平淡无奇、索然无味。

时肖是那杯酸酸甜甜的蜂蜜柚子茶，沈祯是那杯清淡无味的白开水。很多时候，我们都误以为爱情是白开水，无味却不可缺少。可真正的爱情，是蜜里调油、酸甜如蜂蜜柚子茶，正因为它的味道不普通，所以才珍贵。

在她的心里，时肖一直是哥哥的角色。如今走到这一步，再回想，她甚至不知道是从什么时候开始对他的感情发生了转变。

助理来敲车窗，隔着一扇玻璃，对里面的人说："鹿哥打电话过来，想让庄小姐接一下。"

闻声，乔乔如触电一般清醒，立刻从时肖的怀里离开。她摇下车窗，从助理手中接过电话。

助理看了眼里面的时肖，扑哧一声笑了出来，然后意识到自己失态，又急忙转过身去。

时肖在拥吻乔乔的过程中，嘴唇蹭上了她的口红，样子显得很滑稽，在这样一张冷漠的脸上，更让人看了忍俊不禁。

意识到自己嘴唇上有东西，时肖侧过身背对窗户，取了一片湿纸巾擦嘴。

接通鹿哲的电话，乔乔"喂"了一声，有点不耐烦道："鹿哲叔叔，你又想求什么泡妞技巧？"

鹿哲的戏已经杀青。他离开剧组的这些日子，每天给乔乔打十个以上电话，几乎每一通电话，都是询问她"如何不动声色地追女孩"的问题，这次，依然是。

电话里，鹿哲的声音有点雀跃："乔大姐，南柯下个月过生日，你说我送她什么好？衣服、包包，还是首饰？”

南柯的戏还没杀青，此刻还在剧组，顶着烈日拍戏。

乔乔不知道这两个人已经发展到什么程度，她跟南柯勉强算关系不错，南柯经常找她聊天。

南柯喜欢鹿哲很多年，从小就喜欢。她不缺钱，更不缺衣服、包、首饰。乔乔想了一下，建议道：“我建议呢……你送一场演唱会给她，为她一个人开一场演唱会。如果是我，我会开心到疯的。”

试想一下，你喜欢了很多年的偶像只为你一个人开演唱会，那是一件多么让人兴奋的事。

鹿哲觉得可行，挺浪漫，打了个响指道：“感谢乔军师指点之恩，等我和南姑娘步入婚姻的殿堂，请你来当伴娘哦。”

挂断电话，乔乔将手机递回给助理，扭过头来对时肖说：“是鹿哲叔叔，他对自己和南柯这段感情，好像……当真了。时肖，我有点担心南柯。”

时肖的嗓音清淡：“担心什么？”

乔乔说：“我觉得这样对南柯不公平。鹿哲叔叔迟早有一天会恢复记忆，如果他恢复了，还会一如既往地对南柯好吗？”

“乔乔，感情这种事，冷暖自知。”他握住她的手，神情严肃，说得很认真，“如果鹿哥真的爱南柯，那他们的感情会随时间潜移默化地植进骨髓里，就像我们这样。”

他说话时，下意识地握紧她的手。

明明在跟他讨论别人的事，他却总能将话题引到他们身上。

乔乔用另一只手捂住滚烫的脸颊，轻咳一声说：“时间不早了，你赶紧回去拍戏吧。”

“嗯。”时肖伸手把她拉进怀里，在她的额头上落下一吻，嘱咐说，“外面热，你就留在车里休息。”

乔乔冲他摇头：“树荫下也挺凉快，还能看见你，挺好的。

你去忙，不用管我。”

她那头栗棕色小鬈发有点凌乱，时肖用修长的手指替她略微打理，将一缕长发别至她的耳后。她那双洁白的耳朵立刻露了出来，耳垂玲珑饱满，他忍不住伸手捏了捏。

等时肖下了车，乔乔也抱着笔记本回到树荫下，继续翻译文件。

南柯今天的戏份已经杀青，准备收工时，看见乔乔，索性蹭过去，在乔乔身旁的台阶上坐下，用胳膊肘撞了她一下：“乔乔，晚上有空吗？”

“嗯？怎么？”乔乔目不转睛地盯着屏幕打字，反问她。

南柯捧着脸，用一双乌黑的眼睛看她：“最近在剧组憋坏了，想出去逛逛。你去吗？”

“走不开啊，在时肖没有收工之前，我哪儿也去不了。”乔乔想起鹿哲，停下手上的工作，扭过头来看南柯，欲言又止。

“怎么？想跟我说什么？”南柯满脸疑惑。

乔乔抿唇，又摇头，问她：“南柯，你对鹿哲到底是什么感觉？你……喜欢他吗？”

“怎么问这个……挺难为情的。”南柯心里沉甸甸的，长舒一口气回答她，“我当然喜欢他，喜欢他很多年了。正因为喜欢，所以才不敢有过多的想法，怕……用思想玷污了男神。我以前一直以为，他是不食人间烟火的类型，没想到他这么接地气。不过，无论他的真实性格如何，我都一如既往地喜欢他。”

南柯的语气很坚定。

乔乔沉默，话到嘴边，却不知要如何说出口。

南柯转移话题，问她：“你呢？最近在剧组你跟时肖的事可都传疯了，你们到底是什么情况？”

“喀喀。”乔乔特意卖了个关子，“你猜？”

南柯鄙视她：“我一早就怀疑你们俩有一腿，还真没猜错。

乔乔，你摸着良心说，在剧组我对你如何？有什么好吃的是不是第一时间就拿来与你分享？”

南柯瞪着一双大眼睛质问她，表情可人。她的脸依然有童星脸的特征，婴儿肥，挺可爱，乔乔忍不住伸手捏了捏她有点小肉的脸，安慰她：“好了，好了，你最好，你最好。我跟时肖的事，麻烦你保密，不要告诉任何人，行吗？”

“你跟时肖真的……”南柯倒吸一口凉气，“我的天，男神终于脱单了……哦，对了，乔乔，你刚回国，有些事你可能不知道，关于时肖的事——”

“什么？”

南柯说：“几年前时肖跟一个大学生表白被拒，那件事闹得沸沸扬扬。说起来，那个大学生……长得跟你有点神似，现在网上也找不到那个女生的照片，我也没办法拿给你看。我在担心，时肖是不是因为那个女生才跟你在一起？”

乔乔一愣，随后扑哧笑出声。

“你笑什么？”南柯莫名其妙，“这种事好笑吗？明明很严肃好吧。”

乔乔的表情突然变得严肃，认真地说：“我相信时肖。他现在喜欢我，这就够了啊。我为什么要干涉他的过去？”

南柯点头：“也是，谁还没个前任呢……”

3.

《听风》在八月底彻底杀青，在A市举行发布会，正是暑热的时候。

发布会开始之前一个小时，网络上发出关于“陆琦、时肖热恋”的新闻通告，新闻配图是两人的《听风》亲密剧照。

由于剧中男女主与时肖、乔乔青梅竹马的经历高度重合，所以时肖在拍戏时为了让自己更入戏，将陆琦当成乔乔，情绪表演得很到位，眼底那种无法克制的温柔让人赞不绝口。

时肖的演技毋庸置疑，眼角眉梢里都是戏。

可他的好演技被人刻意炒作，有营销号称：他与陆琦真的有感情，两人疑似地下情。

这部戏还没杀青时，网上就已经有粉丝自发地为两人组起了CP。

网络上两人的CP视频、段子、漫画到处都是，每一个都甜到发齁。

发布会上，陆琦特意与时肖并肩走红地毯，为的就是证明在网络上传开的那些绯闻。

时肖的团队已经发现，陆琦蓄意蹭时肖的热度，不惜雇佣网络水军拉着时肖炒CP。

时肖最烦女明星拉着他炒作。

发布会上，记者堵住两人，询问时肖："肖哥，网上都在传你正在热恋，是否属实？"

这个问题问得很巧妙，并没有明着问他在跟谁热恋，而只是问他是否在热恋。时肖想了一下，嘴角一勾，笑道："你们记者圈的消息还挺灵通。"

原以为时肖会拒绝回答，没想到，他会这么坦然地说出来。

记者追问："方便透露对象是……"

陆琦站在时肖的身侧，很配合记者的镜头，故意用含情脉脉的眼神看向时肖。

时肖收了脸上唯一一丝笑意，神色冷冷的："抱歉，无可奉告。"

记者们："……"

无可奉告，这才是时肖的作风。不过有他上一句话，也足够记者们做文章了。

记者们在时肖这里套不出什么话，又将焦点集中到陆琦的身上。

《南方娱乐》的记者问："陆小姐，听说你也在热恋期，能透露一下对方的信息吗？"

陆琦眉眼一弯，笑得温和："我也无可奉告，抱歉了，各位，感情的事情属于私人生活。"

两人同样都是"无可奉告"，让人不得不想入非非。

这场发布会全程直播，粉丝们从直播平台看见两人先后的反应，纷纷大呼道："虐狗！虐狗！记者们是不是傻，这么明显都看不出来！蠢爆了啊！这两个人明显有一腿啊！"

弹幕 1："对、对……太虐狗了，好吗？你们看见陆琦看时肖的眼神了吗？满满都是爱，分明是在告诉所有人，他们是男女朋友！"

弹幕 2："这两人太低调了，居然藏得这么好！"

弹幕 3："低调？低调的话，通告、绯闻能满天飞？呵呵，拜托各位长点脑子啊，不要被媒体通告带歪了。我们时肖怎么会找圈内的姑娘？"

弹幕 4："前面的人别走，我赞同你的说法。陆琦也配得上我们时肖？陆小姐除了会蹭热度，还会做什么？我们时肖粉不约！不约！你们陆琦粉继续自我炒作去吧。"

弹幕 5："我只是好奇男神到底在跟谁谈恋爱……嘤，听说最近鹿哲频繁约会某神秘女子，鹿哲和时肖这是要一起脱单吗？"

弹幕 6："反正跟谁谈恋爱我都不反对，唯独不能是陆琦！她太黑了，洗不白了。我承认她是一个合格的演员，但绝对不是一个合格的女朋友！此致敬礼，她配不上我家时肖！"

……

等主演入场，鹿哲和南柯姗姗来迟。

南柯是童星出身，这几年虽然没有代表作，但国民闺女的形象在大家心中根深蒂固，观众缘不错。而鹿哲是第一次以演员的身份出现，两人一起走红地毯，瞬间成为全场的焦点。

鹿哲尽量遵从乔乔的嘱咐，全场都要冷着脸、冷着脸，不能有一丝一毫情绪表露，千万不能让鹿哲维持了多年的高冷形象给毁了。

南柯穿了一条水蓝色及地长裙。她提着裙摆，小心翼翼地上台阶，鹿哲实在看不下去，跟在她身后，替她牵起了裙摆。

南柯一脸窘迫："……"偶像您这样真的好吗？

记者们一脸蒙，对着他们咔嚓咔嚓一阵拍。

鹿哲主动替女星牵裙子？这简直就是破天荒头一回！

直播平台的弹幕原本还在因为陆琦、时肖议论不休，当他们看见鹿哲替南柯牵裙子，全部震惊了，满屏幕的问号弹幕，非常壮观。

他们高冷不下凡的冷面歌手，居然……居然替女星牵……牵裙子！这也太玄幻了吧？

南柯上了台阶，红着脸，低声对鹿哲说谢谢。

鹿哲实在没绷住，轻笑一声："跟我你还谢什么，客气。"

围观直播的粉丝们震惊了，鹿哲居然对女星笑！

他笑的时候露出一排小白牙，挠了挠后脑勺，一脸少男神态。

这……跟平时的反差也太大了吧？

鹿哲的耳朵里塞着小耳机，里面时刻冒出乔乔提醒的声音。他露出小白牙，如少年一般抓耳挠腮时，耳中传来女孩大声的嘶吼："鹿哲叔叔！绷住！绷住！冷面歌手人设坚持住！"

"咯……"鹿哲揉揉耳朵，很快又收住情绪。

为了保证人设不崩，他面对记者时尽量不说话，全程略有点尴尬，还好有南柯替他挡刀。

这是南柯第一次和鹿哲一起出席活动，也终于在这次活动中，察觉到了鹿哲的奇怪。

走红毯前，乔乔再三嘱咐她，记得帮鹿哲挡一些记者。起初南柯不懂，现在总算明白了。鹿哲压根就不会应付记者！

以她最近的观察来看，鹿哲的少年心性未收，与平时在人前表现的性格反差很大。她怀疑鹿哲是双重性格，他在生活中是一种性格，而在面对媒体记者、粉丝时，又是另一种性格。

也只有这样，才说得通他的性格反差为什么会如此之大。如果说，她的猜测正确，那今天走红毯、面对记者时，鹿哲就应该把稳重歌手人设的性格表现出来，可他并没有。

而现在的鹿哲，分明是在很刻意、很努力地表演稳重的一面。她能明显地感觉出他在演戏，而且演得不怎么样，就连记者也察觉出他今天有点反常。

一场公开活动让南柯彻底开始怀疑鹿哲。他既然没有两种性格，那么这个鹿哲，可能……

她心里忽然出现一个大胆的想法：现在这个鹿哲不会是假的吧？被人顶替了？

不可能，不可能，哪有那么荒唐的事！南柯被自己的想法吓了一跳。

发布会结束后，蹲在保姆车内全程声控鹿哲的乔乔才总算松了一口气。

她摸出手机开始刷微博，才发现首页关注的营销八卦账号发布了陆琦与时肖疑似热恋的相关消息。

时肖粉和陆琦粉互撕起来。

看到这些绯闻，乔乔心有芥蒂，有点不太舒服。

她揉着胸口，继续刷微博，看见时肖的微博下有人留言——

网友："不要是陆琦啊！时肖，你还记得你当年说的话吗？你说会一直等那个小姑娘啊。嘤嘤嘤……即使你等不下去了，那也别是陆琦啊，找个圈外的女友不好吗？陆琦配不上你！"

这条评论被诸多网友点赞，很快成为了热门评论。

时肖的粉丝在这层评论里盖起高楼——

1楼：“是啊……男神，你三年前那么高调地跟那个大学生告白，应该很喜欢她吧？这才过去三年，您别这么草率地开始下一段感情啊。”

2楼：“你们在说谁啊？什么大学生？”

3楼：“同样不知道高调告白事件，求科普！网上也没找到相关八卦帖啊。”

4楼：“回复2楼、3楼，三年前时肖高调地对大学女生告白，却被拒绝。不过，后来没几天，有关这个女生的照片和新闻就全被删掉了。据说，这个女生生活受到很大的困扰，出国了。当年我也还小，因为这个，还去那女生的微博骂街来着，现在想想真的蠢爆了……希望女生回来，跟我的男神在一起！我不要男神和陆琦在一起，呜呜……”

5楼：“希望男神找圈外女友。”

6楼：“唉，明星也是人，陆琦是有不堪的过去，但也是环境所致啊。如果生来都是白富美小公主，谁又会去那种名利场混？所以，多一点宽容和谅解。支持男神与陆琦，只要是真爱，我都支持。”

……

乔乔看评论看得出神，有人上了车也毫无察觉。

南柯上车，叫了她一声，见她没反应，过来拍她的肩。乔乔的思绪立刻抽回，摘下耳机，望着南柯，舒了一口气，问她：“活动顺利吗？”

“很顺利。”南柯神色很复杂，看着她，问道，“乔乔，你能回答我一个问题吗？”

乔乔明显有事瞒着她。南柯自认为与他们关系匪浅了，有什么是不能告诉她的呢？既然让她帮忙挡记者，那为什么不能告诉她理由？

她不敢妄自推测，但有一点可以肯定的是：真正的鹿哲不需要任何人替他挡记者。

南柯关注了鹿哲这么多年，作为一个资深脑残粉，她相信鹿哲有独当一面的能力，否则，他这么多年在娱乐圈是如何只身闯过来的？

乔乔问她："什么问题？"

南柯一脸严肃："关于鹿哲，我想知道他到底是谁。"

乔乔一脸疑惑，顿了片刻才说："鹿哲就是鹿哲，他还能是谁？"

南柯抓住乔乔的肩，眉眼认真："乔乔，你告诉我实话。"

这段时间她与鹿哲相处，彻底打碎了她从前对鹿哲的认知。

作为一枚资深脑残粉，她花了很长时间才相信某种可能性：鹿哲有两种性格——在她面前表现的"少年"性格和在人前的稳重性格。

可南柯今天与他一起出席活动，发现这种可能性压根不成立。

如果说他这两种性格能切换自如，那为什么乔乔要嘱咐她替鹿哲挡记者？

他既不能自由地切换性格，装起来又那么不自然，那就只有一种可能了。

他……不是鹿哲。

乔乔不知道该如何回答。她胡乱地抓了抓头发，把这件事给敷衍过去："那个……我去趟卫生间。"说完脚底抹油，飞快地下车，去卫生间避难了。

第九章 意外

1.

随后，鹿哲上车，看见南柯一个人坐在车上，问："乔乔呢？"

"卫生间。"南柯用严肃的目光望着他，神情不似往常温和。

鹿哲察觉到她目光异样，摸着脸问："我脸上是有什么东西？"

南柯依然定定地望着他，不说话。

一瞬间，车内安静得可怕。

鹿哲在她身边坐下，脸凑过去，毫不心虚地与她对视："南柯，怎么了？你的沉默，让我有点慌张。"

南柯整理了一下混乱的思绪，深吸一口气，问他："鹿哲，你拿我当过朋友吗？不是那种泛泛之交，而是真心相待的朋友。"她顿了一下，略微有点自卑地说，"我们不是一个年代的人，但这段时间我与你相处得很愉快，没有代沟，我是真心拿你当朋友。你是著名歌手，我是三线演员，虽然我俩之间差距很大，我问这个问题，可能也有点……傻，甚至白痴，但我还是想知道你的答案。"

鹿哲一瞬间笑开，曲起手指，用指关节在她的额头一敲："南柯，你是不是傻？我对你怎样，你难道感觉不出来吗？"

她点头："我不傻，也能感觉得出来。正因为如此，我才更想问个明白。"

鹿哲盯着女孩一双干净的眼睛，几乎没有犹豫，认真地说："当然是真心相待。"

他一只手捂着心脏的位置，以表诚心。

南柯深吸一口气，鼓足勇气问他："那你告诉我，你到底是谁？"

鹿哲一愣："你为什么会有这种疑问？我就是我啊，鹿哲。"

南柯摇头："你不是鹿哲。他不需要任何人替他挡记者。"

鹿哲沉思片刻，对她说：“这样吧，南柯，等你生日那天，我告诉你，全都告诉你。”

南柯：“真的？”

“嗯，我什么时候骗过你？”鹿哲在她的额头上弹了一下，笑道，“好了，你别想太多，等我的生日礼物。”

时肖和陆琦本来有一部新电影正在洽谈，就差签合同。时肖却突然告诉投资方：如果陆琦担任女主角，他就不会出演。

之后几天，时肖在圈内放话：以后但凡有陆琦参演的电影、电视剧，他都不会接。

大家疑惑，不知道他在搞什么，也都纷纷猜测发生了什么。难道……是两人闹分手了？

他讨厌炒作，尤其讨厌有人拉着他一起炒作。针对此次事件，孟棠已经跟陆琦的经纪人沟通过，可她那边的经纪人却表示：“炒作而已，对双方都有利的事情为什么不做？”

孟棠发出警告，可对方依然不听。在绯闻愈演愈烈的情况下，时肖只好放出以后再也不与这位女演员合作的消息。

在时肖的强压下，投资方最终弃车保帅，把女一号换成了最近热度不俗的南柯。

《听风》剧组的男一号是演艺圈炙手可热的演员时肖，男二号是话题不断的著名歌手鹿哲。在这两人的带动下，女一号和女二号都受到极大的关注，尤其是女二号南柯，举国上下，少有人不认识她。

发布会上，鹿哲替她牵裙子，她的热度一下达到巅峰，话题、口碑，直接碾压陆琦。

陆琦捆绑时肖炒“情侣”人设的下场，就是被时肖单方面“封杀”。时肖在圈内资源跨度很大，他一旦发话，至少有百分之二十的公司会慎重选择与陆琦合作。

陆琦原定的女一号角色被南柯顶替，她很震惊。她也没想到，时肖会公然做得这么绝。

她让经纪人联系时肖，打算跟他谈谈，可时肖压根不给她机会。

无奈之下，她编辑了一大段道歉的话，告诉时肖她有多委屈，炒作情侣人设本不是她所愿，她也很无辜，然后小心翼翼地发送出去。

微信却提示：对方已不是您好友。

陆琦在影视城里拍完戏，听说时肖在探好友的班，便特意去找他。

结果，她到了跟前，还没开口，时肖便冷冷地扫她一眼："抱歉，陆小姐，我很忙，你有事可以跟我的助理说，他会把你的话转达给我。"

陆琦连戏服也没换就赶过来，就是想跟他解释一下。她见他要走，伸手抓住他的胳膊："就一分钟，听我解释，一分钟就好，关于炒作的事。"

时肖嫌弃地将胳膊从她的手里抽出来，淡淡道："一秒我都嫌长。"

说完，他便离开了。

一秒……都嫌长？陆琦看着他一脸漠然地离开，盯着他的背影，感到凉意从指间蔓延至心间。

哀莫大于心死。

为了将绯闻压下去，时肖花费了近百万。

《白蛇传说》这部电影是大制作，官方宣传时，原定的陆琦换成了南柯。粉丝们没想到这部电影的女一号，竟然被南柯后来居上。

陆琦团队为了报复《白蛇传说》临时更换演员，给南柯买了一点负面营销。

八卦营销号放出一则匿名新闻，意在指责某童星出身的女演员，私下利用恶心手段，抢L姓女星的资源。

这则新闻没点名，却能明显地看出指的是谁。童星出身的女演员，不是南柯是谁？L姓女星，可不就是陆琦？

陆琦的粉丝炸了，组团去南柯微博下骂街。

南柯这几年虽然没有代表作品，但她的观众底子仍在，毕竟那部《家有闺女》至今仍在央视重播。

她的粉丝年龄跨度非常大，双方粉丝撕起来，南柯居然不输陆琦。

微博下面有粉丝指责南柯抢了陆琦的女一号角色，并活生生拆散了一对有情人。

陆粉1："南柯，你难道不知道时肖和陆琦的关系吗？你这样截和，不厚道吧？毕竟这是人家情侣合作的第一部电影。"

陆粉2："真是无语。南柯，你要不要脸？我都替你臊得慌。知道什么叫道德吗？抢人家女一号角色爽吗？垃圾！你演的电影，我坚决不看！"

南柯的粉丝回怼："有情人个屁，人家时肖可没说过跟你们陆小姐是有情人。还有，别以为南柯家粉丝团没人，我们带着爷爷奶奶叔叔阿姨一人一口唾沫，都能喷死你们！"

这段风波并没有影响南柯的情绪，她的生日会照样办。这次生日会，她邀请的人不多。

在圈内，她相熟的明星只有鹿哲，在剧组和乔乔关系也算不错，于是首先给他们发出了邀请函。

因为乔乔的关系，她也小心翼翼地给时肖发了请帖。

时肖答应来参加生日宴，倒是在南柯的意料之外。

生日宴设在她家里，由她母亲一手操办。

南明珠是个精明的女人，得知这次生日宴女儿邀请了时肖和鹿哲，特意邀请了记者。

西装革履的时肖一下车，立刻吸引了一群女孩的注意，纷纷围过来，向他要签名。

时肖被女孩们团团围住，乔乔则进入院子，去找南柯。

别墅庭院很宽敞，泳池边铺满如星光一样的灯，很漂亮。

旁边是自助用餐区，红酒、美食应有尽有，庭院被布置得美轮美奂，寿星更是引人注目。

南柯穿了一条嫩黄色长裙，由于腿长且瘦，仙气十足，在今晚格外显眼。

南柯老远就看见乔乔，抬手跟她打招呼："乔乔，这里。"

乔乔穿得很随意，条纹一字肩衬衣搭配牛仔长裙、小白鞋。她栗棕色的小鬈发扎成马尾，很难得地露出了洁白的双耳。

她没有穿礼服，这一身却格外引人注目。

晚宴还有几分钟就要开始了，可鹿哲迟迟未到。

南柯将她拉到一边，问："鹿哲呢？怎么还没来？"

"我没看见他。"乔乔抬腕看了眼时间，反问她，"他不是应该早就到场了吗？"

鹿哲最近一直很忙，忙着给南柯准备礼物。他神神秘秘的，不知道到底在捣鼓什么。

南柯摇头说："没有，我给他打了很多电话，一直无人接听。他说今天会告诉我关于他的秘密，我一直等着。"

她一整晚都很紧张。她想，就算他不是鹿哲，她也喜欢，也会坚持把心里的想法对他表达出来。

那个稳重的鹿哲是她的偶像。而那个少年性格的鹿哲，才是她真正喜欢的男人。他会陪她玩冷焰火，也会冒着被拍、被认出的风险，在凌晨陪她去美食街疯狂地吃喝。

乔乔拍拍她的肩："别急，他总会来的。"

时肖终于突破重重障碍，来到两个姑娘的跟前。南柯一脸抱歉地看着他："抱歉，是我没考虑周到，给你带来麻烦了。我忘记嘱咐她们……矜持点。"

时肖神色淡淡，表示没关系："你是乔乔和鹿哲的朋友，也是我的朋友，这点麻烦，算不上什么。"

男人一句话让南柯放松下来，并感激地看了眼乔乔。

这大概就是爱屋及乌吧？被时肖这么喜欢着，乔乔也一定很幸福。

南柯突然有点羡慕这样的感情，下意识地想起鹿哲。

他怎么还不来？

乔乔见南柯着急，索性打电话给鹿哲的助理询问情况。电话接通后，助理深吸一口气说："乔姐，鹿哥出事了。"

乔乔一蒙："你说什么？"

助理解释："鹿哥为南小姐准备了一段表演，打算最后再排练一次。但是在原定的演唱里，有吊威亚跳舞的片段。结果排练的时候，鹿哥就从威亚上摔了下来。现在胳膊骨折，严重脑震荡。"

乔乔："你们在哪个医院？"

南柯一听"医院"，心里一咯噔，下意识地抓紧乔乔的小臂。

乔乔为了不让南柯担心，没有将手机交给她。她挂断电话后说："鹿哲叔叔在市中心第一医院。南柯，你先别担心，我和时肖过去看看，等晚点你这边宴会结束，再过来。"

南柯没办法等那么久。她一脸坚定地道："我跟你们一起去。"

南明珠握着高脚杯走过来，问她："小柯，你要去哪儿啊？明导来了，你过去敬杯酒。"

"妈，我还有事，去趟医院。"她将手里的酒杯塞给南明珠，转过身抓住乔乔的手腕，准备拉着她往外走。

南明珠一愣，怒道："不许去！来了这么多客人，你这个寿星却不在，你让我怎么收场？"

南柯急着去探望鹿哲，目光坚定，告诉母亲："我必须去！

我朋友在医院躺着，状况未明，这种时候我必须去！”

由于时肖在，南明珠才给了女儿一点面子。她压制住愤懑的情绪，声音尽量保持平和：“小柯，你今天能不能听话点？待会陈导、方导都要过来，还有《南方头条》的记者，他们来了，你却不在，你让我如何收场。”

“让他们走就是了，我又没邀请他们。”南柯说。

“胡闹！”女儿从小到大对她百依百顺，从未有过忤逆，此刻南明珠的权威受到挑战，捏着杯子怒道，“南柯，你敢走出这个门，就别认我这个妈！”

南柯拉着乔乔往外走了几步，又顿住，她回过身，身体颤了一下，说：“妈，从小到大，我什么都听你的。今天来的这些人里，有几个是我的朋友？这是我过生日，我可以选择离开。抱歉，我必须去医院看我的朋友。”

南明珠怒不可遏：“南柯！”

女孩的声音低了几分：“抱歉，妈妈。”

她这一走，南明珠的面子也就跟着丢了。南柯又何尝不知道，她的自尊心。

可南柯顾不了那么多，一心只想去医院看鹿哲。

时肖见母女之间气氛尴尬，劝慰说：“伯母，你放心，我会送南柯安全回来。”

有时肖开口，南明珠的气焰消散不少。

女儿执意要去，她拦不住，最终只能妥协，说：“早点回来。”

“嗯。”

他们到达医院时，病房已经空了，鹿哲已经离开。

乔乔问助理：“鹿哲呢？”

“鹿哥回公司了。”助理一脸委屈，“鹿哥一醒，揪着我们一顿骂。他看了最近关于他的新闻，勃然大怒，说要炒……炒掉我们，换掉经纪人。”

“换经纪人？”乔乔疑惑，片刻后反应过来，“他该不会是……恢复了吧？”

助理点头：“嗯，鹿哥恢复了，而且貌似比以前的脾气更大了。肖哥，不如你去看看他？”

时肖点头答应。

南柯一头雾水，打断他们：“什么恢复了？鹿哲他到底怎么了？”

乔乔与时肖对视一眼，不知该如何跟她解释。乔乔握住她的手，跟她说：“南柯，你要有心理准备。我们……一起去找鹿哲叔叔。”

鹿哲醒来后，记忆还停留在海上遇险那一刻。

他失忆的这几个月，到底做了什么？他压根一点都记不起来。他翻了最近关于他的新闻。

替童星南柯牵裙？这是什么东西！

新闻的照片里他对着南柯傻笑，宛如一个……智障。鹿哲看着这张照片，扶额。

难道他失忆的这几个月，是疯了或是傻了？居然替女星牵裙，还冲着一个女明星傻笑？

鹿哲质问助理，当时为什么不阻止他。

助理一脸委屈：“鹿哥，您那么喜欢南柯小姐，我们哪里阻止得了啊。”

“喜欢？谁喜欢这种发育不良的女人？”鹿哲指着照片怒道。

鹿哲低头，看了眼打了石膏的手臂，问助理：“我这又是怎么受伤的？还有我的胡楂呢？为什么给我剃掉了？”

助理弱弱地解释：“您为了给南柯小姐贺寿，准备了一场表演。结果在排练的时候……从威亚上摔下来……至于您的胡茬，您说太老气，就自己剃掉了……”

鹿哲睨着助理，神色阴鸷："我给谁贺寿？你再说一遍？"

助理好几个月没看见他这么"凶神恶煞"的样子，吓得双肩发颤。

真的好想念那个阳光的、像少年一样的鹿哥啊，虽然有点中二，但好歹亲和啊！

时肖开车带着两个姑娘来到鹿哲工作室。

会议室内，气氛沉重。

老林缩着肩，低着头，一副被骂得狗血淋头的样子。

鹿哲又冷冷地扫了一眼团队里的工作人员，沉声问所有人："你们是不是觉得，我这个老板太好欺负？嗯？"

没有一个人敢回答，气氛冷凝。

就连平时跩到飞起的社会哥老林，此刻也沉默不语。

"老林，你说。"鹿哲手臂打了石膏，吊在绷带上，此刻坐在老板椅上，气势凌人，眼角眉梢都是要吃人的戾气。

老林打着结巴："鹿、鹿……鹿哥，我……没什么好说的，您、您……您随便打吧，别揍脸就行。"

鹿哲勾唇冷笑一声："好，扣三个月工资，有异议就给我滚蛋！还有网上那些乱七八糟的新闻，全都给我压下去。"

乔乔走到会议室门前，曲指敲了敲门。

会议室内所有目光集中过去，都松了一口气，终于来了一个救星啊！

但是，他们也很快就看见了乔乔身后的南柯。众人一颗心又提起来，倒吸了一口凉气。

——鹿哥现在最不想看见的，就是这个女明星啊！

大家又同时扭头，关注着鹿哥的表情变化。

鹿哲神情没有丝毫变化，声音稍微亲和，对乔乔招手："你过来。"

乔乔听话地走过去，眨着眼睛，小心翼翼地问他："鹿哲……

叔叔，您，还好吗？”

“你带来的？”鹿哲抬了抬下巴，指着站在门口的南柯问。

乔乔点头，嗯一声：“我朋友。”

“翅膀硬了？你家老庄没有教育你，不要随便结交人面兽心的朋友？”鹿哲冷冷地扫了一眼南柯，冷哼一声，问她：“怎么？借鹿哲的名字炒作还不够，还真想让我给你示爱，以突显你的魅力？还有你——时肖，这群人跟着瞎掺和，我能理解，难道连你也没脑子了吗！”

工作人员：“……”当初最没脑子的，可是您啊！

当初撒泼耍赖非要跟南柯在一起的，也是您啊！

时肖杵在门口，很冷静。他没有搭话，他知道这种时候无论说什么，鹿哲都无法接受。

南柯当着这么多人的面被“羞辱”，自尊心受伤，紧紧地攥住双拳，忍着眼泪吼道：“鹿哲！”

她不知道鹿哲身上发生了什么，此刻有一种被玩弄的感觉。

鹿哲脸色沉下来，左眉一挑，讥讽道：“南小姐，你知道你在对谁吼吗？”

南柯望着眼前这个神色阴冷的男人，宛如陌生人，连语气都凉得可怕，她的心头如有铁锤重重捶下。

这不是鹿哲，至少，不是她所认识的鹿哲。

此刻的鹿哲气场强大，就好像……她从前认知里的那个鹿哲。

那个在舞台上所向披靡的鹿哲；那个在记者面前从容不迫的鹿哲；那个不需要伪装，便自带强大气场的鹿哲。

可是……她所认识的鹿哲呢？那个替她牵裙子、答应今晚告诉她真相的鹿哲呢？那个有着少年心性的鹿哲呢？他去哪儿了？

2.

南柯脑子里一片混乱，思维变成一摊污水，浑浊不堪，越搅越浑。

会议室里鸦雀无声。鹿哲扫了一眼众人，目光落在老林身上：“现在，什么人都能进我们的会议室了吗？”

老林反应过来，哦了一声，起身走到南柯的跟前，低声说：“南小姐，你先回去吧，今天鹿哥脑子有点不太对劲。”他抓住南柯的手臂，将她往外带。

南柯用力甩开，大步走到鹿哲的跟前，目光坚定，试图追寻一个真相：“鹿哲，你今天必须给我一个解释，到底怎么回事？”

这么久以来，他们虽然以朋友相称，但彼此心照不宣。他们的心在日日相处中逐渐靠近，甚至……离成为情侣，只差一个告白。

南柯不能接受鹿哲此刻对她的态度。

鹿哲抬眼，目光清冷，转着笔，不疾不徐地说道：“南小姐，您是想问我，在我失忆这段时间，我对你的态度为什么与现在不一样吗？”

“失忆？”南柯皱眉望着他。

鹿哲点头：“在我失忆的这段时间里，我心智不成熟，如果给南柯小姐造成什么困扰，我跟你说声抱歉，如果说了什么越界的话，也请你不要当真。”

南柯鼻尖发酸，吞了口唾沫，鼓足勇气问他：“我们……可以私下聊聊吗，就我们两个人？”

鹿哲扯起嘴角，笑了笑：“在座的，除了你，都是自己人，南小姐有什么话请随便说。”

乔乔：“……”

——鹿哲叔叔太欠扁了！她想揍人怎么办！

老林："……"

——前几天还抱着手机叫人家"南柯姑娘小甜甜"，甚至费心费力地替人家姑娘编舞唱歌，打算送她一场演唱会。今儿就翻脸不认人了？可怕，真是个可怕的薄情郎。

时肖："……"

——过分了。如此对待自己曾经喜欢的姑娘，实在过分。

南柯咬住嘴唇，深吸一口气，说："您想多了，我并没有把您说的话当真，我来这里看您，只是本着粉丝对偶像的心态。哦，对了，我是您的忠实粉丝，从八岁开始就喜欢您。"

"嗯，我的粉丝的确不少，说完了吗？说完，就可以离开了。"鹿哲下逐客令。

"说完了。"南柯转过身，深吸一口气，大步一跨走出会议室。

她的步伐跨度很大，走得较快。等乔乔反应过来，她已经出了工作室。

乔乔追出去，并嘱咐时肖留下，给鹿哲做一做思想工作。

南柯吸了一口外面的新鲜空气，顿时眼泪决堤。

她穿着高跟鞋，没注意脚下，整个人重心失衡，从阶梯上滚了下去。

乔乔吓了一跳，赶紧冲下阶梯将她扶起来，紧张地问道："怎么样？南柯，你怎么样？"

南柯的情绪彻底绷不住，她坐在地上，抱着乔乔哭起来，哽咽道："乔乔，他浑蛋，他浑蛋！我以前从没奢求过有一天能认识他，只想远远地看着他，可是，他为什么要主动靠近我？为什么要对我那么好？"

乔乔拍着她的肩和背，安慰道："十四岁心智的鹿哲叔叔喜欢你，他也想今晚跟你告白，可是……少年心性的鹿哲却没能等到和你告白的时候。”

南柯声音嘶哑，红着眼睛问她：“那……这是不是意味着，我以后都不能再接近他？从今以后，我得像从前那样，远远地看着他？”

现在的鹿哲心思沉稳而细密，不会听任何人的建议，他只相信自己的判断。

女孩的问题，乔乔不能回答。她忽然很心疼这样的南柯。

乔乔虽然与南柯相识不久，但她们之间气场契合，做朋友非常合适，也很难得，她很开心能在国内有这样一个朋友。

她抱住南柯，拍着她的肩和背，安慰说：“时肖说，爱一个人是刻进骨髓的，如果鹿哲叔叔真的爱你，那他一定会再一次爱上这样的你。”

十四岁的鹿哲喜欢她，那是因为他所见、所识的人，在他的记忆中并不多。

如今的鹿哲，记忆里经历过很多事，应该也有过喜欢的人，怎么还会喜欢这样的她？南柯心里很清楚这些。她抹了一把眼泪，深吸一口气，问：“乔乔，我是不是太傻了，我俩并没有在一起，我俩也并不是情侣关系，我在这儿哭什么呢？”

乔乔不知道怎么安慰她，但能理解这种感受。

一个长久以来对你好的人，忽然有一天不再对你好，甚至对你恶语相向，那种反差会令人心痛。换作是她，也会很难受。

早在鹿哲开始追南柯时，乔乔就担心过这个问题。

现在担心的事情最终还是发生了。

如今的鹿哲，能放下心里的姑娘，重新喜欢上南柯吗？

她不知道，也不清楚。

乔乔十几岁时喜欢沈祯，如今回头却发现，那不过是少女心性未成熟，对学长产生的一种崇拜、欣赏，误把好感当成喜欢罢了。

直到与时肖在一起，她才发现，原来爱情的滋味是甜的，也是苦的，并不是卑微的。

只有十四岁记忆的鹿哲，对南柯真的是喜欢吗？

时肖和乔乔一起将南柯送回家。

半夜一点，南家别墅大门紧闭。今天这场生日宴，让南明珠彻底难堪。南柯回到家，南明珠还坐在沙发上，看见她，冷言冷语道："南大小姐回来了？"

南柯看了眼母亲，没说话，径直上了楼。

她走到楼梯口，南明珠叫住她："明天凌晨三点起来，跟我去试镜。"

南柯最近通告爆满，从早上四点再到次日凌晨，少有时间休息。如果不是今天过生日，她这会可能还在拍广告。

她嗫嚅道："好。"

南明珠发现女儿情绪不对，问她："你朋友怎么了？死了，还是残了？"

母亲的口不择言让她感到痛心，她眼睛一闭："死了。"

在回家的路上，乔乔因为南柯和鹿哲的事，情绪不太高。

车窗外浮光掠影，高楼大厦鳞次栉比。城市的凌晨让人倍感惆怅，她叹气一声："时肖，你说他俩还有可能在一起吗？"

"不知道。"

他们回到家里已经是凌晨两点，乔乔洗完澡从浴室出来，没有半点睡意。

她打开电脑做了会工作，给沈祯交了一份文件。

沈祯约她明天出去，谈工作。

乔乔正好也有事跟他说，就没往其他方面想，当即答应下来。

她合上电脑准备睡觉时，门被人叩响。她打开门，看见门外的白熊。

白熊先生身姿伟岸，一脸冰冷，看见她时目光却瞬间变得温柔，一双圆圆的耳朵灵活地动了动：“乔乔。”

乔乔打了个哈欠问他：“这么晚了，你怎么还不睡？”

时肖拿一双漆黑的眸子望着她，可怜兮兮地问：“想和你一起睡，可以吗？”

他在征求她的同意。

乔乔被他一双眼睛看得心软，不可控制地打开了门。

她侧身，让他进来。

在没有跟时肖确定关系前，与时肖共处一室她不觉得尴尬。可自从和时肖确定关系，他们之间的关系发生转变，乔乔和他同处一室总觉得不踏实，总觉得小情侣共处一室……会发生些什么。

走进房间，白熊先生抱住她：“我这样不太方便，让我变回人身。”

乔乔双手搭在他的熊肩上，借力踮脚，抱住他的熊脸，红着脸亲上去。

这一吻心里有甜蜜交缠。乔乔居然……不舍得放开。

她尝试着去舔时肖粗糙的熊唇，没一会，熊唇变回人唇。白熊的毛发退却，随之出现的是男人光洁的肌肤。

白熊变回男人。

她搂住时肖的脖颈，贴着他的胸膛，闭上眼，开始享受这个吻。时肖搂住小姑娘的细腰，吻得温柔。

大约吻了半个小时，时肖松开她，贴着她的耳郭轻声说：“时间不早了，睡吧。”

他身上一丝不挂，乔乔不好意思低头看他。她用手遮住眼睛，转过身去：“你把衣服穿上。”

时肖扯过一床毛毯，裹住下半身：“好了，转过身来。”

两人共睡一张床。乔乔的头枕在他的胸口，睡得迷迷糊糊，忽然听见他问："乔乔，我们什么时候可以公开关系？"

她立时吓得清醒："别……你会上头条新闻的，我也会。"

时肖皱着眉问她："我又不是出轨，也不是找小三，为什么不能上头条新闻？难道我们的感情见不得人吗？"

他们明明是情侣，却要装作彼此不熟悉，那种感觉糟糕透了。

乔乔解释道："时肖，我俩在长辈眼里，一直以来都亲如兄妹，突然就这么……在一起了，我怕糖姐和老庄不能接受。当然，家里的事都是小事，你的粉丝才是最让我担心的。我……还没有准备好，再给我一段时间做足心理准备，再等等，好吗？"

"嗯。"

他已经等了这么多年，不在乎再等等。

——

第二天，时肖在家选剧本，不能陪她出门。乔乔因为工作，去太和山的咖啡馆与沈祯见面。

两人坐的位置很僻静，一点都不受干扰。

乔乔迅速跟他交接完工作，长舒一口气说："你交代给我的工作，我差不多已经做完了。另外，以后你就不要再给我安排工作了。"

"你是觉得我给你开的薪酬不够高？"沈祯疑惑，接着又说，"我可以给你股份。"

乔乔摇头："那个……我是怕我们频繁接触，时肖会生气。毕竟我俩以前的事，他也知道，不过……现在想想，我们那时候挺像小孩子过家家的。"

沈祯心头一震，问她："你跟时肖……"

"嗯，是的，我跟他在一起了。"乔乔笑得很甜蜜，嘴角两个酒窝时深时浅，"抱歉啊，沈祯，不能再帮你工作了。"

沈祯笑得很僵硬，问她："乔乔，你考虑清楚了吗？他是个明星，跟他在一起，你会承受多大的压力？”

——他也是个怪物，会变成白熊，跟他在一起，你真的能得到幸福？

“不管他是谁，什么身份、什么地位，我都喜欢。”乔乔眉眼一弯，笑道，“爱情有时候就是来得这么突然，我也没想过有一天会离不开时肖。”

从咖啡厅出来，沈祯见她没开车，对她说：“我送你回去。”

“不用，打车就好。”乔乔挎着电脑包走到路边候车。

附近较偏僻，少有出租车会过来。

山路崎岖，乔乔不敢开车，来时她选择打车，并让司机在外等候，还给了等候费，没想到司机扔下她一个人开走了。

她打开打车软件，预约了一辆车，居然要等四十分钟。沈祯陪着她站了十分钟，他抬腕看了眼时间，对她说：“乔乔，还是我送你吧。送你下山你再打车，如何？”

此刻正值中午，天气炎热，她站了十分钟已经热得有点眩晕。

乔乔将栗棕小鬈发往后一拨，用手扇着风，道：“那好吧，麻烦你了。”

“应该的。”

沈祯将车开过来，又下车绕过车头，绅士地替她开车门。

在车里，乔乔找了个话题问他：“最近公司效益还行吗？”

“没人从中作梗，还算不错。”沈祯话里有话，“从中作梗”明显是意指时肖。

对此事，乔乔表示很抱歉。

等到了山下，乔乔说：“你把我放在泰和路就行，那里很好打车。”

“都送你到这里了，就顺便送你回去吧？”沈祯没有要放她下车的意思，坚持送她回家。

沈先生一再坚持，乔乔感到无奈，给他报了地址：“那就麻烦你了。”

沈祯打开导航，发现乔乔家就在这附近的郊区。他按着导航一路送她到别墅门口，问她：“你什么时候搬的新家？”

“很早就搬了。”乔乔一边解安全带，一边回答。

沈祯看了眼别墅，又问：“这是时肖家？你们，同居了？”

“嗯……”乔乔嘱咐他，“沈祯，我跟时肖的事几乎没有人知道，我希望你能替我保守秘密，OK？”

“嗯。”沈祯露出一个苦涩的笑容，“乔乔，你跟他在一起多久了？”

乔乔直言不讳：“没多久，我们是在雪山确定的关系。”

“雪山上？”沈祯又问。

“对，雪山上。”

乔乔下车后，沈先生收到一条短信，是关于乔乔家庭背景的调查结果。

开车回去的路上，沈祯悔不当初，后悔以前与她分手，更后悔没早点发现自己对她的感情。

到家后，表姐刘雯替他将拖鞋拎过来，见他有点失魂落魄，问他：“你怎么了？不是去见庄小姐了吗？怎么这副神色？”

他将公文包一丢，揉着太阳穴走进客厅。

刘雯替他倒了一杯水，看着他说：“到底怎么了？是跟庄小姐进行得不太顺利吗？”

“嗯。”他轻轻应答一声，问她，“她让我以后别再跟她来往了。”

刘雯心头一惊：“怎么会？她不是一直挺喜欢你？难道……有了新的对象？”

沈祯点头，默认。

见弟弟这副神色，当姐姐的很心疼。刘雯坐过来，安慰他：“比她好的姑娘太多了，咱们不要在一棵树上吊死。我们阿祯这么优秀，以后总会遇到比她更好的姑娘。”

“不会再有女孩比她更好了。你知道她的父亲是谁吗？”沈祯反问她。

刘雯摇头，表示不知道。

沈祯提醒她：“知道庄氏集团吗？”

她即便是再无知，庄氏集团也不至于没听过。庄氏董事长庄先生曾红极一时，早年上过综艺节目，靠高颜值和宠妻出名，堪称模范丈夫。这位庄先生仿佛不会老似的，多年如一日，样貌依然年轻有魅力。

据说庄先生是有孩子的，却从未有媒体拍到过，以致很长一段时间，都有人质疑庄先生和庄夫人没有孩子，怀疑两人一直过着二人世界。

对于庄先生这种多金、英俊又宠妻如命的好男人，少有女人会不知道他吧？

经他这么一提醒，刘雯一脸惊讶道：“你的意思是……乔乔是庄先生的女儿？没……没这么巧吧？两人虽然同姓，但没可能啊……”

“应该不会错。”

他找人利用女孩的身份证信息查了她的家庭。她的父亲果然是庄先生。

怪不得，三年前她因为时肖告白走红，之后又能在互联网消失得无影无踪。

怪不得三年前一旦有人曝光她的照片，账号会立刻被黑，原来她的身家背景如此不凡。

庄先生财力雄厚，庄太太是国际知名的计算机大神，她想找人黑什么网络信息，易如反掌。

刘雯觉得很不可思议：“如果她真的是庄先生的女儿，阿祯，那你就太亏了！你说你，当初为什么要跟她分手？那个叶心到底有什么好？她几年前背叛你，跟着别的男人吃香的、喝辣的，得了重病被抛弃又跑回来投奔你。当初我就不赞同你接纳她，你就是不听，现在你看，后悔吗？”

这些雪上加霜的话让沈祯更头大。他揉了揉太阳穴，怒道：“闭嘴！”

刘雯重重地吸了一口气，又说：“依我说，乔乔还是喜欢你的，你再努力努力？”

他确实不甘心，不甘心就这样放走一个好女孩，也不甘心输给时肖。

他内心挣扎很久，决定给微博八卦账号爆料，提供了时肖和乔乔同居的地址。

乔乔三年前离开中国去里昂，就是因为被时肖告白，让她曝光。

三年后，如果她被拍到与时肖同居，网络言论再激烈些，她会不会和三年前一样，与时肖闹掰？

3.

《Vogue》十月刊封面明星定了时肖，乔乔需要陪他出差，一起飞去巴黎。

出发前几天，两人打算哪儿也不去，在家待着，好好享受二人世界。

时肖不能陪她出门逛街，但在家陪着她还是可以的。她想抱着男友躺在沙发上看电影。

男人不吃膨化食品，怕摄取的热量过高，身材走形，影响上镜。乔乔想体验跟男友一起吃高热量食品看电影的甜蜜感，时肖便应了她，陪她吃了几口。

到中午，乔乔压根不想动，窝在时肖的怀里睡觉。中途时肖变回白熊身，她枕着他软乎乎的熊臂，睡得香甜。

一觉醒来已经是晚上六点。

她是被白熊毛茸茸的脸蹭醒的。白熊将脸凑过来，在她的嘴唇上碰了一下，熊身立刻发生变化。

男人的脸近在咫尺，气息一点点喷洒在她的面颊上，惹得她一阵心痒难耐。她被时肖撩得不可控制，便伸手捧住他英俊的脸，主动亲吻。

她在他的嘴唇上舔舔，有丝丝甘甜的味道。时肖呼吸变得急促，将她压在身下，仔细亲吻。

他在最无法克制的时候停住。

乔乔坐起身，将被时肖拉扯开的衣领拉紧。她红着脸扫了一眼乱七八糟的客厅，穿上拖鞋，开始打扫，一起缓解刚才的尴尬。

她收拾得满头大汗，长发蓬乱。时肖来到她身后，摁住她的肩："别动。"

乔乔叉腰而站，面对着垃圾袋，没有回头，问他："干什么？"

男人将她披在肩后的栗棕色小鬈发拢起来，握在手中，轻松地替她盘成丸子头，用发带一圈圈替她固定好。

乔乔转过身望着他，摸着自己脑袋上顶着的一大坨发髻，嘀咕道："好看吗？我怎么觉得这有点像道姑……"

她的长发被全部盘起来，露出光洁的额头，略带婴儿肥的脸颊无处可藏。她的眼仁乌黑发亮，看得时肖把持不住，俯身下去，在她的眼睛上吻了一下。

乔乔吓了一跳，瞬间闭眼，长长的睫毛在他的嘴唇上轻轻扫过，痒痒的。

"时肖……垃圾。"她扯扯他的衣服，提醒道。

时肖被她害羞的样子逗笑："嗯，一起去丢。"

"好……"

两人找来一个大箱子，将十几个垃圾袋装进去，一起搬去外面。

他们回屋时，总觉得身后有双眼睛。时肖皱着眉，在门口回望。

乔乔回身问他："怎么了？"

"没。"他总觉得有人在盯着他们，回身却没看见任何人。

兴许，是他太敏感了。

——

《Vogue》官方微博公布十月刊封面的主角为时肖，突然就有一批水军在评论里呼吁，求杂志让时肖、陆琦合体，情侣粉们期待合体，并会购买杂志支持！

时肖的粉丝很快出来控场，嘲讽陆琦——

网友1："智障。陆琦那咖位，能上美国版《Vogue》？上中国版封底都没资格吧？"

网友2："某人的粉丝是不是太智障了？是来搞笑的吧？《Vogue》是你说上就能上的吗！"

网友3："这关陆琦什么事？人家时肖在官方微博上都澄清了，时肖和陆琦只是合作关系，OK？陆琦的粉丝，你们自己长点脑子，OK？不要乱组CP好吗？（微笑脸）"

网友4："呵呵，你们迟早会被打脸。官博声明了是合作关系，那是因为工作关系，两人不想扩大影响。从两人的剧照来看，分明是有感情的好吗！坐等时肖公布恋情。"

……

陆琦显然是打算和时肖死磕到底。时肖坐在车里，刷着这些微博，脸色沉重。他问坐在前座的孟棠："陆琦这件事，你们到底打算怎么处理？"

"这件事一方面是陆琦的水军来势凶猛，另一方面，是你演戏太逼真，网上流传的那些花絮照……你看人家的眼神，太含情脉脉，网友们以为你们有什么也很正常。”孟棠表示无奈，“陆琦的经纪公司也不是吃素的，你这么整人家的演员，害他们损失了几部大 IP 剧，人家不报复才不正常吧？不过，你放心，你的粉丝控场能力一向不错，能把陆琦那些粉压下去的。”

乔乔听了一点他们的对话，表示头疼，看着窗外吐槽了一句：“贵圈真乱。”

孟棠笑了一声，说：“这就乱了啊？还有更乱的呢。不过，更乱的东西时肖不会让你看见。这些事情你心中有数就成，时肖心里可只有你。网上那些，十之八九是假的，你别放在心上。我跟了时肖这么多年，他可从来都是守身如玉的。”

“喀……”

乔乔被口水呛住。

“守身如玉”这个词，怎么用得那么诡异？

……

这期杂志封面的拍摄地点定在法国浪漫之都巴黎，请的是国内知名团队进行拍摄。

乔乔这一次是作为时肖的个人翻译，而摄影团队则另外聘请了翻译。

上了飞机，他们在头等舱遇见沈祯。时肖心里一沉，有的人，还真是阴魂不散。

乔乔看见沈祯，愣怔，被时肖拉走，塞到座位上，不让她再看沈祯。摄影团队找到沈祯的公司，乔乔并不吃惊，但沈祯作为老板，亲自来巴黎做翻译，未免有点不可思议。

头等舱一排四个座位，沈祯、孟棠挨着坐，与乔乔、时肖仅仅只隔了一个走廊。

乔乔坐在靠窗的位置，压根不敢扭头去看沈祯，怕竹马男友吃醋。

晚上吃过夜宵，乔乔起身去卫生间。时肖一脸紧张，抓住她的手腕，问她："去哪儿？"

乔乔压低声音，有点不好意思："卫生间。"

听见细微的动静，沈祯睁开眼，抬眼朝他们所在的方向看过来。乔乔与沈祯那双眼睛对上，迅速移开，摸摸鼻子，小声问时肖："你要去吗？"

"我陪你去。"时肖起身，一米八几的男人将女孩娇小的身体挡住，彻底将某前男友的视线阻隔。

乔乔有点无奈，是怕她在这么短的距离里和沈祯先生旧情复燃吗？

她走进卫生间，时肖便在门口站着护航，犹如一个贴身保镖。

过道狭窄，男人往门口一站，彻底挡住了她的出路。

她方便完，将门推开一半，半截身子出来，用手指戳戳他的腰："我好了，你让让。"

时肖转过身，低头看着她，并没有要让开的意思。

"你要上吗？"乔乔被他的眼神看得心虚，特别心虚，总觉得他要干什么事。

她还没来得及开口问，时肖不由分说地俯身亲下来，将她摁在洗手间的门板上，一阵猛亲。

亲了一会，身后的空姐咳嗽两声："先生，请您——"

空姐的话还没说完，男人就将怀里的姑娘往里一推，自己也闪身进去，砰的一声将卫生间的门狠狠地关上。

空姐蒙了。

什……什么情况？刚才那个男人，怎么那么像……时肖？

不会吧？！

乔乔被他亲得头脑发热，用力将他推开，红着脸怒道："时肖，你疯了？这是中国的航班，空姐是中国人！"

她言下之意很明显，她真的不想被当成八卦的对象。

“乔乔，光明正大地做我的女朋友，好吗？”时肖双眼温柔，冰凉的鼻尖抵着她的额头，“给我一个身份，让我告诉所有人，你是我的女孩。”

乔乔咬着嘴唇抬眼看他，纠结半晌，摇头：“不行。”

时肖眼神暗下来，几乎压制着哽咽问：“为什么？”

乔乔支支吾吾说不出话来：“因为……因为……我真的没准备好。时肖，给我一段时间好吗？”

她担心被曝光后会有铺天盖地的攻击言论，她受不了私人感情被摆到台面上，也受不了被粉丝拿来与其他女明星比较，更受不了连逛街、吃饭都被记者盯梢。

这会让她压力很大。

时肖将她揽进怀里，抱紧，嗅着她发间的清香，低声说：“乔乔……”他还想再多说两句，给自己争取一个名分，可又不想给她太大的压力，只好低叹一声说，“我听你的，尊重你的决定。”

男人的心里在想什么，她哪会不知道？

他故意在空乘面前吻她，不就是想让他们恋爱的消息以八卦的方式传出去吗？

回到座位，乔乔扯过毯子躺下，由于心事重重，压根睡不着。

熄灯后，她感觉到有人将手探进她的被窝，握住了她的手。

在巴黎的拍摄行程很紧，白天晚上都要拍。

历经一星期，封面大片终于拍摄完毕。巴黎繁华而浪漫，这是时肖和乔乔第一次以情侣的身份踏足巴黎，于他们来说，意义非凡。

巴黎的神秘与浪漫，只在夜晚绽放。夜巴黎比白天更有魅力，在夜晚它会彻底变成奔放的仙女，灯火辉煌、霓虹灯闪烁。

巴黎市内临街的商家，即使在闭店后，依然会保留自己商店的橱窗灯光。

时肖准备带乔乔夜游巴黎，去游塞纳河，去看夜间的凯旋门，去看夜间的埃菲尔铁塔……

第一次和时肖约会，乔乔拿捏不准穿什么衣服好。

她打开行李箱，将带来的衣服全都摆放在床上，通过视频问南柯："穿哪件好？给点意见？"

南柯扫了一眼，扶额，吐槽她："庄乔乔，你还是女人吗？出门就带这几件衣服？还是跟男朋友出门！你能不能买两套好看的衣服？"

乔乔挠挠后脑勺，一脸为难，她买衣服从来只买适合自己的。她盯着镜头问南柯："你也知道，我一直陪着时肖，哪儿有时间去逛街买衣服？不如就这件粉色衬衣搭配红色高跟鞋？"

南柯比她还激动，尖锐的叫声从手机里穿透而出："不行，不行，太丑了。"

乔乔将衣服拎起来，一脸无奈："哪里丑了？这是我行李箱里最好看的衣服。"

"得，你就这欣赏水平？时肖的服装搭配师没给过你指导意见？"南柯非常无语，觉得白瞎了她长得这么好看，"你等会，我找人给你送件礼服。"

没过二十分钟，有人来敲门。

乔乔打开门，外面站着一个穿正装的女人，胸口还别着 D&M 工作牌。女人将一个礼盒递给她，用法语微笑着说："这是南小姐替您定的礼服，常规码，您穿应该没有问题。"

她从女人手里接过礼盒，握笔签收。

乔乔将衣服拿进房间拆开，里面是一条抹胸高腰款短裙，设计有两指宽肩带，有公主的优雅，也有少女的活泼。

她看了眼时间，离时肖变回白熊只剩十分钟了，她迅速换上衣服，将一头栗棕色小鬈发绾成发髻，换上高跟鞋，拎上包，迅速跑去时肖的房间。

到门口，她先打量一遍四周，确定没人后刷卡推门进去。

浴室里有哗哗的水声。她进去时，浴室门正好从里面被推开。

男人赤裸着身体走出来，与她四目相对。乔乔吓得“啊”了一声，背过身去，红着脸道：“你怎么不穿衣服！”

男人顺手扯过浴巾，声音淡淡道：“我也不知道你会突然进来。”

小姑娘被噎住，深吸几口气，脸憋得通红，问他：“你衣服穿好了吗？”

“嗯，转身。”

乔乔转过身，望着男人，呼吸不自觉间变得紊乱。

小姑娘一双晶莹的眸子对上来，男人的心壁仿佛都被撞了一下。

她的长发盘起来，变成了一个可爱活泼的丸子头，白皙的巴掌脸完整地露出来，本就乌黑的眼仁此刻如水洗过一般，在玄关的灯光下发着亮，蕴含着动人的灵气。

乔乔身材娇小，在复古腰封塑形下腰部线条更加纤细，不盈一握。

就是这样的乔乔，时刻让他心动。

她什么样他都见过。她的美、她的丑……她尿裤子哭丧着脸、她换牙时没有门牙以及她步入青春期长痘的样子……他都见过。

美丽的她，他爱；不漂亮的她，他也爱。

他用手捧起女孩的脸，俯身落下一吻。这一次他很克制，亲了一下很快就放开。

他担心多停留一刻，就会把持不住自己。

乔乔摸摸滚烫的面颊，低声说：“……我们去吃饭吧。”

“好，等我换件衣服。”时肖走进更衣室，再出来时换了一套西装，系领带时，时肖招手让她过来。

男人握住她的手，放在胸前：“帮我系。”

乔乔拽住他的领带，一双小手在红色领带的衬托下显得异常白皙。她一脸窘迫：“我……不会系领带啊。”

“我教你。”时肖给她示范了一遍，又耐心解开，问她，“会了吗？”

她摇头。

时肖握住她的手，带着她做了一遍。乔乔终于上手，给他打了一个不忍直视的领结。

她准备拆了重新来，时肖摁住她的手：“赶着去吃饭，不用重新来。”

“这怎么行？你作为著名演员，领带怎么可以系得这么丑？”乔乔伸手要去解领带，“我重新来，这次一定把领带给你系好！你相信我！”

时肖哭笑不得，有点无奈，伸手摸了摸她的后脑勺：“可是乔乔，我们快赶不上晚餐了。”

“嗯……好吧，上了车给你重新系。”乔乔眼睛一眯，冲他笑道。

“好。”

在去餐厅的车上，乔乔扯着男人的领带，来回重系数次，最终败给了这条领带。

她眼睑一垂，耷拉着脑袋，盯着他那条红领巾系法的领带说：“时肖，我可能没有当女人的天赋。”

时肖握住她的手，粲然一笑道：“这领带系得很好啊，很有童心，这是我们家小姑娘特别的系法，我很喜欢。”

她略微有点尴尬地笑了笑。

大概也只有时肖，会觉得她什么都是好的。

她被感动得一塌糊涂，双手抱住时肖的腰，钻进他的怀里拱了拱：“谢谢白熊先生的宽容以待，我会好好学习系领带，有朝一日给你系出一个闪瞎众人眼球的领结！”

时肖无奈，这……已经够闪瞎人眼了。

第十章 守护

1.

乔乔话音刚落，看到沈祯先生打来电话。她犹豫了一下，将手机递给时肖看："要接吗？"

时肖淡淡地扫了一眼，取过她的手机，接通。

电话里，沈祯问她："乔乔，晚上有空吗？一起喝杯咖啡，手头有个项目想请你来做。顺便，谈谈你以后的发展。"

时肖的声音很冷："什么项目也不接，你们是什么公司？对她而言，有什么发展可言？"

电话里的人一愣，皱着眉问："乔乔的手机怎么在你这里？时肖，做人不能太过分。"

"哦？"时肖嘴角一勾，"我给她开八位数的年薪，你能吗？沈先生，不要太高看自己。"

沈祯一愣。

乔乔在旁听着，心惊肉跳。某人吃醋的神情和语气真可怕。

挂断电话，时肖将手机递回给她，沉声说："拉黑吧。"

"嗯？"乔乔一脸茫然地看他，"拉黑？不至于吧？他虽然是我的前男友，可我们并没有做过什么情侣之间亲密的事，你其实没必要生气，真的。"

时肖看着她，反问："一个曾经利用过你的男人，如今还想对你进行纠缠，我作为男友，生气不是很正常吗？"

他的话，乔乔听不懂。

她盯着他的眼睛道："时肖，你对沈祯有偏见。他从没利用过我，我们在一起交往，也只是抱着试一试的态度。他跟叶小姐的事，你应该比我更清楚，不是吗？叶小姐重病，他也并非冷血，为了照顾叶小姐的感受，陪她走完了生命的最后一程。如果换作是你，你也会这样选择，不是吗？我虽然原谅了他，但不代表我会容忍他这种行为，我压根不可能再跟他复合，你到底在担心什么？你是觉得我没有智商？！”

小姑娘发怒。

时肖的声音柔软，很无奈：“你压根不知道他是什么样的人。”他伸手过来握住她的手，被她拒绝。乔乔双臂环抱，不想再跟他争执，扭头看窗外。

时肖将手抽回，对她说：“乔乔，我不会像沈先生一样，请不要拿我跟他比较。我会全心全意地爱一个人，只对现任一心一意。”

Le Relais Louis XIII 餐厅在巴黎左岸拉丁区一条幽静的小巷里，不容易找，但离塞纳河不远。

这是一座有四百多年历史的老宅，铁条窗栏，深色原木大门，玻璃窗上有彩绘，遮棚是复古的黑色，深巷、复古，让这家餐厅颇具神秘感。

他们没迟到，预留的位置还在。

时肖问她吃点什么，乔乔低头看手机，刚才的气还没消下去，此刻并不想跟他说话。

时肖点了几道法国菜，将菜单递给服务员：“尽快上菜，谢谢。”

这里的菜品是传统法餐，不仅细致，且非常美味。

服务生刚接回菜单，乔乔却不冷不热道：“给我来一份意大利面、一杯果汁，谢谢。”

时肖点的已经是两人的分量，服务员担心他们点太多吃不完，问道：“先生，请问刚才点的菜品需要减少吗？”

“不用，谢谢。”等服务员离开，时肖看着她，“刚才在车上的事，我跟你道歉。”

乔乔没有抬头，其实她的气已经消了，只是拉不下脸来先低头，就像三年前那件事一样，她拉不下脸，以至于他们三年都没联系。

她也意识到自己刚才说话语气过重，也跟他道歉："时肖，我也跟你说声对不起。我从小习惯了你宠我，观念一时半会难以转变，总是忍不住……对你任性。"

"你是我的女朋友，我应该容忍你的任性，这个你不需要跟我道歉。你对我也不必克制情绪。"时肖替她倒了一杯红酒，又说，"沈祯这件事，是我的错，我不该在没有任何证据的情况下指责他。"

男人语气严肃。

乔乔也静下心来，点头说："时肖，我们不谈他了，好吗？我不想因为一个外人，破坏了我俩之间的感情。"

用餐时，有小提琴手走过来，问他们需要听什么曲。

时肖起身，要过小提琴，搁在肩膀上架好，低头问乔乔："想听什么曲子？"

男人身姿修长，身穿墨绿色西装内搭蓝色衬衫，时尚感十足，只是领带系得略有些碍眼。他架着小提琴，立在灯光下，皮肤显得很白，五官很深邃，看她的目光总是很温柔。

他拉出一个令人心动的调，配合低沉的声音问她："《月光小夜曲》可以吗，乔乔小姐？"

乔乔点头。

随着他拉弦，她的心跳也不由自主地加速，在小提琴乐曲中，达到情感高潮点。

她望着时肖，仿佛从他拉的曲子中感受到他的情绪，忽然就有点心疼时肖，这么多年，他对她一直默默付出，她却没心没肺地将这些当成理所当然。

南柯发来的微信消息打断了乔乔听曲。南柯发来一个疯狂哭泣的表情，问她："乔乔！你上网了吗？"

“怎么了？”她回了一个疑惑的表情。

南柯说：“有人拍到了你和时肖同居的照片，现在国内媒体各大营销号、主流媒体，都在报道你跟时肖的事。”

乔乔脑子里轰隆一声：“你……说什么？”

“我发截图给你。”南柯将截图一张张发给她。

照片里，她和时肖一起出别墅扔垃圾，又牵着手走进庭院。在门口，时肖驻足回身看了一下，正好给了镜头一个正脸，她当时因为好奇，也跟着回头，两人正脸双双入镜，成了铁证。

时肖的琴音渐到高潮，他的情绪也被推向高潮，仿佛一片平静的海，起了风暴，波涛汹涌，浪潮滚滚，久久不能恢复宁静。

而此刻，乔乔看着网络上的一片负面消息，再听这样悲伤的曲子，情绪几近崩溃。

她的微博被扒了出来，评论里，和三年前一样，骂声一片。

网友1：“去死吧，小三！拆散了时肖和陆琦，你以为真的就可以和时肖长长久久了吗？并不，迟早会分手。小三，滚蛋吧。”

网友2：“感情的第三者，惊不惊喜，意不意外？没想到我们会找到你的微博吧？若要人不知，除非己莫为。”

网友3：“见过贱人，却从没见过你这种贱人。在陆琦和时肖中间横插一脚，呵呵了。看到你的照片，我就放心了，网红蛇精脸，这种面相当小三不奇怪。”

网友4：“观光团打卡，小三走你，送你上头条。心疼你，我的第三者。”

陆琦的水军们来势汹汹，时肖的粉丝也抵达战场，与其对撕。

网友5：“一群陆琦的恶心喷子，积点口德吧！这才是我们时肖的正宫，我们家时肖在戏外除了活动，有跟你们家陆琦同过框吗？”

网友6：“收敛一点，好吗？别这么恶心人，诋毁人家正宫娘娘是小三，全天下大概也只有陆琦干得出这种事了。”

网友7：“支持正宫娘娘！蛇精网红脸我们也不介意，时肖幸福就好！”

看见这些评论，乔乔脑子里一片空白，瞬间蒙了。

她很快找到这些粉丝的来源。原来，是有营销号@了她的微博，并附带新闻标题：小三插足，陆琦已与时肖分手？第三者网红脸身材火辣！

这个营销号可恶至极，不知道收了陆琦多少钱。

下面有时肖粉丝的评论——

网友1：“不对吧？时肖工作室已经声明和陆琦没有任何关系，人家网红脸正儿八经地和时肖谈恋爱，怎么就变成小三了？”

网友2：“同意1楼，营销号，你收了多少钱？怎么能乱说？”

网友3：“陆琦居然被小三迫害了？虽然不喜欢陆琦，但更讨厌感情的第三者！”

网友4：“这个世界怎么了……人家压根没承认过他们是情侣关系。时肖和网红脸谈恋爱，怎么就变成小三了？看见网红脸姑娘被骂成了筛子，深深地感觉到了陆琦的粉丝的可怕……”

网友5：“唉。男神自从三年前被大学生拒绝后，就变得奇奇怪怪，好不容易谈个恋爱，对象居然是陆琦？我不好容易接受了陆琦，居然又劈腿网红？大学生，你在哪儿？赶紧滚回来拯救我的男神！”

网友6：“画重点！画重点！时肖工作室澄清过男神和陆琦只是合作关系！合作关系！你们为什么要一直说陆琦和时肖是情侣？有毛病吧！”

网友7：“楼上，工作室的声明只是站在工作角度，但时肖从没用私人号声明过自己跟陆琦没关系。如果真的没关系……那他为什么不自己发微博？”

微博下有替乔乔辩解的，也有被营销号带歪对她进行人身攻击的。

所谓的照片压根不高清，从远处看，她的脸被照得很尖，还真有点像网红蛇精脸。可实际上，她的脸颊带点婴儿肥，这张照片压根不像她本人。

这也就间接导致了没人认出她就是三年前被时肖告白的姑娘，那个被粉丝们“怀念”的大学生。

网络暴力再一次让乔乔脊背发凉，她握着手机，浑身止不住地发颤。

愤怒，非常愤怒。

这些不清楚真相的人，凭什么侮辱她，凭什么给她扣上第三者的帽子，又凭什么对她的感情指指点点？

时肖一曲拉完，从音乐中抽身出来。他将小提琴递回给小提琴手，发现小姑娘脸色不太好。

她紧咬着唇，委屈得眼圈发红。

他走过去，弯腰握住她发颤的手，柔声问：“乔乔，怎么了？”

乔乔此刻说不出话来，将手机递给他，示意他自己看。

时肖接过手机，看着网络上一片恶毒的评论，眉头紧蹙。

这顿饭他们是没心情再吃下去了。

从餐厅出来，乔乔回到车里，时肖则站在车外给孟棠打电话，询问她到底什么情况。

孟棠说：“陆琦那边我问了，装傻呗，明显是报复你。我见过拉着别人一起炒作的，但没见过炒得这么恶心的。她是笃定你为了《听风》，不会亲自在微博上跟她撕破脸皮，真是阴险。你放心，这件事我们会处理妥当，你的微博尽量保持沉默，忍住，这种时候不适合跟她公开撕破脸皮，毕竟你对《听风》倾注了心血，不能因为一只老鼠坏了一锅粥。电视剧都没播出来，男女主角如果先闹掰，这就太……”

“沉默？我还有必要沉默？”时肖已经尽量克制愤怒。

孟棠劝他：“时肖，你冷静，咱们等《听风》播出之后，再撕破脸也不迟。”

时肖受不了乔乔被侮辱，他语气坚定：“你让公关准备好，务必给我打赢这场仗。”

乔乔隔着一层玻璃，望着外面的男人，陷入沉思。

她又低头看手机，看见时肖更新了一条微博。

时肖 v：“既然大家认为官方声明过于官方，不够有力度，那我在此重申几点。第一，我与陆琦小姐不熟，网上流传‘眉目传情’‘恩爱暧昧’的照片均为剧照，等电视剧播出，大家可自行判断。第二，我家小姑娘从来不是第三者。三年前我喜欢的是她，三年后依然是她。我很不容易才追到这个喜欢了很多年的小姑娘，恳请大家不要造谣、传谣，炒作绯闻虽然能给电视剧带来热度，但我更希望是剧的本身打动大家，而不是因为演员的热度，请某人的水军适可而止。另外，我在此特别声明，以后不会再与陆小姐合作。”

看到这条微博，乔乔心里甜而苦恼。

时肖这条微博彻底公开了两人的关系，也同样告诉了所有人，她就是三年前的那个大学生。

接下来会如何呢？她会像三年前一样，被那些疯狂的粉丝追着骂吗？那些疯狂的粉丝真的会祝福她吗？

微信里，许久没人说话的部门微信群突然开始有人说话。

白玉：“@庄乔乔，你跟我男神藏得够好啊！我还真没认出你是三年前的那个女生！你这人也是蛮传奇的，没追上沈祯先生，却跟了全民男神。”

刘玲：“是啊，近水楼台先得月，求我男神的签名！”

白玉："能不要脸只要一张签名吗？"

乔乔："……"她跟他们虽然共事过，但关系不是很好，索性退了群。

白玉："退群了！"

刘玲："嘚瑟什么啊？不一定能跟我男神走到最后。"

白玉："唉，即使不能走到最后，被男神这样追过，并且公开承认过，也是一种幸福啊！"

沈祯也发来慰问微信，佯装疑惑地问她："怎么会有人知道你们的住址？又怎么会有人知道你的微博？乔乔，你不觉得这太奇怪了吗？如果不是因为这件事，我以为早在三年之前你就不再用微博了。"

"没有人知道我的微博，除了时肖——"乔乔看了眼车外正打电话的男人，脑子里突然冒出一个可怕的想法。

沈祯先发制人，问："不会是时肖吧？他这么做的理由是什么？难道……他是想以此为借口，公开你们的关系？"

乔乔倒吸一口凉气，如果真的是这样，那时肖的占有欲就太可怕了，压根就没有尊重她的意见。

但是，除了时肖，她也没告诉过任何人这个微博号，不是他，又会是谁？

然而，事实上，除了时肖，沈祯也知道。沈祯也是在偶然间看到的，之后便一直对她悄悄关注。

电话里，沈祯替她分析时肖这么做的可能性，他说得头头是道，忽然让乔乔对时肖产生了一种"细思极恐"的惧怕心理。

如果沈祯分析正确，那这样步步算计的时肖，就太可怕了。

在沈祯的推波助澜下，乔乔对时肖产生了怀疑。

等男人上车，她直接将话挑明，质问他："这件事是你故意散播出去的吗？时肖，我想听你讲实话。"

时肖愣了一下，压根没想到她会怀疑自己。他反问：“我在你心中，就是这种人？”

乔乔思绪很乱，她抬手掐了掐眉心，声音带着点情绪崩溃后的嘶哑：“我的微博，只有你知道。”

时肖看她的眼神很失落：“那沈祯呢？你确定他也不知情？”

乔乔见他拉沈祯下水，又怒道：“时肖，你为什么总是拉他下水？这是我们两人之间的事，跟他没关系！”

他们情侣之间的事，为什么总要扯上沈祯这个外人？她现在喜欢的是他，是他时肖！可他为什么总是有意无意地质疑她还喜欢沈祯？

车内一阵静默，时肖很平静地开口：“乔乔小姐，难道，我在你心里就是这样一个卑鄙无耻的小人？”

这一问，让乔乔噎住。

时肖的目光沉下来，情绪也终于爆发，但声音非常平和：“乔乔，我爱你，很爱。我宁愿自己受伤，也不愿看见你受伤。我被侮辱、被欺负都没关系，但我容忍不了你被欺辱。我以为你最了解我，现在看来，你从未真正喜欢过我，对吗？喜欢一个人是想告诉全世界，你喜欢他，而不是像我们这样。从始至终，都是我一厢情愿，对吗？”

乔乔盯着他的脸，含着眼泪摇头：“不是的。”

时肖眼睑一垂，他的神情和语气都带着前所未有的失望。乔乔察觉到他的情绪，内心突然变得慌乱，仿佛即将要失去他。

她一咬牙，扑进他的怀里，抱住他的腰说：“时肖，对不起，我不该质疑你。你说得对，我们是情侣，我们之间的感情没什么见不得人。我喜欢你，你不是一厢情愿，请你不要质疑我。”

她仿佛就在一瞬间想通了。

比起被曝光、被网络暴力伤害，她更介意的是失去时肖。

这是小姑娘第一次主动跟他服软。时肖的心脏软得一塌糊涂，抱住她，在她的发顶亲了一下。他没办法跟这个小姑娘赌气。

她再怎样任性，他也会很快原谅她。

她说得对，沈祯只是个外人，是他们之间的小插曲，他为什么要揪着不放呢？

回到酒店，时肖送乔乔回房。

乔乔牵着他的手指，走到房间门口后松开。她不舍地摇晃他的胳膊，然后抱住他的腰，又在他的怀里蹭了一下："时肖，晚安。"

他拍了拍小姑娘的后脑勺，声音温柔："晚安。"

2.

半夜两点，酒店的火警忽然响起，铃声异常刺耳。

时肖从梦中惊醒，他慌忙下床，隔着门听见外面一片喧哗，外面正在进行紧急疏散。他现在是白熊身，压根不敢出去，他打电话给乔乔，可她的电话一直无法接通。

他本没打算出去，忽然听见外面有人叫了一声："1003 房的小姐受伤了，快来个人！"

大家都在慌忙撤离，没有人理会在走廊里叫喊着的男人。

1003 房？乔乔的房间！她的电话一直无法接通，时肖担心她有意外，也顾不得其他，打开门冲了出去，直往 1003 房奔。

走廊里人潮涌动，突然从房间里冲出一头熊，吓得人群四散，尖叫声此起彼伏。

酒店里怎么会有北极熊！？

1003 号的房门敞开，里面却空无一人。时肖又走回走廊，左右张望，仍然没在人群中看见乔乔的身影。

走廊里浓烟滚滚，却没看见明火。房客们看见北极熊后纷纷往安全通道跑，生怕野兽发狂，将人误伤。

时肖察觉到情况不对，冲进楼梯间，往楼下跑。到了第十层楼梯间，他被沈祯堵住了去路。

沈祯穿着黑色帽衫，定定地挡在他的前面。楼梯间狭窄，一人一熊相互对峙，剑拔弩张。

时肖看着沈祯，眼神变得冰冷，不自觉地龇起兽牙。

沈祯一脸得意，问他："时先生，怎么不坐电梯？"

时肖的眼睛里没有温度，就这样冰冷地看着他。

沈祯朝他走近，在离他只有一步的距离时停住。他仔细打量白熊："人变成北极熊，真是一大奇闻，国家科学院一定会很感兴趣，他们也一定会拿你作为样本，进行解剖研究。时先生，不如我们来做个交易如何？"

男人的嘴脸变得刻薄可怕，白瞎了这样一副好皮囊。时肖攥紧一双熊拳，尽量克制住吃人的冲动。

沈祯很淡定地看着他，语气很温和："我们来做一个交换，你主动跟乔乔提出分手，并保证不与她复合，我就会替你永远保守秘密。"

"沈先生，你处心积虑地欺骗她，又三番五次地拿她威胁我，你就没想过，她知道真相后会如何？"白熊终于开口，说话时露出一口锋利的白牙，"你冒充匿名先生博取她的好感，利用她为你的公司做事。你想让我退出，是想利用她一辈子吗？"

沈祯笑道："你不告诉她，她当然不会知道。我也从来没承认过自己是她的匿名先生。至于利用她一说，更荒诞，一直以来，是她心甘情愿，我可从没逼过她。我知道你爱乔乔。时肖，我可以向你承诺，如果你退出，我以后会好好照顾她，不会再辜负她。"

"你承诺？小人的承诺，我能信吗？"时肖的目光扫过沈祯，看向他身后的人，"乔乔，你现在看清他到底是什么样的人了？"

二十分钟前，乔乔被一通陌生电话叫下楼，让她去前台取快递。可下来后，她收到的却是一个空盒子。没一会儿，她听说他们所住的楼层着火了。

时肖还在上面。电梯已暂停使用，情急之下，她便从安全通道往楼上冲。

乔乔一口气跑上第九层，在第九楼的缓步台喘气的时候，听见第十层的缓步台上有人说话。

是……沈祯和时肖的声音！

楼道寂静，她屏住呼吸仔细听，两人说话的声音不低，她听得很清楚。

她的胸口胀痛收缩，被沈祯的话惊得差点喘不上气。沈祯不是匿名先生？可他无数次的默认又算是什么？而他此刻威胁时肖，又算什么？

更让她震惊的是，他居然还三番五次地威胁时肖？

沈祯震惊地转过身看向乔乔，慌神道："乔乔……"

他们三人还没来得及再对峙，楼道里响起一阵急促的脚步声，越来越近。

消防队员冲下楼梯，终于在第十层的缓步台上看见了白熊。

沈祯忽然去袭击白熊。

时肖反应一向敏捷，当下熊臂一挥，将突然对他进行攻击的男人挡开。白熊蛮壮，这一挥臂，直接将沈祯从缓步台撞下楼梯。消防队员见白熊攻击人类，当机立断对它开枪。

砰砰砰——

数十发霰弹打在白熊的身上，吓得乔乔头皮发麻。她冲过去抱住时肖，用身体替他挡住霰弹："你们别伤害它，它不会攻击人！"

消防队员停下来，与他们保持距离，不敢靠近。

乔乔推了他一把，示意他赶快走。

时肖当然知道被抓住的后果，他也不敢多留，迅速往楼下跑，路过沈祯时，狠狠地踹了这个渣男一脚。

他逃命似的跑得飞快，担心被追上，担心速度不够快，索性四条腿着地，撒了欢似的飞奔。

乔乔看得目瞪口呆，这是她第一次看见白熊时肖用四条腿跑路。

在这种情况下，她居然觉得……他有点萌？

因为莫名其妙的烟雾，住客们以为酒店起火，几乎全都撤离，许多人在逃跑时没关门。时肖躲进九楼一间房，将门反锁。

消防队追到九楼的走廊时，已经不见白熊的身影。

这一层一共有四十个房间，现在酒店的火险已经排除，不少住客陆续回房。在没经过房客同意的情况下，他们也不能擅自进入，沟通排查得耗费大量时间。

考虑到野兽在酒店很不安全，队长跟酒店负责人沟通，让他们再次疏散所有住客下楼。

住客们以为刚才有火灾，纷纷下楼避难，结果告诉他们只是有人蓄意恶搞的烟雾，并没有火情。他们拖着疲累的身体回房，又告诉他们有北极熊进入酒店？

这不是扯淡吗？五星级酒店……北极熊是怎么进来的？

逗他们玩吧！

在沟通过程中，不少住客与工作人员吵了起来。

时肖用酒店电话打电话给乔乔，告诉了她自己藏身的房间。

她从电话里感受到时肖的声音非常虚弱。乔乔情急之下打电话向同样在巴黎拍广告的鹿哲求助。鹿哲听她简单叙述了一下经过，嗤笑一声：“乔乔，你喝醉了？”

她这才想起来，鹿哲恢复了记忆，已经不记得时肖变成了白熊。

她挂断电话，去找时肖。到了 0903 号房门口，乔乔敲敲门，里面的白熊替她打开门，便轰隆一声朝后倒去。

乔乔心里一紧，仿佛被铁链狠狠勒住，难过得差点窒息。

时肖倒在地上一动不动，肚皮朝上，眼睛紧紧闭着，身上的鲜血和他的白毛形成鲜明的对比。如果不是他圆滚滚的肚皮在随呼吸起伏，她可能会有他已经死掉的错觉。

乔乔双膝跪在地上，惊慌失措地用手推他，眼眶里满是眼泪："时……时肖，你……还好吗？"

听见声音，白熊懒懒地抬了抬眼皮，很快又闭上。

她的手摁在白熊的胸膛上，疼得白熊时肖闷哼一声。她用手拨开他的绒毛，看见他毛发之下的霰弹痕迹非常明显。

不知道有多少霰弹进入了他的体内。她又拨开其余部位的毛发，无一不是伤痕。

时肖此刻已经陷入昏迷。

霰弹虽然不至于像真子弹那样一枪毙命，但它的杀伤力绝对不小。乔乔看着他的伤口，情绪突然崩溃，捧着白熊的一张脸，哭出声："时肖，你别吓我，你好歹吭　声。"

时肖仍旧昏迷。

乔乔低头在他的嘴唇亲了一下，等待他变回人身，送他去医院。然而，奇怪的是，他的身体迟迟没有变化。

她再去亲，一下、两下、三下……

她反复尝试数十次，白熊依然是白熊。

时肖保持这副白熊的模样，她压根没有办法送他去医院，再拖下去，耽搁了最佳治疗时间怎么办？她趴在白熊柔软的胸脯上，哭得泣不成声："时肖，你醒醒，你别吓我。时肖，你醒来，我以后什么都听你的，再也不跟你闹脾气，再也不使小性子。时肖，我们一起回国，我们一起大大方方地告诉所有人，我们是情侣，不再遮遮掩掩。为了你，我愿意承受被陌生人中伤，也甘愿放弃平凡的生活，只要你能醒过来。以后什么都听你的，好不好？好不好？时肖，你说话，你开口说话！”

动物的绒毛是这样真实。她希望这是一场梦，她希望梦醒来时肖还是时肖，不是白熊。

她不需要什么白熊老公，也不需要 Ice Bear，她有一个时肖就足够。

这世上除了父母，所有人对她好的人加起来的总和都抵不上一个时肖。

她此刻感到前所未有的绝望，她突然意识到，失去时肖是一件多么可怕的事。人啊，总是这样，在面临失去时，才幡然醒悟，原来某样东西一直以来都很在乎。

这么多年，时肖已经潜移默化地融进她的生活。他已经成为她很重要的人，是她生命里不可或缺的存在。

乔乔准备将白熊时肖送出去，送他去动物园，至少，他还能得到救治。

她必须先保住他的命。

乔乔再次捧住他的脸颊，亲下去。这个吻温柔绵长，眼泪顺着她的脸颊滑进时肖的嘴里。

3.

女孩的眼泪咸湿，这种味道被他的味蕾放大数千倍，他仿佛喝了一口海水，灵魂在一瞬间沉入海里，不断沉浮。

他的身体仿佛被水包裹，密不透风。他能听见外界的所有声音，甚至能清楚地听见小姑娘在跟他讲话，可就是无法睁开眼，也无法说话。

他努力冲破束缚，努力往上游，光线越来越亮，离水面越来越近。

砰的一声，他终于浮出水面，刺眼的白光让他睁不开眼。

他闭了闭眼，再睁眼时看见了正亲吻着他的小姑娘。

他抬手摁住女孩的后脑勺，不让她离开，开始回吻。

乔乔瞪大眼睛，“嗯”了一声。

也就在同一时刻，她终于感觉到男人的身体变化。他身体的绒毛逐渐退却，人类的五官渐渐清晰，终于从野兽变回了王子。

时肖变回人身，一丝不挂，他抱着她就地一滚，将女孩压在身下。

他的吻落在她的额头、鼻尖、嘴唇。他看着怀里的小女孩，眼睛清亮：“乔乔，你刚才说的话，算数吗？”

“嗯。”她眼泪还在外涌，看见他“活”过来，终于破涕为笑，“算数，都算数。”

他起身，从沙发上扯下一床毛毯，裹住下半身。

房门被这间房的住客推开。这间房的主人看见他们，一脸震惊，用法语问道：“你们是谁？在这里干什么？”

乔乔下意识地挡在时肖的跟前，一脸警惕地看着进来的这对法国夫妻。

时肖用手将面前的乔乔拨至身后，一脸冷静地对这对法国夫妻说：“是这样的，刚才听说有火情，我们被紧急疏散到了楼下。再上来时走错了楼层，差点被一只北极熊攻击，我们情急之下躲进这里。抱歉，我们马上离开。”

夫妻俩刚才在走廊里碰见工作人员，得知有北极熊还不信，现在看见眼前这个男人浑身是伤，信了几分。夫妻俩赶紧收拾东西，要求退房换酒店。

凌晨三点。为了不让人起疑，引起不必要的麻烦，乔乔独自带时肖去了医院。

医生替时肖清理伤口时，忍不住问道：“这到底是谁干的？打了这么多枪？”

医生总共替他取出十四颗霰弹，好在都不是在致命的地方。

“你们放心吧，霰弹取出，基本就没什么问题了，不过这几天要多加注意，以免被感染。”医生用法语嘱咐他们。

乔乔点头，跟医生道谢。

她坐在病床边，看着面色苍白的男人，主动握住他的手说：“时肖，对不起，我太相信沈祯，我没想到他是那种人，也没想到他会威胁你。”

时肖将她的手反握住。

这种时候，他不想再提起那个卑鄙的小人。他问她：“乔乔，刚才你在酒店对我说的话，还算数吗？”

这是他问的第二遍。

“嗯？”她愣了一下，很快想起来自己说了什么话，她点头，“嗯，算数。我庄乔乔一言既出，驷马难追。”

好一个驷马难追。时肖眼睛里刻着温柔：“我给你一个反悔的机会。”

她摇头：“不要。”她想通了，比起和时肖光明正大地在一起，被攻击、被网络暴力伤害都不算什么。

她既然决定做时肖的女朋友，就得承担那些闲言碎语，也得接受从此以后的生活发生变化。

乔乔抱住他的腰，扑进他的怀里，说：“人总是要成长，有时候成长只在一瞬之间。时肖，从小到大，你都毫无条件地对我好，我却把这些当成理所当然。作为你的女朋友，有些事情我害怕，但我不能逃避，我们以后的路还长，我得习惯那些。你说，是吗？”

时肖摸了摸她的后脑勺，跟她说抱歉："乔乔，真的抱歉，我的职业会给你带来太多麻烦。"

她将他抱得更紧，在他的怀里摇头说："时肖，以后我们风雨同舟、荣辱与共，全世界都反对我们在一起也没关系，我们喜欢彼此就好，你说是吗？"

"是。"时肖语气一顿，纠正她，"乔乔，我现在对你已经不是喜欢。"

"嗯？"她心头一震。

"我爱你。"

她的心提到嗓子眼，又瞬间回落，一层蜜糖在她的心房铺开。

翌日，乔乔被护士的敲门声扰了清梦。她下意识地坐起身，去亲时肖，当她亲完，才后知后觉地发现——

时肖压根就没变回熊身！他现在是人身！从她昨晚睡着到现在，已经过去四个小时，怎么会？

时肖也惊讶于自己的身体没有变化。乔乔猜测："时肖……你会不会已经……恢复正常了？"

他仔细想了一下。变成白熊之前，他也遭受过生命危急时刻，而昨夜命悬一线，可能，他真的已经彻底恢复？

在经历这么久的奇幻遭遇后，突然恢复正常，他倒有点不习惯了。

乔乔心里也隐隐觉得不安，她说："时肖，我们再观察观察。你别着急。就算你以后都不能恢复正常，也不要怕，乔乔保护你。"

他守护她这么多年，现在，该轮到她来守护他了。

孟棠得知时肖受伤，赶来医院，看见他胳膊上的伤吓了一跳。

她惊道："怎么回事？发生了什么事？"昨天晚上酒店一片混乱，等她上楼去找时肖时，已经不见他们的踪影。时肖和乔乔、沈祯住在同一楼层，而孟棠和杂志社的工作人员以及拍摄团队住在第七层。

凌晨五点钟，孟棠给乔乔打电话，得知他们在医院，片刻不敢耽搁地赶了过来。

时肖已经尽量遮住了伤，却还是被孟棠看出来了。

乔乔撒了个小谎，说："昨晚我们在酒店被北极熊攻击了。"

昨天晚上酒店的北极熊事件孟棠也听说了。她觉得挺荒唐："北极熊？真有北极熊？谢天谢地，还好你们没什么大碍。对了，回国的机票订的是明天下午的，你明天下午能坐飞机吗？如果不能，我让他们去改签。"

"没问题。"时肖声音一顿，又问，"接下来通告多吗？"

乔乔见他们谈工作，插了一嘴说："我出去买点水果，你们先聊着。"

时肖嗯了一声，嘱咐她："早点回来。"

医院外就有水果店，巴黎的水果可真不便宜。

她挑了一些樱桃，又选了时肖最爱吃的几种水果。往回走的路上，她遇见沈祯。

她拎着水果在原地一愣，柔顺的目光终于阴狠起来，她眼中有愤怒："是你？"

"乔乔，我们谈谈。"沈祯朝她走过来。

她下意识地往后退了两步，警告他："你离我远点，否则我会恶心，我跟你也没什么好谈的。"

老庄说得对，人心险恶，亘古不变，有时候你不能靠主观感觉去判断一个人，毕竟一个人光滑的皮囊下，有太多不可思议且复杂的东西。

她看错了沈祯，误会了时肖。

等看清沈祯的那一刻，她才知道从前的自己到底有多蠢。她绕过沈祯往前走，手腕却被男人握住。她皱着眉，一脸嫌弃："你松开！"

"乔乔，我们谈谈，好好谈谈。昨天晚上并非你想的那样，有误会……"沈祯为自己辩解。

"误会？"乔乔眼神一凉，语气冰冷，问他，"那我问你，你是匿名先生吗？你跟我在一起的初衷，真的只是单纯地觉得我们合适，而没有一丝一毫的利用？沈祯，我希望你认真回答。"

沈祯深吸一口气，跟她说了实话："我从始至终没承认过自己是你的匿名先生，是你自己认为是。我承认，提出跟你在一起的确有私心，但是乔乔，我现在是真的喜欢你。"

"你这怎么会是喜欢我？你只喜欢你自己！"乔乔奋力将手腕抽出来，情绪愤懑，"沈祯，我从没如此觉得一个人恶心，你是第一个。以后别再让我看见你，你也别再求我原谅，以后生意场上，我们各自安好，有竞争的地方我会不遗余力，你自己好自为之。"

"乔乔！"沈祯抓住她的肩，不让她离开。

被他碰一下，她都觉得恶心。

她提起水果袋朝他头部砸过去，榴梿将男人的额头磕破，他吃痛地松开。

乔乔抬起脚，用高跟鞋的鞋跟在他的脚背上狠狠一踩："人渣！以后千万别让我看见你，见一次揍一次！我跟你还真没什么好说的，一旦你起了害人之心，就不配称之为人，是连蛆虫都不如的人渣！"

昨晚如果她晚到一步，那时肖的后果……可想而知。

他诬陷时肖攻击人，如果不是她在场，时肖恐怕已经被他们打死。

乔乔回到医院，依然觉得愤怒。她思考了很久要不要开公司的事，终于在沈祯的刺激下确定下来。

她将水果搁在医院的休息椅上，打了个电话。那边很快接通，听筒里传来一道沉稳温润的男音。

“乔乔。”

她深吸一口气，语气柔软下来：“老庄……”

“怎么？终于想起你还有个爸爸？”电话那端，庄先生正在开会，接到闺女的电话，会议暂停。

如果不是看了新闻，她和时肖的事，他还被蒙在鼓里。说起来可笑，闺女谈恋爱这么大的事，他居然是通过新闻知道的。

乔乔跟他撒娇：“老庄，你的语气怎么能这么疏离？乔乔的心里可是无时无刻不在想着你，如果不是你太忙，我也想天天给你打电话。”

闺女一撒娇，必然有事求他。庄先生问：“说吧，有什么事想让爸爸帮忙。”

乔乔哭丧着脸说：“我那个前男友，呸，我以前瞎了眼才会喜欢他！他居然……居然想非礼我……老庄，我好怕他……”

“行了，别装了。”庄先生揭穿她，“说重点。”

她的声音立马恢复正常，一脸正色道：“重点就是，我想开公司，跟他竞争。但是新公司没有资历，未必会有大公司与我们合作，所以，我需要老庄帮忙介绍资源！当然，资金方面，你不用操心。”

“好。”庄先生答应她，“有个条件。”

“什么？”

庄先生：“你得把时肖那小子给我娶回家。”

乔乔：“……”娶回家？

老庄，你这个要求未免也太苛刻了！亲爹！

第十一章

我的竹马男友

1.

回国半个月，时肖没有再变回白熊。

时肖和乔乔的事被公之于众，网上有祝福他们的，也有诋毁他们的。

粉丝们都很震惊，她居然是当年那个被时肖告白的大学生。在粉丝们终于接受了这个事实后，关于乔乔的八卦帖不断被顶上热门。

#时肖的女友乔乔小姐在大学时长这样！疑似整容！#

#乔乔小姐倒追学长不成，吃回头草！著名演员时肖只是备胎！#

#乔乔小姐的初恋原来长这样……#

#乔乔小姐手段高明！大学时不仅勾搭过时肖，还与鹿哲有染！实锤！#

八卦帖里贴了乔乔三年前的照片，那个时候她还不太会打扮自己，加上没彻底长开，双颊有点婴儿肥。三年后，她不仅改变了发型，化妆手法也不错，脸也削尖不少，虽然差别挺大，但说整容，未免有点过分了。

说她拿时肖当备胎的帖子，更荒唐。

最搞笑的是最后一条，居然说她大学时勾搭过时肖，还跟鹿哲有染。

原来，有人放出了三年前的一张照片。照片里，鹿哲低调地开着一辆私家车送她去学校。鹿哲坐在车内没有下车，但通过车窗不难看出是他。这张照片当年被老林压了下去，没想到时隔三年，重现江湖。

她还真的是……百口莫辩。

时肖工作开始忙碌，全国各地飞。

乔乔也开始着手创建公司。她在国内没什么志同道合的朋友，从办公地点到公司注册，全是她一个人忙活。新公司的办公地点定在三环别墅区内，很清静。

她给公司取名为“白熊翻译”。办公室一边装修，她一边招人。公司承接英语、法语翻译业务，招人时主要从英语和法语的口译、笔译能力综合来看。

她开的工资不低，很快公司招到十一个A大高才生。公司还没有装修好，乔乔允许他们在家办公，工资照常发。老板人好，给的福利不错，加上工作环境宽松，员工们很快进入状态。

他们已经做好进入新公司会做一段时间咸鱼的准备，毕竟新公司没有资源，很难接到什么大单。他们没想到在入职的第二天，公司就接到一笔大单——A市地铁运营集团总部海外项目的文字翻译工作。

公司人虽不多，但个个优秀。起初他们还质疑乔乔的能力，觉得她是依靠时肖才建立起这家公司的。可是很快，他们对乔乔改观，这个老板虽然年龄不大，但绝对有实力。

乔乔跟时肖分别半个月，每天晚上靠视频缓解相思。

这天下午，她在公司视察装修进度，时肖一通电话打进来，问她，有没有想他。

工地上声音太杂，她握着手机，往阳台走，噪音稍微小了一些。

她还没开口，低头看见别墅的院子里站着一个男人。

他穿着黑色休闲衣，戴着鸭舌帽和口罩。虽然看不清五官，但男人的身形乔乔再熟悉不过。他手里抱着一捧“满天星”，身子挺得笔直。

乔乔忽然笑出声：“想啊，很想。”

男人抬起头，看见站在二楼阳台的她，挥了挥手中的“满天星”，跟她打招呼。

别墅里还在装修，不能进，灰尘很大。她带着时肖去院子里的小凉亭坐下。时肖知道她这几天很忙，几乎没什么时间吃饭，不仅给她带了花，还带了下午茶。

她迫不及待地拆开饭盒，里面是她爱吃的榴梿酥。

她一边吃东西垫肚子，一边抬眼问他：“怎么想到送我花？”这是他们恋爱以来，时肖第一次给她送花。

“来看女朋友，总不能空着手。”他将花递过去。

乔乔从他手里接过花，发现花束里有一个首饰盒，她取出来打开，里面是一只手镯，用钻石点缀，吊了一只小白熊。这只小白熊的造型未免做得有点糙，与奢侈精致的钻石对比鲜明。

“喜欢吗？”

乔乔仔细看看白熊，又看看他，想到什么，问：“这只白熊不会是你自己做的吧？”

细心如时肖，如果是购买的成品，他不可能买这样不完美的东西。那么，只有一个可能，这只小白熊是他手工打造的。

乔乔很快注意到他的手。发现他手指有几处伤口，已经结疤。

时肖默认，眼神代表一切。乔乔感动，捧住他的脸，亲上去。她将手镯塞回他的手里：“白熊先生，请帮我戴上白熊。”

手镯被戴在了她纤细的手腕上。

她将手抬起来，举过头顶，放在阳光下打量，钻石在阳光下闪着光，如梦似幻。

巧的是，当天晚上他们双方的家人也来了 A 市。

时肖的妈妈离世后，他的爸爸时舟就退出了娱乐圈，一直定居在国外。当天下午时舟回国，在机场被人认出，掀起了不小的风波。

时隔这么多年，时肖唯一的变化大概是目光更清冷。

双方的家人不约而同地来到 A 市，目的可想而知了。两个年轻人在一起后，就没跟家里提过关于彼此的事，家人们都怀疑新闻是假的。

他们打电话问情况，两个孩子也支支吾吾，说得模棱两可。他们实在着急想知道两人的进度，便约了一起来 A 市，打算问个明白。

乔乔担心长辈们在饭桌上逼婚，于是让时肖在家里设宴，另外邀请了鹿哲、南柯、老林和孟棠。有朋友在，他们总不至于……逼婚吧？

晚宴由时肖亲自掌勺。

南柯见到时舟，激动得双腿发软，这可是远古级别的男神啊！

她坐在客厅的沙发上，望着站在阳台上与庄先生、庄太太聊天的时舟，强压着激动，低声问孟棠：“孟姐，乔乔是庄先生和庄太太的女儿？那她跟时肖岂不是青梅竹马？”

“是啊。”孟棠往嘴里塞了一颗樱桃，解释说，“他们两个从小一起长大，所以，网上那些乱七八糟的八卦都是空穴来风。”

南柯激动得一颗心狂跳不止，她握着孟棠的手，连声音都在颤抖：“怎……怎么办，孟姐，我现在有点激动，待会我是要跟时舟、庄先生、庄太太一起同桌吃饭吗？”

孟棠笑得温和，拍拍她的手，准备安慰两句，却被一旁的鹿哲先抢了话头。男人讥讽道：“乔乔这姑娘，怎么什么乱七八糟的朋友都往家里带？”

南柯闻言，攥紧拳头，有点想揍他。虽然喜欢了这个男人很多年，但依然压制不住想揍他的冲动。

失忆了不起？

不仅南柯，老林也有点想揍他。

真不是个男人啊！想当初他为了博得南柯的好感，干了多少蠢事？如今倒好，好不容易得到人家姑娘的心，自己却忘得一干二净。这姑娘得多伤心啊！

厨房里。

时肖系着乔乔挑选的粉色围裙，手起刀落，将土豆切成细丝。

乔乔靠在厨房的门框上，看了眼客厅，戳着时肖的腰问："时肖，说好的爱刻进骨髓呢？可是，为什么鹿哲叔叔看见南柯就一脸不耐烦？"

"……"他轻咳一声，搂住她的细腰，往里面一带，顺手拉上磨砂玻璃门。

他将乔乔压在门上，拿鼻尖抵着她的额头，小声说："别人的感情我看不太准，也看不通透。但是——"他顿了一下，俯身吻住她的额头，"我保证，我对你的爱是刻进骨髓的。"

"肉麻。"乔乔双手抵在他的胸膛，推了他一把，"好了，去做饭，外面的人可都等着呢。"

"那就让他们多等一会。"他含住乔乔的嘴唇，这半个月不见的思念都随着这个吻而彻底喷发。

厨房外，人声嘈杂。

厨房内，乔乔的心狂跳不止，手抵着他的胸膛，又推了一把："时肖……长辈们都在，你……"

"一分钟。"他的嘴唇贴着她的耳郭，轻轻地说。

他只亲一分钟。

男人的气息喷洒在她的耳朵上，温热，一种酥麻直透心间。

她别过头，时肖却用手指捏住她的下颌，将她脑袋摆正，又吻下去。两人都沉浸在久别重逢后甜蜜的吻中，突然，乔乔身后的门被敲响。

她吓得浑身一颤，仿佛做了什么亏心事。

乔妈隔着一层玻璃门问："时肖、乔乔，饭还要等多久？"

乔乔吓得立时推开时肖，喘着粗气，结巴道："快……就快好了。"

乔妈哦了一声："快点啊，你时舟叔叔还没吃午饭呢。"

"哦……好的。"乔乔将时肖推回灶台，让他继续切菜。她替他洗菜打下手，红着脸，瞥了一眼时肖，小声问他，"我们待会……该怎么交代啊？万一他们逼问我们是怎么在一起的，该怎么回答？"

双方的家长同时驾到，用意很明显了。

事实证明，乔乔没有想太多。大家刚落座，乔妈甚至不在意有外人在，直接开口问他们："乔乔，你跟时肖，就没有什么要跟我们说的话？"

"说……说什么？"乔乔脖颈都红透了，结结巴巴，说不出话来。

庄先生脸上没什么多余的表情，语气平淡、清冷："你们什么时候在一起的？"

乔乔埋下头，扒饭，在饭桌下踢了时肖一脚，示意他赶紧救场。

时肖会意，伸手搂住乔乔的肩，对长辈们交代："不多做赘述，总之，我们在一起了。"

简简单单一句话，包含了很多事。时舟看着儿子，一脸冷静地问他："你跟乔乔，打算什么时候结婚？"

咯……乔乔被一口饭呛住。结婚什么的……她压根还没考虑啊。

这不是才刚开始谈恋爱吗？

时肖看了眼乔乔，说："尊重她的意见。乔乔还年轻，结婚的事，不着急。"

她松了一口气。对于现在的她来说，一心只想把公司做大，光明正大地打击沈祯的同时，让自己有个相对稳定的事业。

公司需要她来带领着步入正轨，今年正是关键时期。

所以，估计今年她是没时间考虑结婚的事了吧？

而时肖的事业也在转型中，也相对忙碌。

他想转行做导演，从荧幕前转至荧幕后。时肖已经在筹备拍摄一部都市奇幻轻喜剧《我的白熊先生》，预计下半年开机。对于这部电影，粉丝们都抱以期待，毕竟是时肖导演的第一部作品。

这部电影的男主角目前已经私下定了鹿哲，而女主角定的是南柯。鹿哲的吸金能力不必说，由他担任男一号，电影票房不会差，等《听风》播出后，南柯的热度也会上去。

他们都这么忙，结婚什么的……在感情稳定的情况下，至少得等个几年吧？

见两个年轻人对感情这事这么打太极，乔妈有点不开心，说："我说，你们两个年轻人该不会只想谈恋爱不想结婚吧？不以结婚为目的的恋爱，那都是要赖皮，你们这样可不对啊。"

这貌似是一场家庭研讨会啊……南柯这个外人倒显得特别尴尬了。

不过，好在，饭桌上不止她一个外人。

她低头认真吃菜，却和鹿哲同时夹住一块排骨。

她抬眼看鹿哲，对方没有要撒手的意思。她的小脾气也上来了，坚决不松。

她想到这个男人突然失忆，也想到这个男人曾经想方设法地撩她，终于把她撩得溃不成军时，却将她忘记。一想到这些，南柯就恨得牙痒痒，撩完了就跑，算什么！

她此刻蹙着小眉头，夹着排骨不撒手。

餐桌上两人针锋相对、剑拔弩张。南柯没忍住，在餐桌下踢了他一脚，用恶狠狠的眼神警告他：撒手！

这是头一次有人敢挑战鹿哲的威严。他皱着眉，用冰冷的眼神反过来警告她：你撒！否则，别怪我不客气。

餐桌上，大家的注意力本来在乔乔、时肖的身上，这会又都集中到了鹿哲、南柯的身上。

乔乔拿胳膊肘撞了一下时肖，示意他去看大眼瞪小眼的两人，并用眼神问他：说好的爱刻进骨髓呢？为什么会变成这样？

过来人乔妈也给庄先生使了个眼色：瞅瞅，看来大鹿好事将近。

庄先生往她碗里夹了一块鸡腿，用眼神回复她：我的情敌，终于能嫁出去了。

庄太太不太满意地瞪他一眼：什么情敌？说过多少次，大鹿是我弟！是我弟！

这一餐饭，因为有鹿哲和南柯分散了大家的注意力，所以，乔乔和时肖反倒全程轻松。

洗碗的时候，乔妈将乔乔拉到一边，问她："你鹿哲叔叔跟刚才那个姑娘，怎么回事？"

乔乔将鹿哲失忆变成十四岁少年，准备跟南柯告白时却突然恢复记忆的事，大致跟她讲了一遍。乔乔感慨道："糖姐，你说鹿哲叔叔是不是太可怜了？"

乔妈感慨道："是啊，太可怜了。好不容易喜欢一个姑娘，却在告白前夕忘掉了她。话说回来，那个叫南柯的姑娘才是最惨的吧？她现在的心情，大概就是中了五千万却失去了兑奖机会的感觉吧。"

"她才不在乎五千万，她只在乎鹿哲叔叔。"乔乔一顿，又说，"在她心里，鹿哲叔叔是无价的。"

晚上，母女俩说了很多话。

乔乔窝在妈妈的怀里，想起了小时候很多事。

她和时肖已经长大，爸爸妈妈却依然恩爱如初。十年、二十年之后，她和时肖也能这样吗？

她不知道，但现在，只要想到能和时肖一辈子在一起，心里就觉得很甜、很美。

大概，这就是爱情吧。

她感谢上天出现奇迹，让她知道，原来在生活里，她拥有一个白熊先生，一个对她很好很好的白熊先生。

第二天一早，时肖和鹿哲去公司谈工作，乔妈也有点工作要处理，没办法陪女儿，便让庄先生去陪女儿逛街，给她买点衣服。

庄先生经常陪妻子逛街，倒是很少陪女儿。为了配合女儿，庄先生特意脱去西装，换了一套黑色休闲套装，仿佛回到了青年时期。

乔乔挽着他的胳膊，走进奢侈品商场。

庄先生很会保养，不仔细看，你几乎看不到他脸上的岁月痕迹。父女俩站在一起，年龄差距看起来不超过十岁，走在一起不像父女，成熟稳重的男人和少女萝莉，看起来就像一对情侣。

乔乔很久没有逛街，也很久很久没有“宰”过老庄。

她拉着老庄走进包包店，看见什么合眼缘，随手一指：买！

她又拉着老庄去买衣服，不断地试今年的新款。庄先生看着女儿身上那些露胸露肚脐、裙子短到大腿根部的衣服，皱着眉摇头。

乔乔表示无奈，最终买了一些店里新上的保守款。

跟亲爹逛街虽然可以肆无忌惮地买……但是，买衣服压根没办法随心所欲！

她发微信跟时肖吐槽自己的亲爹是保守派，结果时肖回复：“跟我逛街，你买那些衣服，我也会不高兴的。”

乔乔："……"

南柯听了她的吐槽，笑道："你这个惨痛的教训告诉广大女性，逛街千万不要带亲爹和亲男友，带上他们的卡就行。"

乔乔心里苦。

晚上时肖回到别墅，双方的父母已经回家。

长辈们得知两个孩子是真的在一起，也就安心回去了。

客厅的沙发、茶几上，堆满了乔乔小姐的包和衣服。乔乔一边清点买来的包和衣服，一边跟时肖吐槽："我自打回国就没这么痛快地逛过街。"她拿起一个新款包包，问时肖，"这个包包好看吗？"

"嗯，好看。"时肖目光所及之处的包，价格都不低于六位数，她手上这款包的价格已经上了七位数。

看来，他的乔乔小姐真的是压抑很久了。她今天倒是彻底释放了自己的购买欲。

乔乔收起包，对他说："对了，时肖，我们的办公室已经装修好了，你要去参观吗？"

"我得去录个节目，宣传下新电影。"

乔乔一脸失落，很快又调整情绪问："你去几天？我陪你。"

时肖伸手揉揉她的头顶，嘱咐说："那你准备下，地点在厦川，去半个月。"

"嗯，好。"

乔乔迅速起身，回房收拾。挑了几件新衣服塞进行李箱，她打量了一番房间，目光最终定在书架上那排白熊玩偶上，她取下一只，放进行李箱。

她喜欢这些白熊玩偶很多年，从前叫它们"老公"，从未给它们取过名字，现在这些白熊玩偶统一都有了新名字。

它们叫——时肖。

乔乔收拾好行李箱，兜里的手机开始震动。

她掏出手机，是南柯发来的微信。

南柯：“乔乔，你跟庄先生逛街被狗仔拍了，而且一通乱写！”

乔乔迅速登录微博，发现微博头条热门全被她霸占。

#时肖女友与神秘男人暧昧逛街，消费高达四百万#

#时肖女友疑似劈腿富豪#

#乔乔小姐与神秘富豪逛奢侈品商场，举止暧昧#

新闻配了一张她的照片。她挽着老庄的胳膊站在电梯上，回头看后面，脸被拍下，而老庄只被拍了一个背影。

网友看到消费金额都震惊了，这个神秘土豪也太舍得了吧！

当然，时肖的粉丝也都炸了。

粉丝1：“我要爆炸了！我的时肖宝宝居然被戴了绿帽子？呵呵，这女人三年前没答应我们的时肖宝宝，三年后却又突然跟我们时肖宝宝在一起，为什么？因为一直拿我们时肖宝宝当备胎呢！”

粉丝2：“……太恶心了！渣女！早就看出她不是个好东西！”

粉丝3：“这种烂女人也有人给她埋单？”

粉丝4：“我的男神也给她买过不少东西吧？这个神秘富豪到底是谁？怎么想的？居然给这种女人买这么多东西！”

粉丝5：“心疼我的男神，真的很生气，我要炸了啊！”

历经数次被骂小三事件后，乔乔删光了微博。气愤的粉丝无处可骂，只能在自己的微博下不断刷着#乔乔小姐表里不一#的话题。

看见这些微博，乔乔可以说很淡定了。

既然选择了和时肖在一起，就要做好随时被黑的准备，谁让她男朋友是全民男神呢？

她还在想这件事要不要发微博澄清，时肖已经先她一步发出一张律师函，起诉带舆论的微博营销号，并说道："污蔑人全靠一张嘴，我奉陪到底。@庄太太的庄先生 @一只小白熊"

2.

"一只小白熊"是乔乔的微博，而"庄太太的庄先生"大家也不陌生，这个男人几十年宠妻如一日，长得帅、颜值高，是庄氏集团董事长。这样有钱又有颜值而且宠妻如命的男人，是影响了近三代人的全民老公。

大家都不明白，时肖 @他做什么？

很快有粉丝认出，被乔乔小姐挽着胳膊的男人，就是庄先生！

众网友心碎，怎么回事？宠妻如命的庄先生出轨了？可转念一想，又觉得不对，如果照片里的男人真的是他，时肖怎么可能在这种时候 @他？

全民老公庄先生已经好几年没有发过微博，但粉丝数一点没少。

很快，庄先生转发这条微博，并说："陪女儿逛街，没想到闹出这么大风波。律师函已经备好，各位造谣的媒体，保重。"

粉丝震惊、疯狂。

乔乔小姐居然是……庄先生的女儿？天哪……爆炸性新闻。

粉丝 1："太太太震惊了！坊间一直传闻庄先生和庄太太有女儿，但一直没有媒体公布过他们女儿的照片！没想到啊，没想到，万万没想到。所以，乔乔小姐跟时肖是青梅竹马吧？毕竟庄先生和时舟很多年前就认识，而且两人的关系不错。"

粉丝 2："所以，网上爆料乔乔小姐大学时勾引时肖，又恬不知耻地勾搭鹿哲都是谣言？唉，我的妈，散了散了，都散了，打脸了，打脸了……人家鹿哲和庄太太以姐弟相称，多少年的关系了，按辈分，乔乔小姐得叫鹿哲一声叔叔。”

粉丝3：“震惊了……蒙了……所以，我们看的那些八卦帖，没有一个是靠谱的？”

粉丝4：“乔乔小姐还真的是——人生赢家，给跪了。我等吃瓜群众退散吧，人家是青梅竹马。”

粉丝5：“所以，之前传言乔乔小姐小三上位也是假的了？陆琦的粉丝们，打脸不？脸疼不疼？”

乔乔的身份浮出水面。鹿哲也转发微博：“无良媒体，颠倒黑白，污蔑一个小姑娘有意思？等着收律师函，告到你倾家荡产。”

粉丝们大呼：“鹿哲好帅啊！”

这件事，乔乔没有发任何微博，全程静静地围观。

她也没必要再澄清了，有时肖、有老庄，还有鹿哲齐齐为自己发声，那种被全世界宠着的感觉很幸福。

虽然私信里依然有黑粉接连不断地对她进行人身攻击，可那又有什么关系呢？

她爱的人爱她，这就够了，她堵不住悠悠众口，但可以摆正心态，无视那些总用恶意揣测他人的“键盘侠”。

午夜时分，乔乔发了一条朋友圈。

“感谢所有爱我的人，是你们让我无所畏惧。”

有他们在，即使天塌下来，她也无惧。

乔乔和时肖的关系公布后，她就不断地上微博热搜，现在又有庄先生和鹿哲转发微博，她，彻底火了。

某些乱七八糟的谣言，也不攻自破。她的粉丝数从一百狂涨到一万，再到十万、六十万……

微博粉丝数增长的速度，她自己都怕。

后来微博系统自动给她加了 V，认证是：网络红人。

于是，她就这样……变成了网络红人？乔乔对网络红人这个认证很嫌弃，于是改成了“白熊翻译 CEO”，够高大上了吗？有那么一点配得上时肖的身份了吧？

大概是因为名人效应，不少人才来她的公司面试，公司业绩也直线攀升。由于业务逐渐增多，最后别墅办公区都不够用了，无奈之下，她只好去跟老庄借了间分公司的办公室。

A 市以及周边市区的翻译招标，乔乔一个也不落下。但凡是沈祯公司要投的标，无论大小，她全都参与。她是铁了心跟他杠上了，她咽不下沈祯欺负时肖的那口恶气。

虽然事情过去了好几个月，但她依然记得沈先生在楼道里威胁时肖的恶毒嘴脸。

由于乔乔的公司过于强势，沈先生的公司垂死挣扎半年后，宣布倒闭。沈先生宣布破产前，给乔乔打了个电话，想约她出去谈一谈。

乔乔语气冷漠：“谈什么？沈先生，我和你好像并不熟。”

沈祯皱眉，声音里有点绝望：“乔乔，你有必要做得这么绝？我一步一步打拼，这个公司好不容易步入正轨，你真的这么狠心？你含着金汤匙出生，你是富豪千金，就可以随意践踏他人的自尊吗？”

乔乔反问他：“所以，沈先生是觉得，您这种含着粪出生的人，就有资格利用人、诬陷人，甚至差点害死人？您别搞笑了。”

她将电话挂断，觉得这人已经无可救药。事到如今，他居然没有反思自己，而是一味地指责他人。

她当时到底多眼瞎，才会看上他？

来年开春。时肖导演的《白熊先生》开机，他正式退居幕后，不再接任何新戏。

这部电影讲述的是大明星肖白遭遇奇幻意外，变成北极熊，被女孩孟南南拾回家喂养的故事。是喜剧，男一号由鹿哲饰演，女一号由南柯饰演。

《听风》播放后，南柯饰演的恶毒女配意外出彩，用演技圈了一大群铁粉。而陆琦因为蹭时肖热度事件，口碑下滑，在这部剧里并没有掀起什么大水花，网上关于这部剧的讨论，女二号南柯的热度远远超过了她演的女一号。

乔乔去《白熊先生》剧组探班，她到的时候，鹿哲和南柯正在拍最后一场久别重逢的吻戏。

这场吻戏他们已经拍了一上午。乔乔在时肖旁边坐下，看向拍摄现场。

南柯面红耳赤，气急败坏道："你到底会不会拍吻戏？重拍了这么多次，你不嫌丢人吗！"

现场的工作人员蒙了：……居然敢怼鹿哲？活得不耐烦了？

鹿哲眉眼淡淡，语气冰冷地回怼："抱歉，我还真不会拍，对着你，我真亲不下去。"

"你！"南柯攥拳，想揍人。

当着这么多人的面，他居然说出这种话，有没有一点绅士风度？

鹿哲：抱歉，绅士风度这东西，我对你没有。

乔乔看着现场剑拔弩张的氛围，捏了捏眉心，表示无奈。她扭过头一脸忧郁地看向时肖："说好的爱刻进骨髓呢……两个人都拍完了一部电影，关系居然没有一点改善。"

时肖也表示很无奈。他也很绝望……

南柯大概是被鹿哲气过了头，踮起脚，揪住鹿哲的双耳，将他的头往下一扯，不由分说地亲了上去。

鹿哲本想推开她，可这一记吻仿佛被赋予了魔力，像绵密的细雨将他的心脏浇得一片湿润。对这个女人，他分明是厌恶的，可又为什么对她的吻无法拒绝？

此刻的他仿佛不再是他。他主动搂住女孩的腰身，开始回吻。

两人在拍摄现场吻得难舍难分，非常贴合剧本的桥段。两人真的就好像是阔别许久的情侣，吻得有点小俏皮，也让人心神荡漾。

乔乔看得呆了，刚才还针锋相对的两个人，这么快就入戏了？

这个片段完美通过，随着时肖一声“咔”，两人出戏。他们松开对方，各自背过身去，一脸嫌弃地擦嘴。

凌晨三点左右，《白熊先生》算是彻底杀青了。

晚上，时肖请演员们吃饭。加上主角和配角，包间里的一张圆桌被坐满。

乔乔坐在时肖的身旁，鹿哲与南柯是主演，所以两人挨在一起坐。

鹿哲也不知怎么回事，但凡跟这姑娘在一起，就管不住自己的“幼稚”。在餐桌上，他跟南柯不约而同地夹到同一块排骨，两人互相瞪眼，眼睛里装着各种厮杀意味。

起初同组演员还不习惯南柯的性格，她居然敢跟鹿哲对着干，不想混了？

后来，他们渐渐发现，鹿哲好像有受虐体质，南柯姑娘越怼他，他好像越是乐在其中？鹿哲生气归生气，但也从来不报复，顶多回怼两句，不会真的为难人家姑娘。

此刻两人又在餐桌上用眼神互怼，大家都表示习惯了。

倒是乔乔，今天刚到，对于两人无声的互怼很不习惯。她撞了撞时肖的胳膊肘，低声问他：“他俩到底怎么回事？”

时肖给她剥了一只虾，剔掉虾线，放进她的碗里，说：“就是你看见的这样。”

“……”乔乔表示无语。

其实，时肖也不知道他俩到底怎么回事，觉得别扭，又觉得，在情理之中。

在餐桌上，免不了要被推着喝两杯。乔乔喝了几杯脸就红了，演员们抓着她问：“做时肖的女朋友是一种什么感觉？”

乔乔想了一下，回答说：“大概就是，今后的日子，连吃饭、睡觉、喝水都很甜的感觉吧。”

演员们一阵嘘声，起哄，又问时肖：“时导，有这么个漂亮的小青梅当对象，你又是什么感觉？”

时肖没有多加思索，说：“从未如此幸福过。”

他说得很平淡，语气却又非常认真。

男人说完，握住她的手。

感觉到男人掌心传递而来的温度，她的心窝里一暖，也同样觉得，从未如此幸福过。

酒过几巡，乔乔出去接助理的电话。

她喝得有点微醺，靠在外面的阳台上，一边吹风，一边与助理通话。

助理跟她分享喜讯，他们拿下了一个大型工程项目的翻译招标。这个招标项目，乔乔自己跟了很久，参与竞标的还有几家资历不错的大公司，本来她以为胜算不大，却没想到意外地中标了。

助理说：“另外两家跟我们竞标的公司，涉嫌贿赂，被撤了，所以让我们捡了个便宜。对了，老乔，今天有人给你寄了一封信件，我以为是工作邮件，就拆开了。结果，你猜怎么着？”

“怎么了？”

“居然是一封恐吓信件。上面有手绘的血腥画面，还有一只死老鼠。”助理叹了一声，“我已经报警了。不过，咱们每天去各地投标，得罪了不少人，被恐吓也挺正常。”

乔乔心猛地一跳，总觉得没那么简单。她嘱咐说：“你们小心点。”

“嗯，老乔，你才要小心点，公司的那群猴儿，很好奇你这次过去探班，什么时候能回来，他们可都等着你回来请吃饭呢。”助理在电话里调侃道。

公司员工的年龄也都不大，许多和乔乔同龄，是一群朝气蓬勃的年轻人。

乔乔被他们叫庄总不太习惯，叫乔姐，又总觉得老气横秋，索性让他们叫自己“老乔”，有亲切感，也没那么俗气。

乔乔接完电话，往回走时，撞到一个佝偻着身子、低着头的男人。

她的肩被撞疼，等她抬起头，回头去看那个男人时，对方已经匆匆离开。

是熟人吗？乔乔摇头，不太可能。

虽然没看见正脸，但她认识的人里，不会有这么气质颓然的男人。

3.

青山影视城是千年古镇，附近的酒店设施极差，剧组干脆在村庄租了几栋两层的木屋。

晚上，乔乔跟着时肖回了农家小木楼。她上去参观了一下，布置古色古香，环境还不错。她推开窗，听见隔壁有哭声，是……南柯？

她仔细听，还有鹿哲叔叔的声音。

鹿哲和南柯都喝得微醺，在走廊里相遇，南柯耍酒疯，不顾助理的拉扯，朝鹿哲冲过去。

女人发疯似的扑上来，鹿哲还以为这女人对他厌恶到了极致，想揍他。他没来得及躲，女孩已经揪着他的双耳，跳起来，用双腿盘住他的腰，跟牛皮糖似的挂在了他的身上。

鹿哲被一个女人这么“投怀送抱”，气愤至极，怒道：“撒手！”

南柯打了个酒嗝，脸蛋红扑扑的：“不撒！”

“愣着干什么？还不过来把这个疯女人拉开！”鹿哲冲着助理吼道。

助理愣了一下，哦了一声，赶紧过去拉南柯，试图将她从鹿哲的身上拽下来。

然而助理越用力，南柯就越疯狂、越撒泼，抱得越紧。她干脆一口咬住鹿哲的肩，毫不留情地咬。

“……”鹿哲吃痛，大叫出声。高冷男神的形象全崩了！

老林听见动静上了楼，看见这样的情景，并没有急着上去帮忙。

鹿哲身上挂着牛皮糖，一脸崩溃。老林却站在那里，神色有点幸灾乐祸？鹿哲狠狠地瞪老林一眼：还不赶紧过来帮忙！

老林一拍后脑勺，想起什么，招呼两名助理说：“啊，突然想起来，我睡的房间没床呢，你们两个跟我下楼，帮我搬床，快点。”

他招呼两名助理离开，故意给两人留下独处的空间。两名助理也都会意，麻溜地跟着走了，留下鹿哲和他身上的牛皮糖。

鹿哲：“……”老林你给我等着！

所有人都离开，南柯姑娘挂在他的身上，依然揪着他的双耳。她的头重重地砸在他的肩头，疼得“嗯”了一声，然后就突然哭起来。

她一把鼻涕一把泪，控诉鹿哲的罪行：“你浑蛋！你浑蛋！你说过要亲口告诉我真相，结果呢？你个骗子！”

“……够了。”鹿哲被姑娘蹭了一肩鼻涕，皱着眉，怒气已灌满胸腔。

南柯又哭起来，这哭声，有撕心裂肺的趋势。

他深吸一口气，无奈之下，只好抱着这块“牛皮糖”回了房。

他将“牛皮糖”抱到床上，“牛皮糖”却揪住他的双耳，用力往下一拽，他的身体不受控制地倒下，压在了她的身上。

他结实的胸膛感受到……姑娘的身体很柔软。

两人的面颊仅半拳之距，他能清楚地感觉到女孩的呼吸。她的呼吸很柔软，似有淡淡的香。姑娘涨红着脸，泪眼婆娑地望着他。

这一刻，鹿哲体内仿佛有另一个人格，不断地对他说：亲下去，亲下去……

他觉得自己疯了。他怎么会有这么疯狂的想法？

女孩死死地拽着他的双耳，不让他起身。他皱着眉，冷声警告她：“松开。”

女孩摇头，抿着嘴道：“不松！”

鹿哲的眼神变得阴郁：“你到底想干什么？”

“亲你！”

说完，女孩拽着他的双耳往下一扯，他的唇齿磕在了女孩的嘴唇上。

女孩顺势开始吻他。

他反感这样主动投怀送抱的女人，对这种女人，他也一向有抵抗力，会毫不犹豫地拒绝。可是对南柯，他到底怎么了？一步步容忍，导致她肆无忌惮地越了界。

他的脑子里突然浮现出一些模糊的画面，却又看不清到底是什么，只觉得心里一片黏湿，想抱紧身下的女孩。

接吻到一半，姑娘突然停止，拽着他双耳的手也垂下。

他低头看身下的姑娘，突然清醒过来，坐直了身体。

鹿哲盯着姑娘恬静的睡容，心里居然漫上一丝甜蜜，摇头轻笑出声。这么一看，她倒是有点可爱？

他替南柯盖上被子，准备离开，手腕却被姑娘抓住。南柯仿佛做了什么噩梦，脸颊一片潮湿。她在哭，呓语道：“鹿哲，你不要忘记我……”

他看着这姑娘，忽然有点心疼，最终还是将手抽出来，离开了房间。

由于房屋是木质结构，第一层与第二层之间的隔音效果很差。乔乔靠在窗边，听了一会隔壁的动静，被时肖拉开。

时肖打了洗脚水，放在她跟前，一边挽衬衣的袖子，一边示意她坐下。

乔乔坐在木质板凳上，将双脚放进热水里浸泡。

时肖知道她今天过来走了不少路。她大概也没想到这里的路这么难走，穿了高跟鞋，导致脚趾与脚后跟被磨破，有点惨不忍睹。

时肖替她洗脚，用独有的手法替她按摩，最后替她脚后跟以及脚趾被磨破的部位贴上创可贴，抱她去了床上。

他将她放下，整个身子覆上来，嘴唇凑在她的耳根摩挲，用呼吸将小姑娘的脸烫得通红。

她不适应地别开脸，害羞道："别对着我呼吸，痒……"

时肖的手搁在女孩的腰部。她敏感地扭动了一下，睡衣向上扯了一点，露出肚脐。屋里凉飕飕的，他拉过被子给她盖上，手脚开始不老实，探进她的衣服里。

乔乔被他弄得很痒，在他怀里拱来拱去："时肖，你过分了啊！快把手拿出来。"

时肖凑近她，在她的鼻尖落下一吻，又吻住她的唇。

吻来得猛烈，没一会儿，乔乔浑身发酥，安静下来，仔细地享受这个绵密的吻。思念在此刻膨胀成占有欲，他们被一股奇妙的力量相互拉扯，最终贴合在一起。

乔乔的第一次，没那么疼，至少，没有她想象中的那么疼。

在床上，时肖很照顾她，轻咬着她的耳朵，不停地叫她："乔乔，乔乔。”

他的声音很温柔，她真的无法抵抗这个男人的诱惑。

大概是因为拍了一天戏太累，男人很快就睡了过去。乔乔被他折腾了半夜，反倒没了什么睡意。她穿上衣服爬起来，到书桌前看了一会招投标的文件。

看完，合上电脑，她一晃眼就看见搁在一边的手账。

因为好奇，她拿过来仔细端详。

手账外封是很单调的复古羊皮，别了一支黑色钢笔。

她打开，翻开第一页。原来是……时肖的生活笔记。她正打算合上，不该窥探他的隐私，却从里面掉出一张照片，吸引了她的注意力。

照片上的她只有六岁。她挂在小哥哥时肖的身上，一双小胖腿缠着小哥哥的腰，侧过脸望着镜头，笑得很灿烂，露出一口豁牙。

时肖则低头看着她，一脸无奈，双手却紧紧地托住她的小翘臀，怕她掉下去。

看到这张照片，她不由自主地笑出声。原来在很小很小的时候，她就这么依赖时肖。

她将照片夹回笔记本，看见翻开的那一页写着“里昂”。

她看了眼时间，居然是她在里昂读书的那段日子。因为好奇，她仔细往下看。

“今天找到了小姑娘。她和同学在酒吧，我靠在离她不远处的柱子上抽烟，一根又一根。我犹豫着要不要上前去跟她打招呼，告诉她，我来了。最终，我决定离开，就让小姑娘快乐地过几年吧，不要让我成为她的烦恼。

“小姑娘总是习惯睡懒觉，从不去食堂吃早餐，我很苦恼。我决定每天给她送早餐，可惜我工作太忙，不能亲自去送。我雇了一个黑人小哥，让小哥假装暗恋她，生活里给予她很多帮助，也在暗地里为她送早餐。小哥总跟我吐槽，假装暗恋一个黄种人，心很累。我又何尝心不累？总是担心乔乔喜欢上黑人。但如果我雇佣女孩来照顾她，她迟早会怀疑，所以，忍忍。

“小姑娘和同学出行去西班牙，我正好休假，也跟着去了，假装跟她一起旅游。

“没想到她们会遭遇抢劫，幸好没事。我替姑娘们安排了住宿，也替她们买了回去的机票，希望姑娘们不要因此影响了旅游的好心情。

“乔乔怪病复发。我猜她没做演讲需要的PPT，熬了一个通宵替她做出来……结果，她果然用上了，我很欣慰。”

……

男人的字迹潇洒，文字里却透着诸多无奈。

傻时肖，我早就原谅你了，你为什么不告诉我，你是匿名先生？在里昂的那三年，你为什么要将自己藏得那么好？

她回到床上，钻进被窝，抱住男人的腰身，贴着他的胸膛小声说：“时肖，我以后再也不离开你，以后乔乔会努力变强，保护你、守护你，一生一世。”

不知从何时起，她的小哥哥，变成了她生命里不可或缺的存在。

她想像小时候一样，挂在他的身上，做他的牛皮糖。

她想兑现小时候的诺言，做他的妻子。

睡到半夜，一股浓烟飘进来，呛得乔乔皱眉。

她闻到烟味立刻坐起来，发现屋内黑烟弥漫。她意识到不妙，试图拍醒时肖：“时肖，着火了！”

时肖很累，翻了个身，继续睡。

乔乔赶紧下床去卫生间取来两块湿毛巾，一块捂住自己的口鼻，一块捂住时肖的口鼻。她蹲在床边对着时肖的耳朵大叫：“时肖！我被非礼了！”

这招果然奏效，某人几乎条件反射地坐起来。他脸上的睡意未散，却是一副要吃人的样子。

乔乔隔着一层湿毛巾告诉他：“赶紧起来，着火了，我们快点下楼。”

时肖愣了一下，反应过来，掀开被子立刻下床。

他只穿了一条短裤，也顾不上穿衣服，直接将乔乔打横抱起来，光着脚就往楼下跑。乔乔双脚离地，下意识地大叫一声。

楼道里看不见明火，只有浓烟滚滚。乔乔替时肖和自己捂着嘴，眼睛压根睁不开。

时肖对怀里的她说：“把眼睛闭上。”

她很听话，将眼睛闭上。

楼道、院子里声音嘈杂。老林在院子里拿木棍敲铁盆：“着火了！着火了！大家快醒醒！快醒醒！”

大家很快疏散到外面，只见主楼有间房燃起了火，很快有蔓延到其他房间的趋势。

时肖到了外面，放下乔乔，嘱咐助理清点人数。

助理说：“没看见鹿哥，他应该还在上面。”

消防员估计一时半刻也到不了，时肖也不敢贸然上去，借了一个手机给鹿哲打电话，那边却已关机。

老林指着起火的房间，一拍大腿大叫道：“那间房的隔壁就是鹿哥所住的房间！”

众人倒吸一口凉气。

南柯逃下来时没穿鞋，她光着脚朝老林冲过去，揪着他的衣领大叫：“你怎么不早说！”

老林话还没说出口，南柯姑娘已经松开他，朝着火的主楼冲了过去。

时肖追上去，准备将姑娘拉回来。到楼梯口时，他被火逼退，上不去了，只能退回院子。

由于楼是木质的，烧起来很快。

南柯逃的时候没有穿鞋，此刻双脚被火灼伤，疼得几乎不能走路。鹿哲的房间外已经有明火，门板犹如灶里的柴，烧得很旺，她不顾门板滚烫，一脚将门踹开，冲进去。

一块带火的木棍砸在她的肩头，虽然被她迅速抖落，皮肤却已经被烫伤。

她忍着疼痛，咬牙在房间里寻找鹿哲，一转身，看见站在卫生间，裹着湿棉被的鹿哲。

鹿哲看见她很震惊，话到嘴边还没问出口，女孩已经扑进他的怀里。

他醒来的时候门已经烧起来，从里面压根打不开。他裹着棉被躲在卫生间，等待救援，没想到等来的却是……南柯。

姑娘不敢耽搁，抓住他的手腕往外跑。

鹿哲将她罩进被子里，两人顶着棉被成功地逃到走廊另一端。

楼梯上的火势太大，他们无路可走。南柯看了眼下面的荷塘，水不浅，应该可以缓冲一下重力，她扭过头对鹿哲说：“跳吧。”

“嗯。”

南柯先跳，鹿哲随后。

荷塘很深。女孩沉入水底，有点窒息，她的腿抽筋，压根浮不上去，在水里挣扎着。

最绝望的时候，鹿哲游过来，将她抱住，带着她浮出水面。

鹿哲被呛了一口水，脑子里那些模糊的情节忽然变得清晰。

他跟这个姑娘在村庄里玩冷焰火，一起攀爬雪山。女孩教他乔装改扮，两人深更半夜背着经纪人去酒吧，去深夜的美食街，去感受城市里最接地气的烟火……

这些画面浮现在脑海，导致他的心脏一阵钝痛。

鹿哲带着南柯浮出水面。南柯的头露出水面，大喘一口气，正准备问他怎么样。话到嘴边还没开口，鹿哲便吻了上来。

此刻两人之间仿佛有无数根丝线牵扯，强迫着两人接吻、拥抱，身躯紧紧地贴合……

岸上的人看见这一幕都惊呆了。

这两人……历经火海一劫后，还相爱了？这也爱得太草率了吧！现场的小姑娘捶胸顿足，早知道被鹿哲爱上这么简单，她们就该冲进火海！

他们被抗上岸，坐在石凳上休息。

乔乔给南柯披上毛毯，以免她受凉，发现她脖颈和肩部有一大块烧伤，触目惊心，她惊呼道：“南柯，你的肩……”

众人这才注意到，女孩肩背上那块触目惊心的烫伤。南柯脸色苍白，笑了一声：“没事，我——”话还没说完，晕了过去，倒在了鹿哲的怀里。

消防车和救护车都已经抵达现场。鹿哲连忙抱起她，上了救护车，陪她一起去了医院。

等救护车离开，乔乔松了一口气，还好两人都没事。

第二天一早，媒体新闻就报道了时肖剧组所租用的小楼着火，导致一人受伤，警方已经介入调查。

当天下午，警方打电话让乔乔和时肖去趟警局。

警察告诉他们，疑犯被抓了，是沈祯。

乔乔一脸震惊地看着警察：“怎……怎么会是他？”

“据他交代，你让他走投无路，所以他一时冲动纵了火。”警察回答说。

乔乔已经惊讶得说不出话。少女时期见过的那样完美的学长，居然会变成今天这样？到底是什么，将一个好好的人变成了禽兽。

她见到沈祯的时候，男人很颓废，戴着手铐坐在那里，一脸胡子拉碴，仿佛变了一个人。

“意外吗，乔乔？”沈祯勾唇一笑，“是你把我逼上绝路，真可惜，你们都没被烧死。”

“沈祯，你疯了，你有什么资格判处别人死刑？你口口声声说是我逼你，可你在利用我的时候，就没想过要为此付出代价？”乔乔怒不可遏，额间青筋暴突，“你设计陷害时肖，让他变成熊，逼得他无路可走，甚至差点害死他。那时候你就没想过会付出该有的代价？你的公司破产，你怎么不想想自己的原因？竞标是公平竞争，你的公司比我的公司有资历，你在竞标上有绝对优势，可最后还是输给了我，你就没想过是自己的原因？只有没有担当的人，才会把失败的责任推给别人！”

沈祯双拳砸在桌子上，很激动，他红着眼睛道：“你懂什么！你这种从小养尊处优的富家小姐懂什么？你根本不懂我们为了得到优渥的物质生活有多困难，你根本不懂穷人在这个社会活得多么艰辛！”

乔乔冷哼一声：“我们生来无从选择，我感恩有老庄这样优秀的父亲，在我未成年时给予了我最好的成长环境。你的生长环境我不能感同身受，但出身卑微不是你做坏事的借口。沈祯，十八岁的我对你有好感，是觉得你很不同，我从不过问你的出身，是因为我觉得那些都和你本人无关。你用自己的努力获得让人羡慕的事业，你不觉得那很有成就感吗？你应该把心思放在如何让公司步入正轨上，而不是用些歪门邪道去跟人恶性竞争，也不该把公司倒闭的责任全怪在竞争公司的头上，如果不是你经营不善，你会连一家资历尚浅的公司都竞争不过吗？”

沈祯看着她，低下头，他的目光终于柔和下来，看着她：“乔乔，你有没有爱过我？”

“没有。”

她老实回答。

十八岁的她，对他有好感，觉得那就是喜欢，是爱情。可是现在想来，那只是敬仰、是欣赏。

一旦不再敬仰，不再欣赏，对他就什么感觉都没有了。

“沈祯，你生生将一手好牌打烂。即使公司破产，凭借你的能力，东山再起完全不难，找到一份好工作也不难。你为什么这么想不开？”

他曾经明明有机会拥有她。娶了她，他就有更好的事业，却被他错过。是的，他将一手好牌打烂了。

他不甘，不甘心。一切都是不甘心罢了。

他受不了乔乔和时肖幸福快乐地在一起。时肖那个怪物，怎么配得上她？怎么配得上？

他难道还不如一个怪物吗！

……

出来后，警察指了指自己的脑袋，告诉乔乔：“这人脑子貌似有点毛病，说什么要烧死白熊，烧死时肖先生，说时肖先生是个怪物。这人的背景我们也查过了，前两个星期，他姐姐在家里煤气中毒死亡，之后他的精神就变得不太正常。”

“他姐姐……去世了？”

“嗯。”

从警局出来，乔乔心里反倒轻松了。

蓄意纵火杀人未遂，至少坐牢十年以上。不过，这些都跟她无关了，沈祯这样的男人，压根不值得她同情。

第十二章

我的信仰，我的唯一归途

年底，《白熊先生》的发布会，南柯和鹿哲传出了绯闻。

两人在发布会后台暧昧，被人拍下来。

南柯穿着小礼服，不顾形象地将鹿哲逼到墙角，施行了“壁咚”。

鹿哲一脸惊恐，双手捂胸。

这张照片一流出来，引发了粉丝们的讨论。

网友1：“假的吧？我鹿哥怎么可能一副小娘子被袭胸的样子！”

网友2：“假的、假的，一看就是假的！我鹿哥那么攻，一般都是他壁咚别人！”

网友3：“对，假的，一定是假的。”

……

网友们一致认为这是假的，结果没过半个小时，鹿哲就在微博上晒出结婚证和一张两只手紧握的照片，并附文字：“老男人，嫁了。”

粉丝们：“……我的天，这是什么情况？刚有绯闻传出来就已经领证了！”

南柯很快转发这条微博：“娶了这个老男人，以后要好好拍戏，赚钱养家。（可爱）”

乔乔上微博看见这两条消息，差点没被自己的口水呛到。

这也太……迅速了吧？两人什么时候和好的？火灾那次？

粉丝们哭倒一片，逼问南柯到底是怎么拿下鹿哲的。粉丝们的好奇心胜过悲痛欲绝的心。

到晚上，鹿哲又发微博说：“她是我的骑士。”

粉丝们：“……骑士？不会吧，南柯那小姑娘能做鹿哲的骑士？应该是他的公主吧！”

因为鹿哲的经历，他的粉丝都很拥护他。粉丝们从他的歌里能听出他孤独的过往，他终于结婚，粉丝们只能含泪祝福。

所有的粉丝此刻都在想：为什么鹿哲的骑士不是我？

南柯和鹿哲急着结婚，婚礼也赶在了春节前。

婚礼上，时肖担任伴郎，乔乔担任伴娘。

这场婚礼在海亚岛酒店举办，现场布置得很浪漫。新人在台上相互宣誓后，主持人问鹿哲，对新娘，有没有什么想说的话。

鹿哲取过话筒，握住南柯的手，说："感谢你能将我这个老男人带出孤独，让我尝到什么才是真正的爱情。前半生没能有缘遇见你，后半生我会用生命守护你，只守护你。我的骑士，我爱你。"

南柯落泪，她跟鹿哲经历了那么多，终于修成正果。

他的前半生，没有人爱他，那就让她，以后好好爱他、疼他、照顾他。

……

鹿哲牵着新娘退场，台上只剩下伴娘、伴郎。

突发情况让乔乔不知所措。新人退场……干什么？

她还在疑惑，身后的屏幕忽然亮起来，上面出现时肖英俊的脸。

屏幕里，是四年前的时肖。

他没化妆，似乎刚起床，打了哈欠，对着镜头打招呼："Hi，乔乔，今天是你到里昂的第一天，你还好吗？"

画面切换，时肖换了身衣服，妆容精致："嘿，乔丫头，今天是你到里昂的第十一天，想我吗？"

画面再次切换，时肖戴着头套，一袭古装白衣，翩翩公子，玉树临风。

他对着镜头，神色有点苦涩："乔乔，今天是你到里昂的第四十五天，我想你。抱歉，那件事，是我冲动了。我很想你。"

镜头连续切换二十八次。第二十九次时，出现的是全副武装的时肖，他戴着口罩、墨镜，将自己遮得严严实实。

背景是里昂国际机场。

他对着镜头打招呼，说："乔乔，今天是你到里昂的第三百二十三天，太想你，所以来了。"

这些视频片段，乔乔没看过。她离开的那几年，他经常这样拍视频，自言自语。她心里有点酸涩。

——时肖，既然想我，为什么不见我。难道我在你心里，是那么小气的人吗？

她的眼前一片模糊，脸颊湿润。

耳畔响起一阵清脆的吉他音，紧接着，是他温柔的歌声。

"纤柔的弯月慢慢升起，

殷红的晚霞已被取替，

你说你喜欢看星星。

我说，

我眼中有颗永恒的星，

那是温柔美丽的你。"

他唱完最后一句，吉他音并未停止，尾音一扫，用唱腔念白：乔乔，我爱你。

台下传来一片唏嘘声。

时肖抱着吉他走过来，单膝跪地，取出求婚戒指："乔乔，嫁给我。"

乔乔没想到他会在这种时候求婚，她窘迫地看了眼台下的朋友以及长辈，耳朵红得快滴出血来。

她用一只手捂住红透的脸，将另外一只手伸过去，点头同意。

时肖替她戴上戒指，起身抱住她，让她回身继续看屏幕。

上面突然出现了她小时候的照片。

她一岁的时候，骑在时肖的身上，笑得眉眼弯弯。

她两岁的时候，跟着时肖一起去上幼儿园。男孩比她高很多，他牵着她的小胖手，替她背着粉色的小书包。大概是因为男孩背粉色小书包太有趣，所以，被大人们拍了下来。

她小学毕业，时肖高中毕业。

时肖说，要来一次毕业旅行，乔乔也想来一次毕业旅行。他们在没有长辈陪同的情况下，推着行李箱去了美丽的圣托里尼和米克诺斯。

两个人在蔚蓝的海边合照。她穿着小碎花裙，抱着大男孩的腰，对着镜头笑得很灿烂。那个时候，她的个子只到时肖的胳膊肘。

仿佛又回到小时候，她穿着小公主裙，攥着时肖的手指摇晃。

她抬起小胖脸，眨着眼睛问他："时肖哥哥，乔乔长大后，嫁给你好不好？"

他说，好啊。

乔乔，我的姑娘。

漫漫一生，我的青梅是你，挚爱是你，妻子也只能是你。

你是我的终生信仰和唯一的归途。

后记

作为这本书的责编，我让草哥来写一个后记，她却给了我一句话——

后记：此书没有后记，请大家关注我的微博@萱草妖花。

Cheng Meng
Huan Xi

承檬欢喜

萱草妖花——作品

随《同学别将就 3》
甜·蜜·试·读
脑洞女王**萱草妖花**
再开奇幻萌爱新系列

她是叱咤体坛的风云人物，摇身一变，竟成贴身小助理

偶获特殊技能——看到陌生男人的世界

他是傲娇设计师，典型的完美主义者，
最大特点——重度腿控

美腿为饵，颜值作诱，见招拆招，招招撩人心！

上架建议：青春文学 | 畅销
ISBN 978-7-5594-1120-4
9 787559 411204 >
定价：32.00元

《承檬欢喜》

文 / 萱草妖花

故事简介

她是叱咤体坛的风云人物，摇身一变，竟成贴身小助理。

偶获特殊技能——看到陌生男人的世界。

他是傲娇设计师，为了新设计，在全国招募模特，却没有一双腿能入他的眼……

一次意外，他在浴室跌倒，梦见一个坐在浴缸里洗澡的女人。他看到女人修长的腿搭在浴缸边缘，甚至清楚地看见女人十根脚趾调皮地……动了动。

细节太生动，不像梦。

这双腿完全符合他的审美。 可是……这是谁的腿？

腿控男神 VS 长腿软妹

美腿为饵，颜值作诱，见招拆招，招招撩人心！

第一章
他的世界

巴黎医院，整层楼，仅 402 病房亮着灯。

隔壁 401 病房，季檬躺在病床上，辗转反侧，难以入眠。为了分散头疼的注意力，她坐起身，拉开头顶一盏欧式小壁灯，嗒的一声，黑黢黢的房间总算有一隅亮了起来。

小壁灯柔和的光线从她头顶洒下来，映亮她整张面廓。

季檬从枕头下摸出手机，手机屏幕的荧荧亮光映入她一双黑瞳仁，眼睛顿时像浸了水一样润泽。她打开前置摄像头，抿了抿嘴唇，仔细照额头的伤痕。

镜头里是一张非常漂亮的面孔。

她的脸部线条很柔和，巴掌脸，一双秀眉下是清润明亮的黑瞳，浓密的睫毛随着眼睛眨动而扑闪，大概因为对着镜头看得仔细，她不由自主地抿了抿小嘴。

她看见额角有一块伤痕，用指腹在伤痕周边肌肤轻轻压了压，不由得叹气，她的脸……

好心疼。

季檬在队里出了名的爱美。教练经常调侃她，不该来国家队，应该去娱乐圈，她也的确比一些当红小花要上镜。昨晚回酒店，季檬的车与一辆宾利车发生碰撞，她和宾利车上受伤的男人一起被送进这家医院。

男人住在她隔壁的病房。如果她没记错，隔壁病房的男人，应该就是国际知名的时装设计师司承。

这个司承在国内很有名。普通人拿娱乐圈明星当男神女神，而这个司承，是被娱乐圈明星捧为男神的人物。

能在国外和同胞发生车祸已经是小机率，而季檬居然跟司承发生了车祸。

檬E 都感慨了一句“好巧”。更巧的是，这个司承是她闺密秦颖的男神。

她正对着 头发呆，手机里跳出一条热门新闻：季檬无缘决赛，对记者大打出手。

她好奇地点进去，发现类似这个新闻标题的还有很多。

譬如“季檬温婉体坛女神人设秒崩”“季檬女神如何在一夕之间跌下神坛”“体坛玉女疑有金主，世界比赛只是玩玩”……

看见这些乱七八糟的标题，季檬捂住了脸。

记者们，咱能不能实事求是地写个新闻？她揉着胀痛的脑袋，想起了昨晚发生的事情。

昨天全国跆拳道女子 48KG 的决赛，韩国选手金在熙以一个击头动作结束比赛，以比分 3:2 战胜了她。

她从场馆出来被记者和粉丝围攻，一支支话筒纷杂地朝她塞过去，冰冷的话筒胡乱往她脸上杵，有人辱骂她“垃圾”“骗子”“体坛花瓶”“中国耻辱”。

有人甚至脱掉她代言的运动鞋，朝她扔过去。

还有记者问她：“三年前，你之所以拿下奥运冠军，是因为服用了违禁药品，这个传言是否属实？”

属实她大爷！

更难听更尖锐的问题钻进了她的耳朵，季檬忍无可忍，才一拳挥过去打落话筒。

她一双眼睛猩红，直视镜头，喝了声：“闭嘴！”

话一出口，季檬自己都震惊了，人生头一次吼记者！然而她的嗓音实在太细小，连发飙都像一只小奶猫。

奓毛的奶猫，没有任何威慑力。

大概以为她好欺负，有娱乐营销号记者故意将这段发飙的视频放上网，剪辑得恰到好处，彻底把她塑造成了一个无素质、对记者“大打出手”的泼妇。

这几年季檬被国家队捧得太高，对这次比赛，国民都对她抱以很大期待。她没进决赛已经让民众很有怨念，加上这段断章取义的视频，网络键盘侠以龙卷风的姿态迅速驾临她的微博。

网上有骂她没教养的，也有骂她丢中国脸的，什么难听的话都骂了。还好教练有先见之明，卸载了她的微博。

三年前，季檬拿下女子跆拳道 48KG 金牌，因为高颜值走红网络，一跃成为体坛颜值担当，被队里捧上了天。三年后的今天，网络暴力让季檬的名誉跌落谷底，连八岁小孩从电视里看见这段视频，都忍不住对她啐一口唾沫。

跟她合作长达两年的运动品牌撤销了合作。教练赶回国替她处理烂摊子，她则一个人留在异国医院养伤。

教练给她发来一条微信：“檬檬，退役后你出国上学吧。”教练将国内的情况大致跟她说了一下，国内网民目前对她成见太深，她在网络上的口碑暴跌。虽然国家队发了申明，但网友只相信自己所见的视频，没有人相信申明里的澄清。由于网上季檬事件发酵得过于厉害，教练甚至不允许任何在役人员替季檬在公众场合发言，能避则避，以免被网友攻击，影响比赛。

跆拳道协会的跆拳道馆已经将她拉进黑名单，在A市，没有跆拳道馆敢录用她。如果留在A市，她的事业前途可能会非常惨淡。

网上虽然也有脑残粉挺季檬，但很快，正面评论就被负面评论压制下去。以前也不是没有过争议，但是这次，负面声音比正面声音大太多。

网络暴力带给她的影响不止这一点，微信列表中很多同学将她拉黑，正尝试和她交往的于晨也突然发来微信："檬檬，对不起，我觉得我们不合适，关系到此为止吧。我已经找到了真正喜欢的女孩。"

本着宅心仁厚的心态，季檬发了一个笑脸过去。

这个笑脸显得有点深不可测，意味未明。

很快，她在朋友圈刷到了室友林霖的动态。

林霖和于晨脸挨着脸，俨然虐狗姿态，配以文字："今天二十二岁生日，脱单了。"

季檬头疼地关掉了微信。她这是算……失恋吧？

季檬大概也没想到，会在二十三岁这年栽这么大一个跟头。

她十二岁因为腿长优势，被国家队选进跆拳道项目，开始了运动员之路。

跆拳道这个项目严格按照体重划分，选手体重不能超标。季檬身高一米七五，体重48kg。作为女子跆拳道48kg项目的选手，她的体重不能超标，一旦超标，就没有资格参加这个规格的比赛。有些选手在赛前为了降体重，不吃不喝，甚至采取"毁灭式"减重方法。而季檬为了控制体重，从不吃主食，早些年身体处于发育阶段，因为严重营养不良，十六岁才进入经期。

现在她的身材依然单薄，虽然身高一米七五，但却给人很娇小的错觉。

国内她的黑料新闻满天飞，教练让她先留在巴黎医院养伤，等风头稍过再回国。季檬得承认，自己现在情况很糟糕，非常惨。

但第二天她还是非常乐观地偷偷溜出医院，去附近的美甲店做美甲。她挑了一款粉色底、彩色波点水钻蝴蝶结的浮雕美甲图案。

漂亮的指甲能让她有个好心情。

季檬这几年身体不太好，也早就厌倦了体坛生涯，很早之前就决定退役。在巴黎最后一场比赛，她本想完美收官，没想到因为最后这场比赛，被黑得体无完肤。

这场比赛她的确是尽力了，没有遗憾。

她做指甲的时候发微信给闺密秦颖，告诉闺密，她跟司承的车发生了碰撞，现在住在同一家医院，更巧的是对方就住她隔壁。

秦颖收到消息，回复："呵呵，你这是车祸脑震荡撞出了幻觉吧？我男神昨天晚上就回国了，天后肖静亲自接机。"

好吧。她真的不知道隔壁男人昨晚就已经走了。

司承红到什么程度？就连巴黎美甲店的时尚杂志上都印着他的照片。

季檬一边任由美甲师修剪她的指甲，另一只空手取过巴黎时尚杂志《VOGUE》，封面印着司承的照片，下面白底艺术字，大意是"D&M首席设计师，中国时尚圈第一人"。

封面是黑白色调，大概是光线的作用，男人五官英挺深邃，薄唇上是微微清晰的人中，照片经过后期打磨，五官几乎趋于完美。

照片上，男人微抬手腕，露出一排精致的犀角袖扣，一套高级定制西装彰显出他对服装的品位。

D&M是国际知名的奢侈品牌，也是国内唯一做高级定制服装的品牌。季檬对这位首席设计师有印象，他是林霖和秦颖的男神。

遥不可及的那一类。

喜欢明星，花点钱费点精力，总能如愿以偿见到真人。而这位司承先生，是连明星花钱都不一定能请到的大人物。

这位大人物气压很低，眉眼间的清冷让人望而生畏。这种男人，即使见到真人，压力也会很大吧？

在美甲师的推荐下，季檬连十个脚趾甲都染上了漂亮的粉色，镶嵌了亮晶晶的水钻，少女心满满。

季檬美美地做完指甲，晚上回到医院放了一缸温水，打算泡一个温水浴。

医院独立病房的浴室条件不错，设施齐全。

浴缸不能完全容纳她的身体，她的一双腿只好搭在浴缸边缘，水面漂浮的肥皂泡泡完美地遮住她胸以下、大腿以上的部位。

浴室里热气氤氲。

季檬手机里放着音乐，一首老歌《Just One Last Dance》。

她将热毛巾搭在眼睛上，由于浴室温度过高，很快昏睡过去。没由来地，脑仁忽然像被挤压一样疼痛，她睁开眼，眼前的环境居然变得非常陌生。

原本狭窄的浴室变得宽敞明亮，头顶廉价的灯泡变成了高档水晶灯，光晕异常刺眼。季檬用力眨眼，浴室里氤氲的雾气散了，她看见浴缸前站了一个裹着浴巾的男人。

一股寒意直冲季檬脑门，这不是她的浴室！

男人拿裸背对着她，忽然脚下一滑，砰的一声摔倒在地。她几乎能感觉到男人摔地的疼痛，清晰地听见了男人吃痛的闷哼声。

眼前的画面过分真实了，不像做梦。这种真实让季檬感到恐惧，她努力地挣扎，想从“梦”里醒来，眼前突然一黑，画面断片。

她再睁眼时，发现自己的视角居然与男人的视角重合了。

男人眼中看到的是什么画面，她看见的便是什么。

神奇的感觉让季檬忘掉了恐惧。

男人慢慢地从地上站了起来，而季檬的视线也随着男人的视线由低变高。

慢慢地，从浴缸边，到了梳洗台前。

她看见男人拧开水龙头。

修长的五指紧握着金属物，指骨分明，这双手过分地漂亮。

梳洗台前有一面明镜，上面覆了一层白雾，无法看清男人的脸。

季檬看见男人抬手去擦镜面，镜面被擦出一道痕迹，就要看见他的脸，季檬的脑袋忽然一疼，瞬间从浴缸里坐直，彻底醒了。

季檬的头撞在了浴缸上。她龇牙揉着脑袋，不可思议地眨眨眼。

眼前的环境依然是她雾蒙蒙的浴室，没有半裸的男人。

她无力地卷了卷脚趾，仔细回忆刚才那个真实的“梦”。

梦里的那位半裸帅哥，不仅有一双修长好看的手，还有……八块腹肌？

血脉贲张的画面让季檬的脸颊莫名一热，她捂着脸啊了一声，迅速地沉入浴缸泡沫里冷静。

她觉得自己没救了，输了比赛、失恋、人生低谷，现在居然患上了这么严重的臆想症？

精神分裂出美男出浴？季檬深吸一口气，试图让自己激荡不安的心归于平静。

司承从巴黎的医院出院，连夜回国开会，身体已经不堪重负，不慎在浴室跌倒，痛感是他想象的三倍不止。

他站在洗手台前净手，总觉身后有人偷窥，很不舒服。

他走出浴室，坐在卧室躺椅上，取过 iPad 开始筛选模特。

D&M 夏季新品即将发布，他们已经在全国海选了近五万模特，却没有一个能入司承的眼。他翻了几张照片便困意上头，靠在躺椅上，皱着眉头闭上了眼睛。

睡着后没多久，他感觉到脑仁胀痛难忍，睁开眼，环境变得陌生。

他的卧室，变成了窄小晦暗的浴室。

他看见一个女人坐在陈旧的浴缸里，空气里水雾蒙蒙。他努力想看清女人的脸，眼前却突然一黑，没了画面，再睁眼，他发现自己的视线与女人的视线重合了。

女人眼中看到的是什么画面，他看见的是同样的画面。

司承很快反应过来，他是在用另一个人的视角看世界。这种感觉过于神奇了，让司承觉得很不可思议。

女人抬起胳膊，白皙的肌肤上瞬时滑落一把白色的肥皂泡泡。

他看见女人修长的双腿搭在浴缸边缘，十根脚趾做了精致的美甲，还调皮地……卷了卷。

细节过于生动，不像梦。

这双腿完全符合他的审美，他挑了几个月的新品模特，没有一个有这么完美的双腿。

可是……这是谁的腿？

他的耳朵里像灌了水，朦胧地听见有音乐，是一首老歌，《Just One Last Dace》。

他的额头忽然一痛，从“梦”中惊醒。

司承从躺椅上掉了下来，额头着地，剧痛将他从刚才那个诡异的梦里拉回。

眼前又恢复了熟悉的环境，他仍处于卧室。他刚才仿佛去了另一个地方，从一个年轻女孩的眼睛里，看见了一个陌生的环境。

司承揉了揉太阳穴，呼出一口气。

果然是工作压力太大？作为他的梦，不应该是各类时装展，或知名国际模特？

由于梦里的感觉过于真实，季檬甚至怀疑是因为网络暴力导致精神受损，有了严重的臆想症。

早上季檬起床后，越想越瘆得慌，偏偏有一种强烈的“偷窥”感袭来。

季檬总觉得有人在偷窥她。

她谨慎地看了眼病房门，叫来护士仔细清查了一遍楼层，并没有发现可疑人物。

由于害怕，她给秦颖打了个电话，简单叙述了一下昨晚那个诡异的梦。

“颖宝，我怕……”季檬握着电话吞了口唾沫，“你说我最近这么倒霉，该不会是撞上了什么不干净的东西吧？”

“季柠檬，你这脑洞开得太大，你这是想逃避最近的压力，构想了一个科幻事件转移自己的注意力。”秦颖有点鄙视她，好歹是黑带四段，一脚能踢死一个成年壮汉，这么胆小真的大丈夫？她都替她感到丢人。

她叹了口气，安慰她：“檬檬，没事的，别想太多，回国后有我呢。你在巴黎放松心态好好玩。就算这件事影响到你回国后事业的发展，也不用怕，时间能冲淡一切。”

“颖宝，你听我说，如果说那个梦是我幻想的产物，那我感觉有人偷窥我，一定不是幻觉！那种感觉太强烈了。”季檬望着门的方向，头皮有点发麻。

季檬胆子非常小，小到看完恐怖片会有一个星期不敢关灯睡觉，也怪不得秦颖会鄙视她。

“我说檬檬，是你真的想太多，给自己太大压力。”秦颖叹了口气，“你的胆子怎么就跟你的身高成反比呢？”

季檬心虚地摸了摸鼻子：“大概是我身体的所有营养都给了身高。我的胆子没抢到多余的养分，所以生长趋势不是很好吧。虽然你一米五九，但你胆子壮大，咱俩刚好可以互补。”

“靠，季柠檬，你讲道理，谁一米五九啊？我一米六！”秦颖愤愤不平，在电话里嗤一声，“你这种身高有什么好？找男朋友得一米九吧？在咱们西南地区，一米八的男人那是稀罕玩意，一米九的男人是极品中的圣物！”

这点季檬不可否认。只是……一米六和一米五九有差别吗？

“还真别说，一米九的男人我还真知道一个。颜值十分，气质十分，还有一双比你长的腿，偏偏这个男人还事业有成。”秦颖握着电话郁闷难平，叹息一声说，“不过像我男神司承这么优秀的男人，并不多见了。”

季檬挑眉调侃：“他的腿能有多长？总不至于是鸵鸟腿吧？”

跟秦颖通完电话，季檬没那么害怕了。

她的身体已经差不多恢复，晚上输完液体准备睡觉，又进入了胡思乱想的状态。季檬辗转反侧难以入睡，因为内心对“梦”的恐惧，不敢待在病房，于是换了衣服出了医院。

季檬在医院附近的面包店买了一根刚出炉的面包，咬开热腾腾的酥皮，一股诱人的焦香顿时喷发而出。

好多年没吃过这种带黄油的面包，以前在队里，哪里敢碰这种高热量食物？甜食和这种美味于她来说，简直是极致诱惑，一旦触碰，百分之百会上瘾。所以在很多年前，她就戒掉了这种高热量食物。

季檬在巴黎街头闲逛，路过一家跆拳道馆，由于那种被偷窥的感觉还没散去，为了缓解心里的恐惧感，她索性走进馆内打算打打沙包壮胆。

她对着沙袋不停地练习飞踢、勾拳，直到凌晨才慢慢散步回医院。

因为倒时差，司承还在睡梦中。从季檬早晨醒来开始，他就已经进入了她的世界，通过她的眼睛看到了一切事物。

季檬给秦颖打电话，司承在梦里听得一清二楚。

嗬。被这个女人嘲笑是鸵鸟？

季檬出门换衣服，他便眼睁睁看完她化妆、换衣服的整个过程。

呃……内裤是粉色蕾丝的，审美不算太差。

她的大腿上有一颗红痣，配上这双修长白皙的美腿，性感十足。

他还看见季檬进入一家面包店，买了一根热腾腾的面包。

隔着一个“世界”，他仿佛能闻见面包的焦香。

他甚至看见……柠檬小姐进了一家跆拳道馆，疯狂踢沙包，马尾在空中甩得肆意纷扬，铿锵的哼哈声似乎在他脑子里震开。

柠檬小姐白天说话细声细气，没想到踢沙袋却是另一种气势。

司承醒来是中午十二点，浑身汗涔涔，他再一次从梦里窥视了一个女孩的生活。

这一次，他从梦里知道了她的名字。

萌萌？季柠檬？

卡叔敲门进来打断了他的思路。卡叔将熨烫好的黑西装挂好，看见他额头青筋一凸一跳，尽量将声音放轻：“Korbin，郭菁打来电话，让您为她设计参加戛纳的礼服，价格上，他们还能再加两倍，您看？”

卡叔差不多五十岁，头发染了黑色，烫成了流行的时尚卷，一身紫色西装在他身上显得有点格格不入。

“谁？”司承的声音有些发嘶。

卡叔耐心提醒：“这几年娱乐圈挺红的小花，上次巴黎时装展她跟您打过招呼，前一个月还邀请你参加她的生日宴，您拒绝了。”

他蹙着眉头想了片刻，捏了捏睛明穴，试图缓解脑仁的胀痛：“不做。再有这类明星想要 Haute Couture（高级定制），直接拒绝。”

大概是习惯了司承这种性格，卡叔微笑，点头转身，给他倒了一杯白开水。

娱乐圈很多明星垂涎他的定制设计，但他的定制有市无价。

Haute Couture（高级定制）是服装设计的最高境界，设计师会根据个人身材、气质等因素，制作高级服装，在时尚界，高定是一种顶端的奢侈服务。

国内真正够格达到高定标准的公司只有 D&M。

司承从卡叔手里接过水杯，揉了揉太阳穴，心绪无比烦躁。

柠檬小姐的双腿可以完美展现他的新设计，可是这位柠檬小姐真的存在于这个世界吗？

他握着水杯走到书桌前，从笔筒里抽出铅笔，开始在白纸上素写，很快画出了季檬的一双美腿。

白纸上，修长白皙的双腿相互交叠，离膝盖上方一拳距离处，有一颗性感的痣，司承特意用红笔将这颗痣描绘成红色。她脚趾甲上漂亮的水钻和这颗红痣一起将这双美腿衬托得完美性感。

司承用指腹在白纸空白处来回摩挲，若有所思地含住玻璃杯口，轻抿一口水，润了一下干燥的嘴唇。

有没有一种可能，这位柠檬小姐也能进入他的世界，从他的眼睛看世界？

季檬回到医院，因为疲累，倒头就睡，再一次进入了“八块腹肌”先生的世界。

他的世界里是白天，房间里却拉上了遮光的窗帘。

男人穿了一套质地舒服的轻薄睡衣，休闲地坐在椅子上，双脚赤地。修长的手指撑着下巴，侧颜虽然在灯光暗影里看不清，但这副姿态却透着几分慵懒的帅气。

她和上次一样，还没看见男人的脸，便进入了他的视角。

通过男人的眼睛，她看见桌面上有一堆杂乱的资料，台灯旁有一只与这张高档稳重的办公桌格格不入的浣熊玩偶，浣熊抱着字母“SJ”。

这个男人喜欢浣熊玩具？

季檬不那么害怕了，心神定了定，继续通过他的眼睛观察。

浣熊先生正在看一份资料，全法语的，资料里面配了几张马克笔手绘的服装图。

看了一会儿，浣熊先生合上资料，抽出铅笔和白纸，开始绘画。

他紧握铅笔，食指压着笔杆，削尖的笔在白纸上一阵横扫。很快，一双美腿跃然纸上。

季檬发现这双腿特别熟悉，当她看见大腿上的那颗痣，和脚趾甲的水钻造型时，顿时灵魂一震。

浣熊先生拿过另外一沓纸，一张张都画满了黑白素描。

画面上是一个扎马尾、穿跆拳道服的女孩，正对着一只沙袋回旋踢。甩起来的马尾在空中翻飞，即使挡住里脸，她依然认出了画上人。

这是她自己啊！季檬心跳加速，一颗心都要飞出来了。

她翻了个身，裹着被子从床上摔下去，脸着地，瞬间被疼醒，从那个诡异的梦里滚了出来。

季檬用掌根抵着额头，开始回忆梦里发生的一切。

她非常清醒，甚至还记得浣熊的款式。

她上网搜索“浣熊”“SJ”这两个关键字，果然找到了一模一样的玩具浣熊。

浣熊是司柏嘉集团旗下玩具公司在五年前出的一款绝版，她发誓，她从没见过。这也变相证实了，她在梦里所看到的这一切，都是现实世界所发生的。

她所经历的不是做梦，也不是臆想。她睡着后潜入了一个陌生男人的世界，她可以借用男人的眼睛看事物。她被迫“窥视”这个男人，而不能发出任何声音，也不能做出任何改变这个男人行为的事情。

浣熊先生画出了她一双腿。这也说明，浣熊先生同样能进入她的世界。

所以浣熊先生有可能通过她的眼睛，看见她换衣服了？！

混蛋！这个明目张胆偷窥的混蛋！

季檬深呼吸一口气，仔细整理这件事。他们之间，睡着的人会进入醒着的人的世界。如果两人都睡着，或都清醒，便不会互相干扰。

得出这个结论后，季檬打算不睡了，她掀开被子下床，取出日记本和笔，写下了自己的结论和假设，并且写了一封“致浣熊先生的一封信”。

季檬洋洋洒洒写了一整页文字，写完后一整晚没有入睡。

她在等浣熊先生入梦。

如果她的猜测正确，那么浣熊先生就会在睡着后，通过她的眼睛看见这封信。

季檬不知道是什么时候睡着的。

她又一次进入了浣熊先生的视角，并且看见浣熊先生正在给她写回信。

他用钢笔写下“致柠檬小姐的一封信”。

字体有棱有角、刚毅俊秀，他握铅笔是随意，握钢笔却透出一种沉稳内敛的气息。一双手很好看，每一根手指的骨节都非常分明。

浣熊先生告诉她，他也相信他们所经历的不是幻觉，并且郑重其事地警告：“尊敬的柠檬小姐，请不要随意给陌生人取外号，谢谢。”

这句话末尾他用钢笔画了一个“微笑”的符号，这个“微笑”明显不是善意，而是一种警告和示威。

浣熊先生在白纸右下角画了一只柠檬，不仅有五官，还有简单的四肢。

季檬觉得这个Q版的拟人化柠檬丑哭了。

所以这个男人的天灵盖欠踢吗？

司承在信里要求跟她见面，要求她透露姓名和地址。

季檬回信：“见面不可能，姓名跟地址更不可能。谁知道你是不是变态杀人狂？而且咱们现在顶多算是异类网友，我凭什么要跟你见面？”

她的身份特殊，现在又是特殊时期，她坚决不能向陌生人透露自己的信息。

司承目睹她写完这封信，冷笑。

嗬，居然质疑他是变态狂？

考虑到柠檬小姐身份未明，可能会窥视自己的设计图稿，司承特意换了一间普通办公室。季檬觉得他画画不错，以为他是漫画家，司承便复制了一间宅男漫画家的办公室。

两人大约以信件往来方式交流了一个星期，达成协议一定不会在下午睡觉。但这份协议没有任何保障作用，于是两人心里也都打了小算盘。

因为这件事，季檬提前回国。她很快发现了浣熊先生的作息规律，他睡觉时间不定，起床时间大约在中午。

这也就意味着季檬在早上的日常活动，他都能从梦里看见。

季檬愤然咬牙，这个偷窥癖的变态狂！不能早点起床吗？

司承给她回信，明确道：不能。

文字末尾他又用钢笔画了微笑符号。季檬觉得这个微笑符号特别贱，她仿佛从这个符号里，看透了他整个人。

司承再次提出交换联系方式，微信或者QQ。

季檬拒绝：靠，你果然是变态狂！

司承：……

留联系方式是变态狂？嗬。这位柠檬小姐的脑袋，大约都被柠檬这种圆滚滚的植物侵略了吧？

每一次信件交流，浣熊先生都会在末尾的空白处画一个卡通小人。

有时候是一只表情贱到家的浣熊，有时候是表情特别苦大仇深的Q版“柠檬人”。

所以季檬认为他是一个傲娇萌贱的死宅漫画家。

至于为什么是“萌”贱，而不是“贱”，大概是因为他有八块腹肌和一双好看的手吧。

别问她为什么知道他有八块腹肌，她还知道他穿什么颜色的内裤。

季檬回国后，司承也大约摸清了她的作息规律。并且知道季檬和闺密同住，家里养了一条黑背，她每天早晨会晨练，会出门遛狗。

为了不让司承知道自己是网络谣传的“国民耻辱”，季檬出门遛狗时，视线会特意避开路标以及附近的明显建筑物。

这样就能避免浣熊先生知道她的住址。

她洗澡换衣服也都戴眼罩，搓背揉胸全凭感觉。

每次洗澡的时候季檬都会感慨：还好浣熊先生不能感受到她的触觉，否则她洗澡再也不敢揉胸。

两人确定了一个规律：每次对方进入自己的世界时，彼此都会有一种被“偷窥”的感觉。所以季檬一旦有了那种被偷窥的诡异感，毋庸置疑的，浣熊先生又来了。

季檬回国后宣布退役，网络上又是一波铺天盖地的报道。

她作为体校快毕业的学生，回宿舍取东西，学妹学弟看见她，又是一片议论。

“前几年拿了冠军被捧上了天，这几年炒得这么火，我还以为她这次真能拿冠军呢。”

“可不是嘛，我爸爸飞去巴黎看她的比赛，结果她却输给了韩国人。”

“嗯。我还听说当天她从场馆出来，被人扔了鞋。”

“打记者这个事，她也太彪悍了，真没素质，好歹是个公众人物……”

“跆拳道协会把她给拉黑了，A 市没有跆拳道馆会雇她当教练。她退役后，事业算是完了。不过她长得这么漂亮，不是说有金主吗？说不定哪天进了娱乐圈呢。”

“娱乐圈里长得漂亮的多了去了，缺她一个吗？金主这个，嘿嘿，网上也没实锤吧？”

“……”

季檬走进宿舍楼，连坐在门口嗑瓜子的宿管大妈看见她，都将凳子往里挪了挪，给了她一记斜眼。

回了寝室，她又不太凑巧地跟林霖打了个照面。

季檬很少回宿舍，大部分时间都在队里。

A 市体校宿舍都是两人间，她和林霖是舍友，却不是同一个系。

林霖是学艺术舞蹈的，而她学的是运动训练。

林大美女从小练舞蹈，身材很不错。

比身材，季檬不如她胸大，但论身体比例，明显是季檬更胜一筹。

两个都是大美女。而季檬的阳光活泼的性格更招男生喜欢，每年校花选拔，男生们都愿意把票投给季檬。

林大美女坐在床上补妆，通过气垫BB的小镜子看季檬：“还以为季美女不敢回来了。”她合上气垫 BB，扭过头问，“晚上有空吗？我和我家那位请你吃饭。”

“不了，你们吃，我得把东西搬出去，明儿开始找工作。”季檬爬上书架，取下几本书，跳下来，落地站定后看向她，“我晚上还有个约会。”

“约会？恭喜季美女找到真爱。”

现任男友是舍友的前男友，搁谁心里也会不舒坦。林霖想彻底划清季檬和于晨之间的关系，于是又补了一句："你跟于晨虽然尝试交往过，但没牵过手，更别提有其他感情。就像于晨说的，他喜欢我，不好意思对我开口，才跟你走得近。没想到你误会了他对你的感情，提出尝试交往。"

她叹了口气，对季檬说："为了避免以后我们尴尬，你跟于晨尝试交往的事，早点忘掉吧。好吗？"

季檬看着她一张脸，笑了一声："我想你是误会了，提出尝试交往的人是学长，不是我。我们俩之间尴尬什么？尴尬的人不应该是于晨吗？他对你撒谎，谎言又被我拆穿。"

她抱着书站在窗户旁，阳光落在她一双酒窝上，神情骄傲，如沐浴阳光下的白天鹅。

一个几乎没有前途的退役运动员，骄傲个什么劲？

林霖郁闷难平，重重盖上气垫BB盒，打算找男友算账。

季檬晚上的确约了人，不是新欢，是好闺密。

秦颖已经连续两个通宵加班，好不容易熬到周末，当然约季檬去大吃一顿。

这些年季檬不容易，退役之前，控制体重，不敢大吃大喝；退役之后，秦颖想好好带她吃喝。

两个女孩带着一条狗直奔火锅店，季檬出门没戴口罩，被路人认出来。

熊孩子学新闻里的情节，脱了运动鞋朝季檬扔过去。

黑背一个起身飞跃，腾至空中，用嘴接住，一个箭步跳到小孩跟前，狗头一甩，将鞋子重重甩回小孩脸上。

黑背替主人出了口恶气，转身跑回去，嘴筒子蹭蹭季檬的小腿，眼巴巴求她表扬，求摸狗头。

小孩妈妈气得大骂："让狗欺负人，有没有素质了！"

秦颖叉腰帮腔："呵呵，让小孩脱了鞋扔路人，就有素质了？我们家狗以德报怨帮你们家熊孩子捡鞋，怎么就没素质了？"

懒得理这种没素质的人，秦颖拽着季檬胳膊，牵着狗离开了。

到了火锅店坐下，锅里热气腾腾，红汤翻滚。秦颖用开水涮了一下毛肚，夹给黑背："来，茨木，赏你一个大的！"

茨木跳起来，顺利将毛肚叼回嘴里。

狗眼炯炯，双耳竖得很威风，狗中霸道总裁既视感。季檬感慨："我这才多久没回来，我们家茨木都被你养成霸道总裁了。"

"那可不，咱们茨木天生王者霸气。"秦颖给她也烫了一块毛肚，一脸狗腿地问她，"檬檬，你现在没工作吧？来给我当助理怎么样？"

"嗯？"季檬看了她一眼，毛肚放进油碟里涮了一下，"天天给你端送洗脚水？"

"不是。你觉得我会舍得你给我端洗脚水吗？我保证，不会是这种没有技术含量的工作！"她竖起两根手指发誓。

季檬斜睨她："我持怀疑态度。"

秦颖："哎呀檬檬，你要相信我这个善良女孩啦！是这样的，我们杂志最近接了D&M的广告，我手上很多工作，主编希望我找一个临时助理，但是……工资不是很高。

也没有什么技术含量，端茶送水递资料，帮我们买买盒饭什么的就够了。”

“你们杂志？《奇风尚》？”季檬愣了一下。

她点头：“对。”

《奇风尚》是国际畅销的时尚杂志，在全球十一个国家都有刊号发售。虽然是杂志品牌，但和D&M一样隶属于司柏嘉集团。

D&M和《奇风尚》大多时候是捆绑营销。D&M的产品一经发布，最先上的就是《奇风尚》。

季檬虽然不知道她是什么职位，但能进这个公司，实力可见一斑。而她除了跆拳道，什么也不会，就算割腕放血，《奇风尚》也不会录取她为正式员工。

季檬最近也的确在找工作，大概是被网络黑得太厉害，她就连面试超市文员，都被无情拒绝。这个突如其来的助理职位，对于季檬来说非常难得。

她抬目看着秦颖，隔着一片火锅热气，跟秦颖说了声谢谢。

秦颖往嘴里塞了一根鲜鸭肠，看二傻子一样看她：“季柠檬你没毛病吧？一个打杂的工作，你跟我说谢谢？”

季檬在国家队待了十一年，对“工作”二字陌生，对人情世故一窍不通。

跟着秦颖，应该能学到点东西。

《奇风尚》最近在给D&M新品系列拍内页广告，而为了保证广告质量，D&M要求必须用他们的摄影棚和摄影师。

季檬作为临时工作人员，没去杂志社报到，倒先去了D&M的办公楼。

D&M办公楼是一栋不规则的六层白色建筑，屹立于城市中心。一楼大厅是新品设计的展厅，有新品奢侈包，也有成衣。

季檬还没进大楼，先被橱窗里的礼服和包吸引了注意力。

她趴在橱窗上看那款心仪已久的小粉包，五位数，打算下个月买给秦颖，当生日礼物。

另一边。司承还在睡梦中。

他从梦里看见季檬去了D&M，并且去了三楼摄影棚。

中午司承揉着眉心醒来，卡叔照往常一样，替他将熨好的西装拎进来。司承赤脚下床走了几步，从卡叔手里接过水润了润喉咙，吩咐说：“帮我去查一个人。”

卡叔调出手机文档，准备记录。

司承握着水杯又走了几步：“住在华阳小学附近，外号‘檬檬’，全名可能是‘季柠檬’。身高一米七五，腿长，大腿上有红痣，会跆拳道。我要详细资料。”

根据这几天的观察，司承只凑齐这几个特征。

不知道对方长相，却知道对方大腿上有痣？卡叔用奇怪的眼神打量他。

司承皱眉：“有问题？”

“咳……”卡叔轻咳一声，解释，“Korbin，你说的这个人，很耳熟。”

“嗯？”

卡叔打开搜索网页，在搜索栏里输入季檬的名字，页面迅速跳出她的个人资料。

他将手机递给司承：“Korbin，这个女孩身高一七五，会跆拳道，是前阵子霸占新闻头条的跆拳道冠军，现在虽然退役了，但最近关于她的负面新闻可没减少。”

资料清楚地写明了她的年龄、身高、爱好以及外号。

网上虽然没有季檬穿短裙、短裤的裸腿照，但穿运动服的全身照却是有的。照片上的身高比例，百分之八十是柠檬小姐了。

司承想起从梦里看见季檬进了 D&M，眉心微凝："她是我们公司的员工？"

"您稍等。"卡叔迅速联系了人事部主管，那边很快给了回复，他粗略扫视过回复后，解释，"这个季檬目前是《奇风尚》杂志副主编的临时助理，最近和杂志社的人一起在摄影棚工作，只是个打杂的，并不算正式员工。"

司承修长的手指在杯口边缘摩挲，眺望落地窗外："把她的资料整理成文档发给唐总，新品设计我打算让她代言。"

第二章
相遇

整栋办公楼的人各司其职，到中午，季檬发现 D&M 所有员工都进入一种警惕状态，每个人都绷紧了神经。

司承先生来公司了。

他是公司的灵魂中枢，地位甚至比执行总裁还要高。

摄影棚的灯光很暗，只有摄影区打着强光灯，模特站在纯色布布置的区域，摆出姿势让摄影师抓拍。

秦颖和工作人员在工作台挑选照片，季檬在旁观察。

认识秦颖这么多年，季檬发现她原来也有另一面，工作时的神态表情很严肃。

她皱眉发表建议，手指重重在照片上一戳："你们认为这双鞋很美观吗？前年流行的款式。我们是时尚杂志，不是怀旧杂志，这双鞋马上换掉！"

于是很快，工作人员推来两排移动鞋架，上面挂满了今年流行的款式。

季檬粗略一眼扫过去，大约两百来双，款式都很新，但全被秦颖否决。

有姑娘送来一套文件夹，打断她："副主编，这个是刚才小米发来的后期成品，您看一下。"

秦颖接过文件夹，随手翻了几页，狠狠地皱眉头："把好好的照片修成垃圾，这就是她这几天干的事？"

周围的工作人员都低下头，大气不敢出。

季檬无所事事，站在后面观望了一会儿。

让她意外的是，她们家颖宝宝居然是《奇风尚》的副主编。

秦颖被底下员工的工作态度气得心肝疼，揉了揉眉心，扭过头看向季檬，声音也轻了些："檬檬，你帮我们去买几杯咖啡。"

"嗯……好……"她在这里站了一早上，终于能派上点用场了。

众人："……"

大家都没见过暴躁的副主编有这么轻言细语的时候，纷纷看向那个一早晨都默默无闻的奥运冠军。

前两天新闻还在传关于她的消息。曾经的奥运冠军季檬去超市面试被拒，没有公司肯雇佣她。今儿副主编就雇她当了助理，所以副主编是这位奥运冠军的迷妹？脑残粉？

为什么有一种霸道女总裁和女宠的既视感？身高如果对调一下，咳咳，既视感可能会更强烈。

秦颖扭过头，看向手下一批工作人员，目光立马切换成凌厉："都想去买咖啡？"

大家纷纷低头，继续挑选照片和给模特搭配的鞋。

季檬买完咖啡回来，捧着十几杯咖啡在一楼等电梯，电梯从负二楼上到负一楼，终于停在了一楼。季檬呼出一口气跨进去，等电梯关上，莫名地感觉……气氛有点不太对。

嗯？

她抬眼看对面两个男人。

一个烫卷发、穿紫色西服的大叔。

一个五官俊挺深邃，眼珠黑如墨，眼白没有一点现代人多夜生活而致的血丝，一双眼睛很干净，但偏偏又盛气凌人。

是……司承？

对面穿紫色西服的大叔和颜悦色地冲着她微微颔首，以示问好。

季檬抱着咖啡，也呆呆地点了点头，心想这公司员工素质都挺好。

她也冲着对方挤出一个微笑，两只小酒窝在双颊浮现，很甜。

因为她这个有些傻的甜笑，司承的目光在她脸上多停留了一瞬，又不动声色地移开。

季檬总觉得司大设计师的眼神有点怪。

回到摄影棚季檬才知道，原来D&M有规定，司大设计师乘电梯时，其他员工都得自觉出去。

季檬耷拉着脑袋叹气："所以我这是上班第一天，就得罪了友司的灵魂人物啊，你不会辞了我吧？"

秦颖靠着墙抿了一口咖啡，手指推了下她的脑袋："不辞，但是惩罚还是要有的，未来一个月家里卫生你包了。"

"你这是剥削无产阶级。"

秦颖："哎，我说，跟我男神同乘一部电梯，什么感受？"

"压抑，压抑，压抑。"季檬想了一下，又说，"嗯，他的眼睛很干净。"

"那当然，也不看看他是谁，我男神啊。"秦颖叹了口气，捶胸感慨，"我当上副主编才跟男神握上手，你来第一天居然跟我男神同乘了一部电梯，运气够好啊。"

季檬喝了一口咖啡，苦笑："得了吧，这叫什么好运气？运气好能被黑得这么惨？我只希望互联网这场风波早点过去。"

她有酒窝，所以连苦笑都是甜的。看得人心情莫名地好。

"哎。"秦颖从头到尾打量她，"你这身打扮，太糟蹋你这身材了，不如在这里选几套衣服？"

秦颖矮季檬很长一截，但架不住打扮成熟，踩上高跟鞋也算有女王气势。

在气势上，季檬是邻家姑娘，秦颖是职场女王。

季檬摸摸鼻子，摇头说：“就你给我开的那点工资，不够在这里买双袜子吧？”

她们这边还在闲聊，那边就有工作人员带进一批模特。

四名试镜模特走进来，新奇地打量着正在摄影棚拍摄广告的名模，都抑制不住地想过去要签名。其中一个打量四周，看见季檬，惊了一下：“季檬？”

季檬自己也顿了一下：“林霖？”

林霖很大方地走过来，目光从她扫过去，停在秦颖的身上。一面对外人，秦颖不由自主地切换成面无表情的冷酷脸，喝了口咖啡，拍拍季檬的肩头，走去了摄影区。

目送秦颖离开，林霖问她：“你怎么在这里？”

“工作啊。”

林霖以为她也是被推荐来试镜的模特，心里咯噔了一下。

她有把握 PK 掉同她一起来的女孩，但是季檬……林霖有点头疼。

季檬并不想跟她有过多接触，丢下一句“很忙”便走了。

下午秦颖回公司开会。季檬在摄影棚也忙得不可开交，杂活繁多。

模特们口渴，她便去买咖啡。她将咖啡送进化妆室，分发到每一个模特手里。

林霖从她手里接过咖啡，笑了一声：“季檬，我没想到你居然会来这里做杂活。你很缺钱吗？”

季檬蹲下身帮她整理裙子褶皱，头顶又传来她软绵绵的声音：“季檬，如果你需要工作，我可以帮你。我爸爸缺一个保镖。”

化妆间里所有人的目光都移过来。

有人发出轻笑声，调侃说：“保镖这个职业不错啊，很适合奥运冠军嘛。”

“哎，林霖，你爸爸能开多少工资啊？”

林霖甜甜笑了笑：“一个月三万应该有。”

“天啦！这么高的工资？”

“还好啦，保镖很辛苦的嘛，这个工资算低了。”

季檬的手顿了一下，她起身笑道：“谢了啊，我还真没考虑过这个职业。”她的笑容带着两个酒窝，甜得发齁。

林霖看了眼她新做的指甲款式，点头说：“也是，你这种性格确实不能吃苦。”

呵呵。

季檬笑而不语，转身去帮另外一位模特整理裙摆。

司承打算请季檬做新品的模特计划，被公司高层驳回了。

季檬的身份太特殊。那场网络风暴的余热还没过去，如果让她做模特，势必会影响新品销量。连小公司顾及公司业绩都不敢雇用季檬，遑论像 D&M 这样的国际大品牌。

高层的驳回文件摆在办公桌上，司承觉得扎眼。他修长的手指在桌面上不停地敲动，有点烦躁。

《奇风尚》的主编给司承推荐了一个模特，腿和身的比例也挺不错。司承扫了眼资料，发现居然和季檬是同所学校。

大概体校出美女？

这个叫林霖的女模特，有经验，上镜感不错，一双腿长，但比起季檬……

司承用手捏着下巴，目光严肃地摇头。

没法比。

虽然他不太喜欢柠檬小姐，但他不得不承认，她的腿的确完美无缺。

这两人的腿，根本无法相提并论。

司承打算去摄影棚看看。他从办公室出来，坐在门口办公的卡叔微微一怔：“Korbin，你这是打算去哪儿？”

“摄影棚，看拍摄进度。”司承的声音寡淡，仿佛这是他习惯使然的工作。

卡叔掏掏耳朵，以为自己听错了，他什么时候关心过杂志内页产品广告的拍摄？

到了摄影棚，他明白了。那个女孩在，那个 Korbin 先前误以为叫季柠檬的女孩。

女孩子的外形的确不错，五官小巧精致，不像吃模特饭的，长相和外形倒适合去娱乐圈。

Korbin 想让她做新品设计的模特，可惜，女孩运气不太好，公司的高层一致反对。

司大设计师来视察工作，《奇风尚》的工作人员差点都疯了。

来 D&M 工作这么多天，第一次见到司大设计师，大家都按捺住想要签名的冲动，强装镇定地工作。

林霖正好化完妆，站在一旁等待试镜。季檬替她牵着裙摆整理，莫名觉得自己……像个狗腿子。

这个工作本不应该是她的，但是助理不够用，她又刚好闲着，就自动领了这份工作，也算对得起秦颖开给她的工资。

林霖看见司承，攥着裙摆激动得差点叫出来，两只眼睛亮晶晶的，直冒光。她主动走过去，对司承伸出手：“司先生你好，我是林霖。”

季檬站在她后面替她整理发型，林霖一个大幅度动作，发型又乱了。

季檬白做一番工夫，觉得有点烦躁，嘴角一撇，做了小幅度的鬼脸。

她的嘴角还没摆平，就被司承凌厉的眼神给逮住。

季檬赶紧低头。

司大设计师不会以为她对他做鬼脸吧？

季檬低下头，心理活动很复杂。

司承低眉垂眼，目光掠过林霖，停留在她背后的季檬身上，并对季檬伸出手：“司承。”

众人：“……”

季檬手上动作一顿，指着自己鼻尖反问：“我？”

司承绷着脸，没表情，手依然伸着：“你好。”

季檬：“……”是她了没错。

可是这位司大设计师啊，你是耳朵有毛病，还是眼睛有斜视？跟你问好、要求握手的不是她啊！是林霖大美女啊！

林霖尴尬地收回手，侧回身看了眼季檬，又看向司承，一脸莫名。

季檬愣怔，呆呆地握住了司承的手指：“司……先生……您……”

男人的手指很冰。

季檬很快松开，有点结巴，努力将舌头捋直：“您好。”

司承本人气场强大，季檬在赛场上见惯了强劲的对手，也见惯了威慑的眼神，却没有一个及得上他的眼神寡薄，看得人莫名发怵。

他就像一只蹲在黑夜深处狩猎的黑豹，眼睛仿佛能穿透厚重黑雾，一眼锁定猎物，迅捷将其捕捉。

司承的语气一贯清冷："帮我买一杯咖啡。"

季檬从愣怔中回过神，颔首应答："好……的。"

季檬耳道里有突突的心跳声，有点紧张。

司承看见她紧张得耳朵尖尖泛红，蓦地嘴角自然上扬，声音也温和不少："不用紧张，低糖摩卡。"

他是在冷笑？还是她的错觉？

在场所有人，大概只有司承自己觉得是善意的微笑。

其他人都一致认为，他是在冷笑。

季檬也深以为然，莫名觉得后脖子发凉。

司承带着卡叔径直往摄影区走，敷衍地看了几眼模特，漫不经心地上了二楼。

于是林大美女就这样被忽略了……敢情她还不如一个买咖啡的值得尊重？

男神越是这样高冷不下凡，作为迷妹越是崇拜兴奋。

本来以为这位司承先生只是为人寡淡，没想到还很龟毛。

一个小时内，季檬来回买了六杯咖啡给他，要命的是，这位司承先生并没有喝的打算。

故意整她吧？靠！当她买回第七杯咖啡时，一旁补妆的林霖幸灾乐祸地道："季檬，你这手握得很有价值嘛。"

这里的工作人员都混迹时尚圈多年，明星名模见过不少，即使季檬曾经有点名气，也没有人会对她有所优待。作为一个助理，她的职责是帮这里所有的工作人员衔接好手上的工作。

司柏嘉集团乃至底下分公司，都对正式入职员工有非常严苛的要求。

如果不是秦颖，她甚至没有机会来这里工作。

大家也都看得出来，林大美女针对季檬，可谁也不敢说什么，这些事情，还是当没看见的好。

时尚圈的职场比起娱乐圈并不好多少，弱肉强食。

你弱，你该被欺负。况且，季檬在他们眼里，只是个走后门进来的。

季檬拖着沉重的双腿，喘了一口气爬上二楼。

买咖啡来回得走十分钟，加上排队购买，得耗费近二十分钟。季檬担心咖啡冷掉，所以穿着五厘米高跟鞋在大街上狂奔。

二楼休息室，司承坐的位置正好可以看见一楼的摄影情况。

季檬敲门进去，他坐在椅子上，修长的手指捏着下巴，望着一楼拍摄区，眉头微微蹙着，仿佛在想事情。

茶几上六杯咖啡没有一杯拆封，连她放在咖啡盖上的收据单都没取下来。

季檬走进去，依照前几次那样将咖啡放在茶几上，这一次司承没叫住她，季檬总算松了口气，转身走到门口，一只脚还没跨出去，身后又传来那道冷沉的男音："等等……"

季檬咬唇，捏了捏拳，她好想打人踢天灵盖啊！

“怎么？”司承望着她捏紧的拳头，玩味地调侃，“想踢我的天灵盖？”

我去，这人会读心啊？季檬略不爽，今儿一整天都不痛快，真想找个天灵盖发泄。

季檬有点生气：“请司先生不要把人想得那么粗俗，我已经下班了，没什么事我先走了。”说完砰的一声将门甩上。

司承望着那道冷冷地门板，喝了一口咖啡：“小姑娘脾气还挺大。”

“如果是我也会生气的。”卡叔调侃着，眼角都眯出了褶子，“Korbin，你们认识？”

“不熟，第一次见面。”

不熟和第一次见面有点矛盾。他还想再问，司承已经仰靠在沙发椅背上闭上了眼睛。

工作已经开始收尾，季檬负责将模特用的衣服挂回橱窗。她抱着衣服下楼，恰好跟下班的林霖同乘一部电梯。

在电梯里，那种被偷窥的感觉又来了。

这意味着，浣熊先生又进入了她的视角……

她看了眼外面的天色，已经临近天黑，浣熊先生这个时候睡觉，也不算违背他们的约定。

到了大厅，季檬看见在大厅等林霖下班的于晨。

他站在前台旁，低头看手机，白衬衣，黑西裤，高高瘦瘦，长得白净，外形很出众。

林霖加快了步子走过去，圈住于晨的脖子，在他侧脸亲了一口：“亲爱的，等我多久了？”

“刚来，累吗？”于晨卸下她肩上的背包，很快看见走在后面、抱着衣服的季檬。

于晨冲她颔首。

季檬没有任何表情地抱着衣服与他们擦肩而过。

一楼的大厅橱窗里放了很多D&M的成衣，季檬手上抱的这件是夏季的新款礼服。

她走进橱窗研究了一下，将礼服套回了人模上。

裙摆随重力一瞬垂泻，衣料相当有质感。上面的蕾丝花样没有一朵重复，全手工缝制。

她半蹲在橱窗里正在看腰部一朵绣花，一道男声打断她的欣赏。

“檬檬。”

她抬头，是于晨。

为了划清和他之间的关系，避免不必要的麻烦，她叫了一声“学长”。

于晨看着她，喉结微滚后说：“檬檬，听林霖说，你在这里工作，很辛苦，如果你不介意，”他取出一张名片递给她，“可以去这里面试文员，这里的人事主管是我嫂子。”

季檬扫了一眼他递来的名片，没有接。

见她不肯收名片，于晨又从钱包里取出一张卡，递给她：“这是我的卡，密码是我的生日，里面有点钱，你可以先对付一阵。最近看新闻，知道你过得很不好。”

最近的新闻很扯淡。

季檬想找份工作，但没有公司肯收她。

一来，因为她十几年都在训练，没有接触过社会，根本没有任何职业经验。二来，她被网络黑成“无素质”的国家队耻辱，公司都顾忌颜面，不敢聘用她。

于是网上关于她租不起房、被房东扫地出门的新闻比比皆是。

国内记者大概是没什么热点可写了，老抓着她不松口，她估计再这样下去，她统治宇宙的新闻就会铺天盖地了。

季檬淡淡地道："虽然不知道你为什么会突然这么好心，但我不需要你的施舍。学长，请收回你的卡，我倒不至于穷得要靠同学救济。"

于晨吃瘪，将卡揣回兜里："如果有困难，给我打电话。我和林霖会帮助你，林霖刀子嘴豆腐心，她很关心你的。"

"所以你不是过来取东西，而是林霖让你过来'问候'我的吧？"季檬将拳头捏响，冷笑，"于晨，虽然你有身高优势，但你觉得，你有可能打得过世界冠军吗？"

于晨勾唇笑了："檬檬，你每次生气的样子，都给人感觉像在撒娇。"

谁跟你撒娇！季檬继续捏拳头，一串咔咔咔的响声。

五官漂亮、细声细气、嘴角有酒窝的女孩子，发起飙，也确实对男性没有什么威慑力。

于晨回到车里，林霖正在玩手游，她头也没抬地问他："怎么样，她收了吗？"

"没有。"于晨系上安全带，吐出一口气，"以后别去打扰她了，你也知道她那脾气。"

林霖将手机往包里重重一砸，扭头看着他："我说于晨，你是不是心疼了啊？你搞清楚，我才是你女朋友，你要心疼的难道不应该是我吗？"

大小姐脾气上来，于晨立马握紧她的手，语气软下来："霖霖，我不是那个意思，我跟她已经没有任何关系，你没必要吃醋找她麻烦。"

"我找她麻烦？你的意思是说我不可理喻？"

于晨有点无奈："霖霖，我没别的意思。你是我的女朋友，即使你偶尔会有点小脾气、臭毛病，但我依然喜欢你啊。我跟季檬从一开始就是一个错误，严格来说她不算我前女友。"

男人宽慰的话把握得很有度，明确地表达了无论她性格如何刁蛮，他都能容忍。

林霖也就是喜欢他这么实诚地跟她说情话。

林霖捡起手机，打开刚才找人偷拍的照片，递给他看："喂，那你看，这张照片像不像她向你要钱？然后因为你不愿意给更多的钱，而恼羞成怒？"

"霖霖，她并没有问我要钱，而且我觉得她也不需要咱们施舍。"

"嘁，如果季檬不是缺钱，她怎么会来给人跑腿当助理？"林霖笑了一声，"你不知道她今天被我男神呼来唤去多可怜。她还真以为我男神跟她握手，是觉得她特别呢？"

女孩子碎碎念着，于晨听得有些烦。

大概这就是女孩的心思？

他也懒得再去纠正反驳她，那样只会让他耳根子不清静。

林霖撇撇嘴，低下头，用美图秀秀给照片里的于晨打了个马赛克，只露季檬的脸，处理好之后，发给了娱乐八卦菌，并以知情人的身份写了一段话：路过拍到的，这个季檬生活窘迫，伸手向前男友要分手费，不过前男友没答应，她恼怒之下想打人！最后动没动手不知道，我被好友拉走了！我真的难以想象，她居然真的是那种喜欢动粗没素质的女人！我以前还粉过她啊！

差不多过了半个小时，娱乐八卦回复："这位爆料小老婆，可以把你的爆料推送出去吗？"

林霖："可以！打马赛克就好！"

橱窗外面已经暮色四合。

橱窗里明亮的灯光从季檬头顶落下来，折射在她身上，侧脸被打了一层柔光。

季檬侧身对着玻璃，看着模特霸气的站姿，跟着也学了一下。

她小时候的愿望是想做一个模特，没想到会稀里糊涂学了跆拳道。

她看周围没有人过来，便像个小姑娘似的在橱窗里学各种模特姿势，乐不思蜀。

由于学得太过投入，完全没注意到橱窗外面有人。

季檬腿长，身材比例好，随意摆出的姿势就很有模特的质感，配上嘴角的两只酒窝，橱窗里仿佛浸满了甜甜的味道。

她虽然没有模特老练的气质，但五官和那双能让人流鼻血的大长腿，足以艳压群芳。

她的姿态被路过的乔衍定格在了相机里。

橱窗里的漂亮女孩在灯光笼罩下活像芭比娃娃，嘴角的笑容让人如沐春风。

看着这种纯粹的笑容，橱窗外举着相机的乔衍也不由得弯弯嘴角。

快乐是会传染的，他能感觉到她很快乐。

"咔嚓！"一道强光闪灭。

季檬条件反射用胳膊一遮，心脏突兀一跳，脚下没站稳，整个人朝后仰倒，摔下橱窗台。这么一摔，季檬顿时头昏眼花，双耳轰鸣。

乔衍冲进去，将季檬从地上扶起来坐直。

季檬盯着眼前的男人，痛得半晌说不出话。

乔衍将相机挂脖子上，问她："季小姐，你没事吧？"

她望着眼前的男人，皮肤很白，五官秀气，一身打扮休闲，黑色帽衫搭白鞋，大男孩气质。

这就是那个在橱窗外偷拍她还开闪光灯的混蛋！

季檬疼得两眼湿润："臭小子，光天化日你偷拍什么！"

"现在是夜黑风高。季小姐，你没事吧？"乔衍见她还能大声说话，嘴一咧露出两排小白牙，也开玩笑说，"季小姐，看不出来，你这么单薄的身板，也能打出冠军呢。"

"什么夜黑风高，会用成语吗？这叫华灯初上！"季檬扶着腰站起来，试着走了几步，又回过头鄙视他，"别人不懂就算了，你们这些记者总该懂一点吧？难道在你们眼中，跆拳道选手就非得是彪悍体格？我打的是 48 公斤的项目，我的体重不能超过 48 公斤，你懂吗？"

给乔衍科普完，季檬便头也不回地走出了大厅。

乔衍快步追出去："季小姐，我送你去医院吧，我的车就在前面。"

季檬扶着腰扭过头，下巴微抬，瞪了他一眼，警告道："小孩，别跟着我！"她上下打量他，"年纪轻轻，怎么就做起了狗仔？"

大男孩比她高半个头，目测有一米八五。

乔衍笑了一声："季小姐，我有必要解释。第一，我不是小孩，如果你在网上的年龄是正确的话，我比你大一岁。第二，我不是狗仔，我是……"

季檬急着打车回家，打断他："行行行，我不管你是谁，"她指着地面，"站在这里别动，别跟着我。”

乔衍果然站在原地不动，嘴角勾着，笑看着她。

笑笑笑笑，笑什么笑？很好笑吗？季檬气结，对他摊开手：“你的相机给我，刚才那些照片必须删掉。”

“这……”乔衍下意识握了一下相机，见她一脸坚定，还是将相机取给了她，“给你。”

季檬删掉照片，将相机塞回给他，转过身，头也不回地离开了。

回到家已经晚上八点，季檬给茨木满上狗粮，窝在沙发上玩了会儿阴阳师。

九点半，一条热门新闻弹出来，她手滑点开链接，居然又是关于她的新闻。

她和于晨被偷拍了。

有人冒充知情人爆料：季檬因为穷困潦倒，沦落到问前男友要钱的地步，因为没要到满意的金额，打算动手揍人。

茨木跳上沙发，嘴筒子搁在她膝盖上，可怜巴巴地看着她，跪求更多的狗粮。

看来她这个“粗鲁没教养”的人设，在互联网是洗不干净了。

季檬抱着茨木的狗头，哀号一声。

茨木仿佛感受到主人的情绪，伸出柔软的狗爪，在她脑袋上拍了拍，以示安慰。

季檬更难过了，连狗都同情她……

现在微博上是怎样的腥风血雨她不知道，她早就卸载了微博客户端，可心酸的是，她打开朋友圈，满屏都是林霖两口子秀恩爱。

林霖刚发了一张和于晨的合照，配上文字：今天工作很顺利，见到了男神司承。男票接我下班，一起吃了日料，待会儿去看话剧。

下面很多熟人评论：

学弟 A：“天啦！女神你居然见到了司承！”

学妹 A：“求签名啊求签名！”

学妹 B：“求司承照片！”

季檬在这张照片下点了个赞，然后发了一条朋友圈：总有阴狗想害朕。

下面评论：

学妹 A：“被害妄想症啊。学姐，有病治病，别瞎吃药丸。”

林霖点了个赞，教练点了个赞，秦颖点了个赞，国家队队友们纷纷点赞，表示慰问。

爷爷：“乖孙，怎么了？外面的日子实在苦，就回家来。”

二叔：“臭丫头，活该！看你能在外面熬到什么时候！总有一天会回来求你二叔！”

奶奶回复二叔：“怎么跟檬檬说话的呢？臭小子皮又痒痒了？”

二叔回复奶奶：“妈，我这不是为了让檬檬回家吗？”

“……”

至今没删她微信的，一小半是真正关心她的，余下的都是想看她笑话的。

她也想过回家，回康宁，至少不会像在 A 市这样，处处看人脸色。

可回家之后呢？在家族企业里上班？朝九晚五？最终相亲嫁人？

这显然不是她想要的生活。

司承半夜醒来，上网找到那条污蔑季檬的微博。

他从季檬的视角窥视到了整个过程，整件事的来龙去脉他最清楚不过，事实并非媒体所写。

被污蔑的明明是季檬，可司承心里也不舒坦。

卡叔的办事效率倒是很高，很快帮他查到照片来源，罪魁祸首指向那位模特——林霖。

女孩的世界果然复杂。司承揉了揉眉心……帮帮她？

他不是心软的人，也不爱管闲事，可毕竟用第一视角感受了一遍事情经过，看见新闻，心里的确也不是滋味。

第二天司承还在想怎么妥善帮季檬处理那件事，毕竟两人“素不相识”。

他将车开进停车位，还没下车，一辆骚红的玛莎拉蒂跑车停在他旁边车位。

从车上下来一个穿黑色休闲套装的女孩。

司承降下车窗，摘下墨镜打量她。

骚气抢眼的跑车和季檬一身随意的打扮成反比。

司承勾唇笑了笑。

她想用“炫富”的方式打破昨天那条“穷困潦倒，走投无路”的新闻，真是够招摇的。

季檬前脚刚进电梯，司承后脚紧随。

想起昨天的教训，季檬很知趣地退出电梯，站在电梯门口目送司大设计师先上楼。

电梯门就要关上，司承长臂一伸，挡住电梯门，冷冷地看她：“进来。”

季檬瘆得慌，摇摇脑袋，死活不愿进去，做出一个请的手势：“司承先生您先上，昨天不懂规矩跟您共乘一部电梯，今天懂了。”

她要保持微笑，否则对方一个不顺心，指不定又使唤她去买咖啡。人在屋檐下，不得不低头啊。她现在勉强做一只小臭虫吧。

虽说她是秦颖的助理，但依秦颖那尿性，也一定不会介意把助理借给自己的男神。

在男色面前，闺密什么的，都是水煮豆腐花。

“李小姐，你是在耽搁我的时间。”司承抬起另一只手腕，低头扫了一眼手表，“我的时间很宝贵。”

话说到这分儿上，季檬左右为难。貌似比起买咖啡，耽搁大设计师金贵的时间更严重？

于是她大步一跨走进电梯，两眼弯弯，冲着他嘿嘿傻笑。

司承收回胳膊，电梯门一合，里面气压骤降。

十几秒，仿佛一个世纪。

季檬根本不敢抬头看散发着强气压的男人。这种强压感会让她有一种重回赛场的错觉，让她很压抑，很不舒服。

电梯叮的一声打开，季檬几乎以最快速度抢先跨出去，向前走几步，又忽然顿住。她抬头看前方，对上卡助理笑眯眯的双眼。

季檬恍然扶额，想撞南墙的心都有了。她忘记摁楼层，直接跟着司承上了首席设计师办公室，从电梯一出来便是卡助理的办公场所。

季檬咬着嘴唇又转身往回走，猝不及防地撞在司承结实的胸膛上，头顶在他下巴一擦。

季檬觉得以自己一米七五的身高，是永远不会有脑袋撞在男人胸膛上的这种情景发生。可是现在它却实打实地发生了。

她揉着脑袋一脸愤然，对上某人那双黑豹一样的眸子，顿时窝囊了，立刻收起凶横表情，笑得很狗腿："司承先生，抱歉，我以为……这是三楼。"

她羞愧地低下头，用掌根抵住脑门，借用胳膊挡住脸，绕过他走进电梯。

等门合上，她才靠在电梯墙上松了口气。

洋相也真是出够了，刚才她傻爆炸了吧？她简直白痴啊！司承径直往里走，经过卡叔的办公桌，卡叔叫住他："Korbin，你总是这副表情，会吓着女孩子的。对女孩子，要和颜悦色。"

司承绷着脸，眼神复杂。

卡叔笑得眉眼弯弯："你跟季小姐是因上次巴黎车祸认识的吧？你们俩的病房仅一墙之隔，不认识也难。我明白你的想法，季小姐的条件确实不错，我是你，也会动心。"

原来在巴黎和他一起被送往医院的女孩，是季檬。那他们之间的奇妙关系，倒也能解释通了，八成与那场车祸有关。

他迅速撇清关系："我跟她没有任何关系，不熟。"

卡叔意味深长地哦了一声，一脸"我懂、我懂"的表情。

现在的年轻人大概都这样？口是心非。不熟能知道人家女孩大腿上有红痣？

司承冷眼看着他："你笑什么？"

卡叔："我笑自己啊，老了，跟不上你们这些年轻人的思维。"

呵呵。

司承冷笑："是想提早退休了吗？嗯？"

卡叔立马收住笑容，轻咳一声回归正经神色。

司承："我对一个没有任何时尚概念的女人，不会有任何想法，也不能接受一个连基本穿衣审美都没有的女性作为我的人生另一半。"

卡叔挑了挑左眉，深觉他的解释非常滑稽。

秦颖昨晚没回家，季檬特意从家里带了份早餐给她。

遗憾的是，秦颖留在公司开会，并没有来 D&M。

季檬甚至怀疑她到底是不是她的助理了，哪儿有自己回去开会，却不带助理的？今天是《奇风尚》在 D&M 拍摄内页广告的最后一天，不是很忙，现场只来了一个模特。

季檬去扔早餐，在门口撞见了往里走的乔衍。

"季小姐，巧啊。"乔衍就快与她擦肩而过，反应过来是她，立马又倒退几步回来，跟她打招呼。季檬也心道了声好巧："八卦小记者？你怎么进来的？"

"我来工作啊。"乔衍换了身西装，气质与昨天不同了，季檬差点没认出来。男人一旦穿上西装，立刻会变得不同。

昨晚季檬见到的是个穿帽衫的大男孩，今儿就变成了成熟的大男人。

季檬嗤了一声，鄙视他："你这人的八卦精神还挺顽强的嘛。昨天拍到我的照片，乱写一通。怎么？今天打算怎么写？季檬对记者大打出手？'彪悍女'人设板上钉钉？"

她一双小眉头蹙着，看他的眼神很不友好。

乔衍被她的表情逗笑："季小姐，有没有人告诉你，你生气的样子，特别像一只……奓毛的小奶猫？"

季檬随手将早餐丢进垃圾桶，丢下一句"有病"，进了摄影棚。

乔衍紧跟其后："哎！季小姐你别生气，我也算你的粉丝。"

她回过身警告他："臭小子，别以为你今天穿得人模人样，就能跟着我偷拍！信不信我真踢碎你的天灵盖！"

她指着他，漂亮的细眉紧蹙。

乔衍往后一退，眉眼一弯，调侃："季小姐，您这是在警告我？"

季檬深知自己的细嗓音没有威慑力，刻意加粗声音："不！我这是在威胁你！"

乔衍抓住她的手指，压下去："季小姐，你误会了，我不是狗仔。"

"乔老师，您来了？"一位工作人员走过来，对他说，"西蒙化好妆就出来，您稍等一下。"

乔衍温和一笑："好。"

等工作人员走开，季檬望着他："老师？"长得这么衣冠禽兽，居然是老师？

乔衍朝她走近一步，居高临下地看着她的头顶，一脸郑重地解释："季小猫小姐，我不是八卦周刊的记者，我是摄影师，乔衍，你好。"

他对她伸出手。

"摄影师？"季檬疑惑地打量他，反应过来他对自己的称呼，耳朵莫名一红，"你叫谁小猫呢？有病吧？"

乔衍轻笑一声："跟电视上的你相比，本人更漂亮，声音更好听，"他压下身，凑到她的耳边说，"酒窝更甜。"

男人的呼吸喷在她侧脸，有些灼热。她这是被……调戏了吗？

季檬捂着脸侧开身，瞪了他一眼："臭小子，你的天灵盖是不是真的欠踢了？"

乔衍摊手调侃："当然，季小姐如果想踢，我的天灵盖随时奉陪，美人脚下死，做鬼也风流啊。"

"有病……"季檬拿这个无赖没辙，转身去做事了。快到中午，司承又带着卡叔上了摄影棚二楼。

杂志社的工作人员，又有小小骚动。季檬尽量往角落里缩，怕自己太有存在感，再被叫去买咖啡。

她站在一楼无所事事，咬着咖啡杯打量为模特摄影的乔衍。这家伙工作时严肃的神色同秦颖如出一辙，与他刚才"调戏"女孩的吊儿郎当模样形成鲜明对比。

大概每个人在做自己本职或爱好工作的时候，都会这样专注吧。可她的爱好是什么？

季檬捧着一杯咖啡，任由腾腾热气蒸面，有点迷茫。

她努力了十一年的跆拳道，在退役之后，变得毫无价值。而她对跆拳道相关的行业，也毫无兴趣。

她十岁开始练跆拳道，在队里几乎与世隔绝。安排的工作她不喜欢，出来找工作，即使面试文员这么简单的工作，也遭嫌弃经验阅历不够，现在勉强做个端茶送水的助理。

虽然落差感很大，但她倒也能很好地适应这种落差，她挺喜欢这个行业。她望着穿着性感成衣的模特，鼓风机吹得模特黑发飞扬，季檬甚至都能想象出成品照的完美。

她看模特看得有些出神了，二楼却有一双眼睛看她看得出神。

司承坐在二楼，手里捧着一杯热气腾腾的咖啡，目光坚定不移地锁定在她身上。

她在欣赏模特，而他却在欣赏她……的腿。

季檬那双腿，在他脑子里挥之不去。如果他的设计“初夏之阳”能穿在她的身上，会有多完美？

他往椅背上一靠，合上双目开始冥想。

礼服的裸粉色与她肌肤颜色相吻合，质地细腻的裸纱随风飘动，他亲手缝制的绣球花缠绕在轻纱上，无论落在她的肩头，或是双腿，都是一道绮丽的风景。

想得入神了，司承食指微动，再睁眼望向楼下时，看见乔衍正与季檬说话。

乔衍俯下身对着她耳语。距离太远，他听不清。

“小乔怎么会跟季小姐认识？”卡叔显然也注意到了两人的关系，他看了眼司承，一本正经地感慨，“小乔在模特圈可是出了名的一天一换女友啊。据说季小姐在男女交往上没什么经验，会不会……”

司承左眉一挑，冷眼看着他：“跟你有关系？”卡叔轻咳一声，眉毛一挑：“这人老了，喜欢八卦，你不爱听，我也就不八了。哎，人家女孩子被包养的新闻可都出来了，真是人红是非多。”说完，闭上嘴不再说话。

嗬。开着跑车来公司，媒体也不是瞎的，写她有金主包养也不是什么稀奇的。这个圈子，媒体都没什么底线。

她会感到委屈吗？

这种闲事司承不想管，沉默片刻后，他抬眸问老狐狸：“有没有什么办法，把那位林小姐换掉？让那个女人上。”

“您是说……换掉林霖小姐？”卡叔明知故问，“可是为什么要突然换掉林小姐？”

司承冷冷地看了他一眼。

这个老狐狸，跟他玩明知故问的把戏？

“丑。”

卡叔忍俊不禁，憋住笑，差点被自己的唾沫给呛住。他整理片刻情绪，一本正经地说：“这周五，模特会前往玉龙山拍摄海报和杂志的封面，现在换，唐总那边不好交代，总得找个理由不是？毕竟这位林小姐还是《奇风尚》的艾小姐推荐的，咱们双方有契约，模特必须用一个人。”卡叔顿了一下，又道，“机会嘛，我还是有办法创造的，只不过……”

“嗯？”司承看向老狐狸。

老狐狸笑得狡黠：“您也跟着去。”

他看了眼楼下与乔衍交谈甚欢的季檬，眸子微动，片刻后解释道：“‘初夏之阳’这款设计对我意义非凡，我希望它能有一个完美的呈现，无论是杂志封面还是宣传海报，我都希望穿上它的人，一定是最合适的人。你，明白吗？”

明白，他那点心思，老狐狸怎么不明白？

司承一双手五指穿插相握，打定主意般沉声道：“当然，这个后果，我会一人承担，至于怎么做，你去办。”

第三章
初夏之阳

林霖杀出重围拿下了D&M的新品代言，依她的性格当然要大肆庆祝。

季檬收到她发来的庆功宴邀请函，顺手就给扔进了垃圾桶。

秦颖端着咖啡从厨房出来，拾起她扔掉的邀请函，扫了一眼。

“檬檬，你跟这个林霖交情很深？”两人虽然是闺密，但以前在一起的机会并不多。季檬常年在队里或学校，秦颖则忙于工作。

季檬也是在退役后才搬来跟秦颖同住，两人之间很多事情没做过交流。

譬如季檬从没跟秦颖提过，她有一个尝试交往的前男友。秦颖也从没跟她提过，她仅仅用了半年时间，就拿下了《奇风尚》副主编的位子。

季檬简单交代了一下两人的恩恩怨怨，秦颖听得火冒三丈：“这姑娘，够有心眼啊，居然欺负到我家女孩头上了！你怎么不反击？话说回来，这个林霖的父亲跟主编有点关系，她能拿下这个机会，也不是全靠实力。”

“我说檬檬，你的身材不比她差，站在一个时尚编辑的角度，我可以毫无私心地说，你的腿完美无缺，比她更适合D&M的新品代言。”秦颖一只手端着茶杯，一只手揽过季檬的脖颈，“你说，这网上黑子一波接着一波，怎么就跟你过不去了？”

“她总跟我玩阴的，我怎么反击？”季檬叹气，“都是命啊……”

比赛已经过去一个月，网上关于她的新闻却一直没停过。

她开跑车招摇过市，总算打破“穷得向前男友伸手要钱”的负面新闻，却换来一个被金主包养的绯闻。

比起“被金主包养”，她觉得“伸手向前男友要钱”这条新闻更让她恶心。

包养就包养吧，她现在的确是没有任何经济来源，也算是被家里人包养着？

她没有经纪团队，退役后负面新闻满天飞，没人帮她。家里倒是有人想帮她，条件却是让她回家，朝九晚五地上班……

季檬正靠在秦颖肩膀上发呆，微信来了一条视频通信。

来电署名是“爷爷”。

她和秦颖条件反射性地从沙发上弹跳起来，迅速收拾沙发，镜头里呈现的尽量是房间最体面的一个角落。

季檬点击接听，屏幕里立刻被爷爷奶奶的脸给霸占，两个老家伙脸贴着脸，都巴不得看孙女一眼。

季奶奶用脸将季爷爷挤开，笑眯眯地跟她打招呼：“檬檬，今天过得怎么样？我和你爷爷看见新闻了，现在这些孩子，怎么净瞎写呢？你回康宁，让你二叔帮你摆平那些新闻。回康宁，爷爷奶奶宝贝着，怎么都比在A市给人当助理好啊。好孩子，奶奶……”

季奶奶话没说完，季爷爷一巴掌将奶奶推出镜头，凑到镜头前，笑得满脸褶子堆在一起：“丫头，你奶奶说得对，回康宁，没必要在那边受委屈，你二叔不让我们看那个微博，我和你奶奶就去瞅了眼新闻网站，气得我们两个老人家差点跳进棺材！你爸爸要是看见这新闻，估计气得活过来！什么包养啊？我们家丫头，谁敢包！谁敢包！”

季檬松了口气。

得亏两位老人家没去看微博，否则真的会被气得跳进棺材，生无可恋地躺平。

屏幕里看不见奶奶的脸，却听见她抱怨的声音：“臭老头，电话给我，我跟檬檬讲话！”

季檬被两个老头搞得有点尴尬，她解释：“你们二老放心，”她顺手勾过秦颖的脖子，对二老说，“颖宝会照顾我，我在她公司上班呢，当她的助理也就是做做样子，不是真的做事，只是学学经验什么的。”

“小颖啊，”季爷爷强行霸占着手机，双眼温柔地看着她，“檬檬就拜托你照顾啦。”

秦颖笑着说：“你们二老放心，我一定会好好照顾檬檬。”

“檬檬，你的钱够不够花啊？别省着花钱，待会儿我让你二叔再给你打点钱。”季爷爷双眼含泪，“我可怜的乖孙女，在外面吃苦了吧？”

季檬叹气。

季奶奶一巴掌推开季爷爷，凑到镜头前说：“檬檬，不如回来吧，我让你爷爷给你换辆新车，你的小红也买了好些年了吧？”

季檬轻咳一声：“爷爷奶奶，我在这边真的挺好，钱也够花。”

季奶奶抬头擦擦眼泪：“檬檬啊，在外面别太委屈自己，要吃好，知道吗？对了，奶奶给你寄的阿胶，没断吧？这东西不能断，你月经少，得常喝这东西调调身体知道吗？你现在退役了，好好吃饭，长长肉，别让爷爷奶奶担心，知道吗？”

“知道了，奶奶。”

视频里传来她二叔的声音：“你们在跟檬檬视频啊？快，把手机给我，我跟檬檬说两句。这个臭丫头，混成什么样了，还不肯回家，我倒要看看她还有什么豪言壮语跟我讲！”

季檬一听见她二叔的声音，忙说：“爷爷奶奶手机没电了，我先挂了啊！”打了声招呼，迅速挂断视频。

得亏抢在了她二叔接过手机前挂断，否则今晚这个视频她别想挂了。

秦颖目睹她挂断电话，问她：“檬檬，你奶奶说的小红，不会就是你那辆没开过几次的跑车吧？”

“是啊。”

“哎哟，我去。土豪奶奶想给你换车？”秦颖啧啧感慨。

季檬呼了一口气：“我爷爷奶奶你能不知道啊？恨不得把好东西全塞给我。”

数分钟后，季檬收到一条银行卡的转账信息。

银行卡余额居然……多了六位数。

秦颖凑过来，一脸羡慕地道：“我的天，你奶奶真够大方啊，生活费都给得这么阔绰？”

季檬的家庭背景秦颖再了解不过。她的父母虽然早逝，但却不少很爱她的家人，两个叔叔都待她视如己出。

季檬出名三年，媒体都知道她无父母，但不知道她是康宁季家唯一的女孩、季家的掌上明珠。

“檬檬，我听说司承跟你握手了？他一般不跟人握手啊。他该不会是看上了你的身材吧？不如，你让你的二叔帮你一把，说不定能从林霖手上抢过这个代言机会。”

“什么呀？他跟我握手是让我帮他买咖啡！他故意整我呢。”季檬嘴里嘟囔，“而且我哪儿会当模特？”

秦颖有点遗憾：“前阵子司承在全国广招模特，我特意把你的照片送给了主编，想让她向司承先生推荐你，没想到主编推荐了你舍友林霖。你看吧，这就是背景的重要性，你有背景，为什么不用？白白便宜了那朵白莲花。”

季檬一愣，看着她：“所以你让我做你的助理，是为了让我在司承那里找存在感？你以为他会欣赏我？”

虽然很感激秦颖的良苦用心，但季檬不得不陈述一个事实：“颖宝，那个司承目中无人，对我根本没有丝毫兴趣。”

秦颖一脸无奈。

谁知道呢？至少她男神不会轻易和女性握手。

秦颖能花仅半年时间，就坐上副主编的位置，对模特、对时尚的审美自然不可小觑。她处心积虑想推荐季檬，并不是因为季檬跟她的关系，而是因为季檬的身材的确很适合做模特。

尤其是她那一双腿，美而不自知。

周五。

季檬随杂志社工作人员和D&M的员工会合，坐同一辆大巴前往玉龙山。

这次去玉龙山，不仅要拍摄杂志封面，也要拍摄D&M的平面广告。杂志和D&M总归是一家公司旗下，合作拍摄能省下不少经费。

由于司承也会随行，底下工作人员都商量好了该怎么要签名。

可等司承本人上了车，大巴车上的诸位姑娘又蔫了，没有一个敢去当头枪。林霖当然也不会去，即使心里的确想，也要故作矜持，以示自己的与众不同。

司承和助理坐在第一排左侧位，林霖和她的助理坐在一排右侧位。

季檬跟秦颖坐在二排左侧位，她和司承都坐在靠窗位置。

从A市到玉龙山有大约七个小时车程，期间秦颖靠在她肩上睡了四个小时。她担心睡着后会进入浣熊先生的视角，只能强压着困意，用手机打了七个小时的阴阳师。

她和浣熊先生有约定，中午到下午五点之前不能睡觉。

季檬克制自己，尽量不违背和浣熊先生的约定。

车上克制睡觉的不止她一个人，还有司承。

晚上八点，大巴车抵达玉龙山庄。

山庄位于半山腰，非常简陋，也是山上唯一一家酒店。

三月丛林雾深且寒，远山山巅还有不化的积雪，房间设备不完善，没有空调，也不供暖。

晚上季檬冷得直哆嗦，和秦颖挤在一个被窝取暖。

第二天山上猝不及防地开始下雪，摄影师发烧肺炎，导致拍摄不能如期进行。

秦颖送摄影师下山就诊，顺便接另外一位摄影师上山。

知道拍摄不能如期进行，季檬缩回温暖的被窝，浑浑噩噩又睡过去，从梦里进入了浣熊先生的视角。

她看见浣熊先生在一片树林里闲逛，葱郁的树林有些眼熟。

浣熊先生眺望远处风景，正好是玉龙山巅不化积雪的景色。

季檬瞬间惊醒，揉着昏沉的脑袋坐起身。

梦里，她从浣熊先生的视角，看见了玉龙山巅的积雪？

浣熊先生……也在玉龙山？

季檬吓得没了瞌睡。说不定……浣熊先生已经知道了她的身份，来了玉龙山？

季檬揉着头懊恼，只觉得不公平。

最近她忙得不可开交，没什么机会在浣熊先生活动期间睡觉，不能反“偷窥”他。她至今除了知道浣熊先生是漫画家，有八块腹肌、一双美手，其他都不知道。季檬不想再睡，索性起床，下楼吃早餐。

她路过林霖的房间，看见门半敞开着，一群人在她房间里玩扑克。

他们不知从哪儿搞了个烤火炉，围在一起，一边享受着温暖一边打牌。

下楼后，山庄老板和老板娘正在收拾餐桌。老板娘看见她：“哎哟，姑娘你怎么才下来？饭菜都没了。”

季檬揉了揉肚子，她是真有点饿了，问：“你们这里有面条吗？不用太麻烦你们，借厨房给我，我自己做点面条吃就好了。”

“挂面没有，有面粉，行吗？”

季檬想了下，点头说：“没问题，那我做碗刀削面。”

老板娘笑眯眯地将她带进厨房，给她指了指餐具放置的位置，然后说：“姑娘，我和老头子得去后院喂猪，你就自己先收拾，不好意思啊。”

“没事的阿姨，你们去忙吧。”季檬卷了卷袖子，用掌根捶了捶有些昏沉的脑袋。

老板娘走到门口，看见司承从外面回来，又哎哟一声：“小伙子你也没吃吧？”老板娘抓住他胳膊，将他往厨房一拽，询问季檬的意见，“小姑娘，能给这小伙子多做一碗面不？这小伙子估计也没吃饭。”

司承换了一套黑色休闲装，单衣，很薄，在黑色衬托下，他的肌肤白得更甚。

他那双黑豹一样锐利的眼睛，就那么直勾勾地望着她。他蹙着眉，不动声色地将胳膊从老板娘手里抽出来。季檬低头揉着面团，不知道说什么好。

司大设计师应该不会吃这种食物吧？

老板娘大约发现两人之间低沉的气氛，略微尴尬地问她：“怎么了小姑娘？”

“哦……没事，阿姨你去忙吧，我多煮一碗就是了。”季檬手上的力道拿捏得适度，面团没几下便成型了。

老板娘眉眼一弯，拍拍司承单薄的肩：“唷，小伙子真健康，穿得这么薄出去溜达，不冷啊？好了，你们两个小年轻先聊着，我出去忙活了。”

他是真有点饿了，望了一眼锅里沸腾的白水，又望了眼案板上理好的香菜，对她说：“我不吃香菜。”

季檬手上的面团已经揉捏光滑，她取过菜刀，开始往沸腾的白水里削面：“你放心，我也不吃香菜。那把香菜是大娘做早餐剩下的吧。”

她用余光打量一身黑色的男人，大概是因为衣服太薄，她几乎能看见他的胸肌，个子又高，身材也好，气势凌人中又不时地散发着男性荷尔蒙。

男人的衣服拉链稍微有点低，能看见胸骨。

他里面……没穿背心之类的衣服？

季檬的刀工不错，刀削面片片透薄。司大设计师仿佛是被人伺候惯了，大老爷似的坐在外面餐桌上，等她端面上桌。

她盛了满满两碗放在案板上，只端了一碗出去，在司承对面坐下。

她捧着面碗呼哧呼哧吃起来，面汤的热气蒸腾着面孔，使她每个毛孔都通透舒畅。

她低头吃了几口，感受到某人的低气压，含着一口面抬头望着对方。

某人那冰冷的目光仿佛在问：大胆婢女，我的面呢？

季檬嘴里包着食物，含糊道：“你坐这儿跟大爷似的，等我把面给你端手上吗？自己端去啊！”

结果证明这人还真是尊佛爷，非打电话叫助理下楼，把那碗刀削面送到他手上才肯下口去吃。

季檬一脸无语。

洗碗的时候，卡叔过来帮她。

她从温和可亲的卡叔手里接过一只碗，望了眼已经换了套西装，坐在外面的司承。

她压低声音，悄悄问卡叔：“卡助理，你们家司大设计师是不是有病啊？”

“这话怎么说？”卡叔从她手里接过洗好的碗筷，整齐地摆进碗柜。

“离厨房不过几步距离，非得打电话叫你下来端面，不是有病是什么？他还病得不轻，傲娇癌晚期。”

“小姑娘你还真敢说。”卡叔笑得双眼眯成一条缝。

“谁要嫁了这种男人，妥妥地跟娶一个大爷回家没什么两样。”季檬用餐布擦干碗里的水，用胳膊肘撞了撞卡叔，小声问，“卡助理，司大设计师这么龟毛，跟着他做事，岂不是很痛苦？”

“嗯，凡事有两面，”卡叔顿了一下说，“如果能在他身边做助理，且超过一年，之后不管你找什么工作，都会有人抢着要你，这就是做他助理的好处。”

季檬一脸质疑。

卡叔又说：“但迄今为止，除我之外，还没有谁在他身边做事超过一年的。”

外面的雪飘得纷纷扬扬。

季檬靠在门框上，抬头望外面的雪，伸手去接，是真的雪，冰冰凉凉。

A 市属于西南地区，即使下雪，也是落地即融的雪沫子。

这种纷扬大雪，季檬头一次在西南地区见到。

玉龙山属于西南地区自治藏区，位处高原，海拔四千米至五千米，原始森林和自然景观奇多。

这里天蓝云低，空气也清透，很适合拍摄杂志封面和 D&M 的新品宣传海报。

季檬只一点不明白，拍摄广告这种事，要司承亲自监督吗？

事实证明，司大设计师的想法，旁人无法猜透。

下午雪停，天空蔚蓝，棉花云低垂，仿佛触手可及。

季檬和卡叔坐在一楼大厅的烤火炉旁，有一搭没一搭地聊天。

林霖下了楼，身后还跟着两个女孩和两个男孩。林霖下来后，手伸在火炉上烤烤，漫不经心地问季檬："季檬，老板说后山有滑雪场，我们打算去玩，你去吗？"

季檬摇头："你们玩吧，我就不去了，怕冷。"

最主要的是，现在是工作时间，她实在不好意思出去。

林霖摊手："真没趣，你怎么就不合群呢？"

季檬嘀咕："呵呵，不合你的群罢了。"

"你说什么？"林霖没听清她的嘀咕。

季檬："没什么，你们玩得开心。"

下午四点左右，秦颖带着新的摄影师回山，大家也都开始收拾，准备出外景。

新来的摄影师正是乔衍，这家伙听说季檬要来玉龙山，死皮赖脸地跟着来，刚好成了替补。

一楼大厅人满为患，乔衍站在门口，一眼看见"鹤立鸡群"的季檬，走过去跟她打招呼："季小猫，又见面了。"

"不许叫我季小猫！"季檬憋红脸压低声音吼道。

乔衍被她的表情逗笑："好好好，不叫，那我随秦副主编，叫你檬檬？"

"随你吧。"季檬被他折腾得真是没了一点脾气。

秦颖望了眼四周，没看见模特，问："模特呢？"

林霖两个小时前就打算回来，但接送他们的车在半路抛锚，耽搁了时间。

之后林霖等车无聊，就返回滑雪场，在上雪橇的时候，出事了。

秦颖打电话询问情况，电话那头的人支支吾吾地说："模特不小心从雪橇上摔了下去，胳膊骨折，脸被树枝划伤，我们现在正往医院走。"电话那头的声音明显小了些，"她现在正哭得伤心呢，副主编，您劝两句？安慰安慰？"

秦颖握着电话，怒道："劝个屁啊！工作期间外出滑雪，现在脸受了伤，还怎么拍广告？"

拍摄期间模特出事故，耽搁了行程，燃烧的是经费！

届时财务部的人会怎么看她？她这个副主编还要不要继续做下去？

她挂断电话，将手机递给季檬，深吸一口气，尽量平复情绪；"马上打电话给林霖的经纪公司，要求换模特，天黑之前必须把人给送过来！并且要求对方公司按合约赔偿我们的损失！"

季檬握着手机有点迟疑："不如等等？她脸上的伤兴许可以用粉底遮一遮？"

乔衍直接否定："季小猫，你也太天真了。后期处理会影响照片质量，你以为我们拍的是淘宝模特秀呢？"

季檬弱弱道："没这么严重吧？后期处理即使降低了质量，但这么细微的东西，读者也看不出来吧？"

人群后的司承皱眉看向卡助理。

卡助理摊手，用无辜的眼神告诉他：车子抛锚是他做的，但模特受伤完全是意外。

“不仅是杂志广告，她要拍的还有 D&M 宣传海报。”司承从人群中走出来，神情跟秦颖一样严肃，“我们的品牌不是淘宝货，广告绝不能敷衍。”

季檬在三人注视下拨通了林霖经纪公司的电话，简单说了下情况，对方也了解到事态严重。

可临时找一个能达到司承要求的模特，谈何容易？

对方表示愿意按违约金额赔偿，但是模特……他们今天还真的选不出来。

秦颖揉了揉眉心，实在没了主张，抬眼看司承：“司先生，依您看，该怎么办？”

问题一出口，几乎同一时间，乔衍和司承的目光落在了季檬身上。

季檬正低头帮秦颖清查未读短信，感受到两人的目光，抬起头看着他们：“你们……看我做什么？”

两个男人不约而同地说出声：“你试试。”

季檬一时愣得说不出话，指着自己鼻尖，结结巴巴地说：“我……我……我？我根本不会拍广告啊。”

司承笃定的语气不容置喙：“有身材足够。”

季檬能得到司承的欣赏，也算是秦颖的小算盘打成功了。

秦颖处心积虑让季檬接触司承，不就是为了这一刻？

很好，苦心没白费。

秦颖心里虽有窃喜，却还是做出一副为难的样子：“司先生，她的情况有点特殊，如有什么后果，主编那边，我不好交代。”

她没有能力担下这个压力和后果，她得把这个锅甩给一个可以承担的人。

司承：“一切后果由我承担。‘初夏之阳’是我的作品，我有权利让合适的人展现它，杂志封面和海报，都由她来拍。”

季檬蒙了。

“季小姐，你愿意担任这款设计的代言人吗？”司承一脸认真地望着她。

季檬被他的目光看得脸颊发热，紧张得完全说不出话。

心跳加速到无可救药。

秦颖替她答应下来：“她当然愿意。”

司承点头：“好，从今天开始，我是你的经纪人。待会儿卡助理会给你一份合同，没什么问题就可以签了，明天我们上山顶拍摄广告。”

这一系列的事情发生得过于迅速，以致季檬拿到了合同，还恍然觉得不真实。

我的前半生
都在流浪
直到遇见你
如蝉归夏
如舟靠岸

《有鹤鸣夏》

作者：苏清绾
定价：32.00 元

{简介}：

《花火》火爆试读，总裁式甜宠力作
我的前半生都在流浪，直到遇见你，如蝉归夏，如舟靠岸。
阮鸣夏深夜孤身闯豪宅：“秦先生，我要三千万和秦太太的位置。”
却遭遇秦有鹤冷静开怼：“你一身黑，是来送终？”
从不露脸的神秘总裁 X 蒙冤入狱的前科少女
她将如何翻身成为秦太太？

《许你千斤萌》

作者：太后归来
定价：29.80 元

{简介}：

就算秀恩爱，掉斗盖，也要张扬地和你在一起。
《花火》爆笑试读，《良辰多喜欢》后，又一学长甜宠文！
跆拳道暴躁学长 X 真胖子呆萌学妹
肖芊芹到底有多胖？
学长自行车后座带学妹，
“嘭——”
“你怎么又放屁了？”
“不是，车胎爆了。”
学长从此开启毒舌模式：
“肖芊芹，我看你应该把名字的草字头去掉！”
然而，每个胖子都是潜力股，昔日小胖妞完美蜕变，实力吊打花美男

美景多珍重

原成（原城） 著

YUAN CHENG WORKS

人气作家原成（原城）

继**《良辰多喜欢》**系列后

全新力作 / 甜宠升级

小助理岑美景一心以为美梦成真，却发现自家老板原来是**“终极噩梦”！**

著名作家蔚青城：明明可以靠脸吃饭，却偏偏靠才华！

事实却是：**不近人情？内务杂乱？！还有妄想症？！**

更重要的是——**生活九级残废？！**

定价
/32.80 元

上市时间
/10 月

生活不能自理的大神作家

VS

管吃管喝管逗乐的小助理

M E I　J I N G　D U O　Z H E N　Z H O N G